CASTELLETTO

29 boulevard Raspail
75007 Paris – France
www.editionscharleston.fr
ISBN : 978-2-36812-319-5

Maquette : Patrick Leleux PAO

Pour suivre notre actualité, rejoignez-nous sur Facebook (Éditions.Charleston), sur Twitter (@LillyCharleston) et sur Instagram (@LillyCharleston) !

Emma Mars

CASTELLETTO

NICOLA

Tome 2

Roman

CHARLESTON

Note de l'auteure

Premier bordel public administré de manière directe par un gouvernement, **le Castelletto a réellement existé**, à Venise, dans le quartier du Rialto et plus spécifiquement dans la paroisse de San Matteo (aujourd'hui disparue), durant un siècle environ, de 1361 jusqu'au début des années 1460.

Ce roman, ainsi que celui qui le précède (***Castelletto*, tome 1 : *Chiara***), est le récit de sa création houleuse sous l'égide du doge de Venise Giovanni Dolfin, avec la complicité de l'Église et de ses représentants. Mais il relate surtout les conséquences de cette initiative contestée sur certains de leurs administrés, à commencer par les premières concernées, les prostituées de la Sérénissime, dont la beauté et la science de l'amour étaient alors réputées dans toute la chrétienté…

RÉSUMÉ DE « *CASTELLETTO*, TOME 1 : *CHIARA* »

Venise, hiver 1361…

CHIARA D'ARAGON, DITE L'ARAGONAISE, est une jeune et splendide prostituée du quartier de San Matteo, près du Rialto, à Venise. Elle est même la plus belle des catins – on les appelle aussi mérétrices, en référence aux *alma meretrix*, les « gagneuses » de l'Antiquité romaine – placées sous la coupe de la terrible matrone **Lucia Nigra**, et de son non moins redoutable ruffian Sandro Lombardo. Avec **Gina**, son amie rousse, Chiara vit sa triste condition avec l'insouciance de celles qui n'ont jamais rien connu d'autre. Chiara est en effet la fille de la défunte **Luiza**, une Espagnole venue tenter ici sa chance il y a bien longtemps, hélas morte lors de la grande épidémie de peste de l'an de grâce 1348. Depuis, Chiara a grandi sous la tutelle de toutes les doyennes du quartier, en particulier celle d'**Angela de Zara**, la généreuse balafrée qui rêve de prendre une retraite méritée.

Alors que débutent les cérémonies religieuses des Douze Marie, ainsi que les festivités annuelles du Carnaval, une délégation de notables vient effectuer d'étranges repérages à San Matteo, pour le compte du doge **Giovanni Dolfin**. Parmi les visiteurs, Chiara reconnaît son ami et protecteur le *capisestiere* **Alvaro Mosca**, ainsi que le Seigneur de la nuit **Filippo Dona**, lequel fait régner l'ordre et la terreur parmi les filles publiques de la ville. Mais elle est incapable de mettre un nom sur ce prêtre aussi séduisant qu'austère qui les accompagne. Missionné par l'évêque de Venise Fortunato Vaselli, cet homme en noir, **Nicola Chiutto**, n'est autre que le propre confesseur du doge et de ses fils. Quand ledit cavalier laisse tomber un simple mouchoir de batiste sur le sol, par mégarde, Chiara s'en empare, initiant sans le savoir les prémices d'une relation aussi brûlante qu'interdite.

Car Nicola Chiutto n'est pas un prêtre comme les autres. Il a été chargé par les autorités locales de superviser l'implantation d'un bordel public fermé, future prison à ciel ouvert pour les putains, et une manne attendue pour les caisses de la République vénitienne. En effet, depuis la perte de ses terres en Dalmatie face à la Hongrie, trois ans plus tôt (traité de Zadar en février 1358), Venise connaît une grave crise financière. Il est urgent de renflouer la prestigieuse cité des doges.

Or, dans un climat houleux aggravé par la fronde des prostituées et les *acqua alta* qui approchent, cette invasion périodique de la cité lacustre par la mer, les plans de Giovanni Dolfin menacent d'être contrariés par des forces plus puissantes encore. D'une part, celle du désir fou que conçoit son fils **Pietro** pour Chiara ; d'autre part, la quête éperdue de cette dernière, à la recherche d'un père qu'elle n'a jamais connu. Mais le plus incontrôlable de ces courants contraires, c'est sans doute cette passion inattendue entre une catin, sans autre titre de gloire que sa beauté, et un prêtre à qui un avenir radieux semblait tendre les bras…

PROLOGUE

Venise, 7 mai 1361

VENISE N'ÉTAIT PAS UNE VILLE, Venise était une femme.

Ou, plutôt, une nuée de femmes. Certaines alertes, d'autres plus lentes, toutes rendues belles par leur effort et leur diversité. Dans la lumière enveloppante de cette fin de matinée printanière, elles jaillissaient de toutes parts, pieds nus et jupons relevés, jouant des hanches et des épaules pour trouver leur place dans la venelle étriquée qui absorbait leur flot bouillonnant. Certaines peinaient déjà à suivre le rythme, une main sur la poitrine, les poumons comprimés. On n'en était pourtant qu'aux premiers instants de leur cavalcade par les *ruas* et les *calli* étroites, ce dédale familier et dont la vitesse de la course brouillait un peu le tracé.

Les cheveux blondis par l'alun et le citron autant que par la lumière, un sourire éclatant aux lèvres, Chiara menait la troupe au trot. *Sa* troupe, celle des filles du Castelletto. L'armée des catins de la Sérénissime dont elle était, ce jour-là plus qu'aucun autre, la générale en chef.

— Tu ne crois quand même pas que tu vas tenir à cette cadence-là tout du long ? lui lança Gina, quelques pas derrière son amie.

Boire, danser, faire l'amour, voilà les activités physiques qui convenaient à la gracieuse rousse, nouvelle surintendante de la cité des putains. Pas cette chevauchée aussi vaine qu'épuisante.

— Et pourquoi pas ? s'esclaffa Chiara, la poitrine haute, redoublant de vitesse.

— Pfff... On était vraiment obligé de participer, nous aussi ?

— Oui ! Franchement, on aurait l'air de quoi si on se contentait de regarder les autres courir ?

— Je sais pas... De deux filles qui gardent ce qu'il leur reste de dignité, je suppose...

Mais pour la duchesse des prostituées, il importait au contraire de faire corps avec les professionnelles de l'amour qui peuplaient le quartier fermé de San Matteo. Ce n'est pas parce qu'elle occupait depuis peu une autre fonction, statut qui la dispensait de vendre ses propres charmes, qu'elle devait se distinguer de ses consœurs en de pareilles circonstances.

La course des prostituées, vieille tradition des fêtes de la Sensa, un temps oubliée, offrait l'occasion idéale de souder leurs rangs. Leur récent confinement au Castelletto, cet ensemble de *volte* dédié au commerce de la chair, avait ravivé tensions et vieilles querelles. Les nouvelles règles qui s'imposaient à elles, en particulier l'interdiction de circuler hors du périmètre bouclé à l'exception des samedis, transformaient leur bordel à ciel ouvert en un chaudron incandescent. Les rapports se tendaient. Et les rancœurs qui se déversaient autrefois contre les matrones, leurs ruffians, ou même quelques clients indélicats, s'orientaient désormais vers leurs propres congénères, exaspérées qu'elles étaient toutes par l'enfermement et la promiscuité.

Parti du *campo* Becccarie, au pied du Rialto, le circuit des catins essoufflées serpentait à présent sur la rive opposée.

Bientôt elles atteindraient l'axe des *mercerie*, longue enfilade de rues commerçantes qui courait jusqu'au *sestier* de San Marco, et jusqu'à la place du même nom. L'artère où se presseraient les compétitrices d'un jour serait plus large, et elles recevraient les encouragements des badauds amassés. Nombre de leurs clients se cacheraient sans doute parmi ces anonymes.

À mesure que les lieues défilaient, Gina paraissait plus à son aise, talonnant de si près sa camarade qu'elle put presque lui souffler à l'oreille :

— Être la fille de qui tu sais ne te donne aucun privilège dans cette course, tu es consciente de ça, j'espère ? s'enquit-elle sur un ton léger. Personnellement, je n'ai aucune intention de te laisser gagner !

Chiara ne répondit que d'un sourire à la provocation de son amie. À la faveur de leur emménagement commun dans ce grand appartement d'une *volte* Morosini, *calle* Rampani, les deux jeunes femmes avaient plus que jamais rivalisé de confidences. Et le grand secret de la blonde Aragonaise était sorti presque naturellement, un soir de rires et de vin frais du Frioul. Chiara le regrettait presque. Elle avait beau faire toute confiance à Gina, qui sait jusqu'à quand celle-ci réussirait à tenir sa langue...

Passé un pont de pierres en construction, Chiara marqua légèrement le pas, afin de se présenter en groupe au bon peuple de Venise. Vraiment, il importait que chacun apprécie sa solidarité avec les filles publiques. Elle était peut-être leur reine, mais elle n'était pas si différente d'elles. Il y a peu encore, sa survie se trouvait entre ses cuisses, et elle ne prétendait pas l'occulter, encore moins l'oublier. Sa position était encore si fragile. Elle en prenait pour preuve la distance qu'avait mise entre eux le doge, depuis sa propre nomination à la tête du Castelletto. C'est tout juste s'il avait reçu sa fille illégitime une paire de fois, lui qui avait promis un dialogue constant. Empocher les dividendes du nouveau dispositif, fort bien ; se commettre avec la représentante des catins, cela le tentait beaucoup moins, fût-elle de son sang.

Mais la foule des curieux attendue au niveau de l'église San Salvador n'était en réalité qu'une populace clairsemée, et bien peu flambante. Chiara se figea presque en découvrant les amoncellements de cadavres en souffrance, de part et d'autre de la place, et qui attendaient leur enlèvement. Sophia, la première des poursuivantes et qui ne tarda pas à rejoindre les deux femmes de tête, se signa compulsivement, et murmura :

— Dieu du ciel... Vous avez vu un peu le nombre de ces malheureux ?

— Et j'ai bien peur que ce ne soit qu'un début..., lâcha la beauté blonde d'une voix aussi livide que ces corps sans vie.

Comme elle disait cela, un envoyé des Trois Sages de la santé, probablement un médecin sans le sou, s'employait à fumiger les dépouilles purulentes, à demi nues, dont s'échappaient aussitôt des volutes de vapeur pestilentielle. Pour s'en prémunir, l'homme portait l'un de ces masques de protection effrayant, aussi blanc que le visage d'un mort, affublé d'un long bec d'oiseau recourbé et percé de deux trous pour laisser passer son regard apeuré.

Au Castelletto, coupées du reste de la ville, elles n'avaient perçu la nouvelle épidémie de peste qu'à distance, en grande partie préservées par le filtrage prophylactique opéré par les gardes auprès de la clientèle. Le rapide examen auquel ils soumettaient chaque nouvel entrant avait suffi, jusque-là, pour éviter une propagation du mal aussi rapide qu'à l'extérieur. Une fois de plus : jusqu'à quand ?

Comme elles repartaient toutes trois à pas comptés, déjà dépassées par certaines coureuses indifférentes à l'odieux spectacle, l'écho d'une dispute attira leur attention dans une ruelle adjacente, l'étroite *calle* di Mezzo. C'était une venelle coudée et, depuis la *merceria* San Salvador, il leur était impossible de voir l'origine de ce raffut. Une femme y hurlait de plus en plus fort. Alors, suivie de près par ses deux amies, Chiara s'engagea dans ce conduit ombragé où le soleil ne frappait plus qu'indirectement.

Il s'agissait bien d'une femme, jeune et plutôt jolie pour ce qu'on devinait d'elle. Car trois hommes, guère plus âgés qu'elle, s'affairaient sur son corps renversé à même le couvercle d'un puits. Les jambes écartées et mises à nue, la pauvresse voyait s'y succéder les malfaisants qui la pilonnaient à grand renfort de râles et d'insultes. Le plus acharné d'entre eux portait un étrange manteau fait de carrés d'étoffes rapiécés. Il n'en finissait plus d'avilir la donzelle à sa merci.

— Avoue que tu voulais ça, espèce de chienne !

— Nooon ! Arrêtez, pour l'amour de Dieu ! geignait l'infortunée entre deux coups de boutoir.

Trop désargentés pour fréquenter les filles du Castelletto – dont les tarifs avaient fortement augmenté depuis l'ouverture du bordel public –, certains gueux se rabattaient sur les nombreuses jeunes femmes seules que comptait la cité, procédant en meute à d'infâmes viols collectifs.

— Dis donc, ça ne t'a pas gênée d'accepter les verres qu'on t'offrait !

— « Qui boit consent », citait un autre dans un rire affreux.

— Allez, Alberto, tu as eu ta part. Laisse-moi un peu la place, que je voie si son bénitier est aussi profond que son décolleté.

Gina s'était saisie du premier caillou, un éclat de pavé jonchant le sol de terre battue, relief d'une promesse d'aménagement non tenue. D'un geste précis et puissant, elle décocha le projectile, pile sur les fesses dénudées de l'un des assaillants.

— Eh ! Ça ne va pas bien ?!

— Laissez-la. Et foutez-moi le camp ! éructa la rousse, hors d'elle.

— C'est quoi ton problème ? Tu veux prendre sa place, c'est ça ? grogna l'homme à l'étrange habit.

— Désolée, mon joli, mais je ne suis pas vraiment dans tes moyens.

— Voyez-vous ça, des catins qui viennent, en personne, défendre leur pratique ! C'est votre ruffian qui vous envoie ? Les affaires sont si mauvaises ?

— Laissez cette fille..., intervint Chiara, sur un ton ferme et aussi calme que possible. Ou bien...

— Ou bien quoi ? Tu vas le dire aux Seigneurs de la nuit, peut-être ?

— Mieux : elle va rapporter au doge ! s'esclaffa celui qui était en pleine action l'instant d'avant. Il paraît que c'est votre meilleur ami, maintenant.

Suivant l'exemple de Gina, la bâtarde du duc empoigna à son tour une pierre, puis une autre, déclenchant à chaque fois la foudre de son bras sur les violeurs fanfarons. Sophia se joignit à elles deux et soudain ce fut un déluge qui s'abattit sur les trois hommes, comme une colère divine. Le plus fort en gueule fit bien mine de riposter un instant, mais la margelle du puits manquant de munitions, il n'eut d'autre choix que de fuir avec ses compères à l'autre bout de la ruelle, en direction de San Salvador.

— La peste vous prendra toutes, bande de sorcières ! jura l'un des fuyards avant de disparaître.

Aucune ne prit la peine de lui répondre. Elles se précipitèrent plutôt vers la fille recroquevillée au pied du puits, secouée par de violents sanglots, le visage plongé dans sa jupe souillée.

Chiara s'agenouilla près d'elle la première, et d'un geste doux lui prit la main.

— Tu t'appelles comment ?

— Oriana, finit-elle par répondre entre deux hoquets.

— Comment ces manants ont-ils réussi à t'entraîner ici ?

Enfin elle leva son regard sur sa sauveuse. Ses yeux étaient d'un brun intense, et elle n'affichait guère que quinze ou seize ans. Mais ces détails exceptés, on aurait dit une sœur cadette de Chiara, tant leurs grâces étaient semblables.

La ressemblance était si frappante que les trois amies la dévisagèrent d'abord sans un mot, puis échangèrent entre elles des regards effarés. Muets et interdits.

— Tu peux nous parler sans crainte, l'encouragea Gina. Nous ne sommes pas vraiment du genre à prendre le parti de ces gredins.

— Ça, on peut te dire qu'on en a notre compte à San Matteo ! gronda Sophia à mi-voix.

Le Castelletto était une création somme toute récente ; pour tous encore à Venise, c'est le quartier de San Matteo qui demeurait indissociable du commerce des charmes féminins.

— Vous êtes des… ? les interrogea la jeune femme, avec un mélange de dégoût et de peur dans la voix.

— Des catins, oui. Mais crois-moi, on est de loin les mieux placées pour prendre en charge les filles dans ta situation.

— Je n'ai pas cherché ça ! se défendit-elle dans un regain de larmes.

— Hum… Tu as quand même accepté leurs verres, d'après ce que j'ai compris.

Gina était certes secourable, mais elle appréciait assez peu qu'on regarde ses congénères et elle de haut. Quant à cette gamine, elle semblait avoir multiplié les bourdes et les erreurs de jugement. Par exemple, cette échancrure à la Cipriana, dont le laçage relâché laissait entrevoir plus que la naissance de sa poitrine ronde. Cela n'excusait rien, bien sûr, mais cela expliquait beaucoup…

— Juste un seul ! plaida Oriana en geignant.

— « Juste un seul ! » l'imita Gina. Enfin, tu les as entendus comme moi : celle qui se laisse enivrer accepte aussi de se laisser enf…

— C'est bon ! je crois qu'elle a compris.

Chiara avait tranché avec autorité, et relevait déjà la fille, encore tremblante. Celle-ci était-elle vraiment aussi naïve qu'elle le prétendait ? Peut-être bien. Avec cette crise qui s'installait, plus aucune femme ou presque, même aussi jeune et aussi gironde, ne trouvait de mari honorable.

Condamnées au célibat, certaines d'entre elles étaient prêtes à tout pour se faire engrosser, et exercer par la suite un odieux chantage auquel les plus tendres de ces messieurs se laissaient piéger.

Ou alors Oriana avait-elle voulu vendre son corps si avenant de manière occasionnelle ; et la transaction avait mal tourné.

— Qu'est-ce qu'on en fait ? interrogea une Sophia elle aussi sur la réserve.

— On va la déposer chez Angela. Ensuite... on verra bien.

Depuis qu'elle avait pris sa retraite, Angela la balafrée tenait auberge à deux pas d'ici, dans une petite *furatole* sans éclat contiguë à l'église Santa Maria della Fava, à la limite des quartiers de San Marco et de Castello.

L'auberge dite du Poussin – *Pulcin'* en bon vénitien –, discret hommage à feu Rolando, ne payait guère de mine. Hormis son enseigne repeinte à neuf, sa façade délabrée et ses équipements vétustes attestaient d'un entretien négligent et d'une clientèle négligée. Mais peu importait à l'accorte et ancienne catin, tout à la joie de son nouvel office.

— Eh bien ! Quel oiseau vous me ramenez là ? s'exclama-t-elle sur le pas de sa gargote, détaillant l'inconnue avec étonnement.

— Un oiseau blessé...

— Je peux voir ça.

— Et tu peux aussi me la garder jusqu'à cet après-midi ? Je suis attendue aux cérémonies de la Sensa.

— Princesse ! se moqua Angela avec tendresse, simulant une brève révérence.

— Ma... la chambre est libre ? se reprit-elle.

— Oh ! tu peux l'appeler *ta* chambre, va. Pour ce que je la loue. Je ne suis pas près de réclamer ta clé.

Angela jouissait de son nouveau statut et de sa nouvelle liberté, mais les affaires n'étaient pas reluisantes. Depuis l'ouverture du Castelletto, rares étaient les putains ou leurs clients qui se risquaient encore à occuper des chambres en dehors du strict périmètre autorisé.

C'est pourquoi, et encore de bon cœur, mettait-elle à disposition de sa protégée une chambrette sous les toits, petit nid qui abritait les rendez-vous clandestins entre le créateur du Castelletto et sa reine.

Nicola Chiutto et Chiara l'Aragonaise.

Laissant Oriana aux bons soins de sa marraine et de ses deux amies, elle grimpa prestement les quelques marches grinçantes qui conduisaient à son perchoir. La pièce était aussi exiguë et modeste que sa première chambre, celle que lui octroyait alors l'infâme Lucia Nigra, à prix d'or, mais planait ici le parfum inimitable de ses amours. Et cela transfigurait ce gourbi. Chaque recoin portait l'empreinte de leurs ébats. Chaque pièce de drap ou de mobilier se souvenait encore de leur plaisir. Pour un peu, il lui aurait suffi de toucher ces vestiges pour ressentir ce qu'elle avait déjà éprouvé ici. Bientôt quatre mois de passion qu'aucun secret ni aucune adversité ne semblaient plus pouvoir remettre en cause. En tout cas, elle l'espérait…

Elle sourit en découvrant sur la paillasse la robe que son amant lui avait fait livrer dans la matinée. Une robe digne d'une princesse, en effet, toute de satin nacré, de broderies fines au col et aux poignets, et de piqûres dorées pour affiner la taille et rehausser l'arrondi délicat des seins. Elle la colla contre elle pour en éprouver le ravissement. Ne manquait qu'un miroir pour apprécier sa métamorphose. Mais sous peu, satisfaction ultime, elle pourrait la lire dans les regards d'hommes qui se poseraient sur elle.

Puis, comme elle tombait sa chemise et ses braies ordinaires, encore collantes des efforts de la course, elle se rappela quelles conditions Giovanni Dolfin, le doge en exercice, avait posées à sa présence à elle aux festivités du jour. Des conditions somme toute logiques ; et pourtant cruelles.

L'essentiel de la joie qui habitait Chiara l'instant d'avant s'évanouit d'un coup. Elle était dévêtue à présent, caressée d'un rayon et d'un vent coulis modelant ses courbes, et se sentait plus nue et vulnérable qu'elle ne l'avait jamais été.

1

Un peu plus tard le même jour…

DES CRIS, DES COUPS, UN TUMULTE GIGANTESQUE…
La décision de réserver à quelques privilégiés les *sposalizio del mare*, épousailles rituelles du doge avec la mer et clou de la Sensa, ne passait pas, décidément. La foule contenue à distance des quais manifestait bruyamment son mécontentement. Les innombrables bandes joyeuses venues célébrer l'événement sur la *piazza* San Marco, et profiter des mille plaisirs de la foire qui y battait son plein, n'appréciaient guère de se voir refoulée à l'approche du Grand canal par le double cordon de gardes ducaux disposé tout du long. D'ordinaire, n'importe quel badaud était admis à ce spectacle. Mais pas cette année, visiblement.

— *Pezz' !* jurait un gros homme éconduit. Nous n'avons pas traversé toute la ville pour regarder la cérémonie d'aussi loin ! À quoi rime la Sensa sans fiançailles ?

— C'est comme ça, nous avons des ordres.

Ceux-ci étaient en effet des plus stricts, et unanimement incompris de ce côté-ci de la mêlée. Des noms d'oiseaux volaient de part et d'autre ; quelques horions s'abattaient même sur les festoyeurs insistants. Tous s'indignaient d'un dispositif si inhabituel et qui, à les entendre, coupait le lien ancestral entre la mer, le doge et son peuple. Mais à épidémie exceptionnelle, mesures exceptionnelles. Les Trois Sages avaient imposé cette mesure protectrice du doge et de ses invités, au détriment de l'esprit de communion populaire.

Comme un géant masqué faisait mine de se glisser entre deux soldats, il reçut même un coup d'épée sur le flanc, éclaboussant de son sang rubicond les robes et les costumes neufs qu'on avait sortis pour l'occasion. L'incident fut ponctué de cris et de nouveaux remous. On hurlait au meurtre, on bramait à l'attentat contre les bonnes gens de Venise ! Les gardes, eux, se demandaient combien de temps ils allaient tenir face à la cohue, rageuse et déçue.

— Tu es peut-être le doge des riches, hurla une voix anonyme à destination des grappes de notables protégés par la soldatesque, mais ne t'y trompe pas : nous serons tous ensemble en enfer, Dolfin ! Il va falloir t'y faire !

Quand, soudain, un autre bruissement vint couvrir les injures et les râles de colère. Comme par enchantement, la foule se fendait devant une mince colonne, un homme suivi de trois factotums affectés, semblait-il, à sa protection.

À la fureur succédait une stupéfaction béate. Presque de la joie.

— *Guard' !* C'est lui ! C'est le capitaine ! soufflaient quelques quidams des premiers rangs à ceux qui s'agglutinaient dans leur dos.

De haute stature, éclatant dans son uniforme blanc rehaussé de galons d'or, l'officier en question traçait son chemin sans un regard pour la populace admirative. Lorsqu'il atteignit la muraille en armes, celle-ci s'effaça sans mot dire pour le laisser passer. Vraiment, un homme qui détenait ce pouvoir méritait leur respect, et ceux qui exprimaient leur aigreur l'instant d'avant paraissaient transfigurés par son apparition. Quelques vivats s'élevèrent même ici ou là, ponctués d'applaudissements nourris.

*

Dans la zone réservée aux invités de choix, l'arrivée de l'homme en blanc n'était pas passée inaperçue non plus. Mais, indifférent aux œillades et à la rumeur flatteuse, celui-ci fondit sans hésiter sur la seule silhouette qui semblait digne de son intérêt et de son rang.

Parmi les convives plantés sur le quai San Marco, et dont la plupart commençaient à s'impatienter, cette splendeur nacrée attirait de fait tous les regards. Conseillers, magistrats, ou encore militaires de haut rang, il y avait là une immense majorité d'hommes, et aucun ne semblait indifférent à de tels atours. Qu'elle fût une ancienne prostituée, et désormais la première d'entre toutes, les retenait peut-être de lui adresser la parole, pas de lui décocher leurs pressantes œillades. « Quoi ? Il n'y a pas de mal à aimer le beau où il se trouve ! » grommela le vieux maître de philosophie Gritti, lorsqu'un proche le prit en flagrant délit.

— Madame, laissez-moi vous dire que si c'est la mer qu'on épouse ici aujourd'hui, il n'y a qu'une femme qui mérite réellement nos hommages.

Chiara baissa les yeux avec modestie.

Son nouveau statut lui valait parfois de pareilles marques de respect ; mais elle n'était pas encore rompue à ce badinage courtisan. Surtout, elle n'oubliait pas que, il y a peu encore, la plupart de ces hommes s'encombraient de peu de mots avec elle, la considérant comme un vulgaire trophée de chair qu'ils décrochaient pour quelques dizaines d'écus.

L'homme qui la toisait de toute sa hauteur portait beau. Un militaire, selon toute évidence. Grand, les yeux clairs et la mâchoire carrée, il semblait se situer dans cet âge intermédiaire où l'expérience le dispute à la vigueur de la jeunesse.

— Votre Seigneurie est trop aimable.

— Lorenzo Celsi, se présenta-t-il avec une brève flexion de la nuque. Capitaine du golfe et commandant de la flotte de la République.

— Ah ! notre meilleure garantie de paix, alors..., spécula-t-elle, légèrement troublée par l'importance du personnage.

— ... ou, je l'espère, notre meilleure chance de succès en cas de guerre, la reprit-il avec une pointe de vanité belliqueuse.

Évadant son regard par-dessus l'épaule de son interlocuteur, elle chercha Nicola des yeux, mais il semblait que depuis son arrivée son amant s'ingéniait à l'éviter. À présent, il avait totalement disparu dans la masse des invités, tous revêtus de leurs plus rutilants habits. Peu d'entre eux lui étaient connus, et pourtant elle gagea qu'il y avait là tout ce que Venise comptait de patriciens des Cà les plus respectées. Elle identifia bien les fils Venier et Morosini, ceux qu'elle avait aperçus lors de la toute première inspection de San Matteo. Mais, fait surprenant, elle ne vit ni Pietro Dolfin ni aucun autre de ses amis les plus proches.

— Vous cherchez quelqu'un ? s'enquit Celsi, un peu vexé. Vous aviez rendez-vous, peut-être ?

— Je... Non. Non, pas du tout. Je me demandais juste où se trouvait Sa Seigneurie le doge. Les occasions de le voir ne sont pas si fréquentes.

— Dans ce cas, vous me ferez l'honneur de me laisser vous conduire à lui, n'est-ce pas ?

À ces mots, il lui présenta un avant-bras aussi large que ferme, qu'elle n'eut pas le cran de refuser.

« En aucun cas, nous ne devons nous afficher ensemble à la vue de tiers, tu m'entends ? » se remémora-t-elle l'interdit édicté par son père. « Et si nous sommes amenés à nous croiser hors de ce palais, tu passeras ton chemin. Il est hors de question que nous ayons le moindre échange. » Et pourtant, il avait pris le risque de la convier au plus exposé des événements de la cité.

Fier de s'afficher en si galante compagnie, le *condottiere* se faisait pressant, enroulant d'autorité le poignet de cette jeune beauté anonyme autour de son bras. Fendant la multitude courtisane, voilà que son cavalier l'entraînait déjà d'un pas décidé. Savait-il seulement qui elle était, et plus encore qui elle avait été avant ces trois derniers mois ?

Mi-envieux mi-goguenards, la plupart des regards se retournaient sur leur passage. Un sillage de chuchotements et de ragots s'étirait derrière eux. Et Chiara n'aurait su dire si elle se délectait de cette revanche, ou si elle avait honte de trahir ainsi les siens, cette populace qu'on contenait par la force, bien loin des édiles et de leurs privilèges.

— Lorenzo, je vois que vous savez toujours aussi bien vous entourer !

La voix de Giovanni Dolfin la statufia. Sourd aux anathèmes venus de la vulgate, Giovanni Dolfin s'était pressé pour accueillir le nouveau venu. Malgré son sourire de circonstance, il était effrayant. Le teint gris et la mine chiffonnée. Même l'or et l'argent éclatants de son ample simarre de brocart ne parvenaient pas à lui redonner une figure décente.

Voilà qu'ils se tenaient tous deux devant le doge. Elle, la bâtarde qu'il cachait. Le vieil homme lui sembla avoir pris mille ans depuis leur dernière entrevue ; mais comme il se tournait vers eux pour leur faire face, son œil bleu lui parut d'un coup plus vif.

Il la transperçait de part en part. « Hors de question que nous ayons le moindre échange », rappelait-il.

— Je ne suis peut-être pas un pêcheur émérite, répliqua le Capitaine, mais j'avoue que je ne suis pas mécontent de ma prise.

— Et quelle prise ! s'exclama le duc sur un ton où le fiel le disputait à la flatterie. La reine du Castelletto, rien moins que ça !

À la seconde que mit son galant à répondre, Chiara comprit que ce dernier ignorait tout de son identité. Sans doute avait-il ses excuses ; un tel chef de guerre devait passer plus de temps sur les océans que dans les salons, mieux connaître le son du canon que celui des *ciacole*.

Pourtant, même au loin, la rumeur du miracle économique que constituait le Castelletto avait dû lui parvenir.

Depuis deux mois environ, depuis le premier relevé des comptes des matrones par les Seigneurs de la nuit, l'argent coulait en effet à flots dans les caisses de la République. Ce n'était certes qu'un début, mais il se révélait déjà plus que prometteur.

— C'est la déesse de l'amour en personne, que Sa Seigneurie me décrit là ! finit-il par s'écrier, flagorneur. Je croyais m'être trouvé une beauté, et j'ai capturé Vénus !

Bien qu'improvisée, sa réponse était rouée, et elle prouvait que le talent politique du *commodore* n'avait rien à envier à celui du vieux duc.

Mais malgré la réserve que lui imposait son père, Chiara appréciait peu d'être l'enjeu de ce combat de coqs. Les yeux mi-clos, humble et pourtant déterminée, elle susurra :

— Tant que Messire ne prétend pas m'enfermer dans une coquille…

Sa repartie érudite souleva l'hilarité des deux hommes et des quelques témoins présents, abrégeant opportunément leur escarmouche. Parmi ces visages, un seul était demeuré stoïque, triste et émacié, celui de Nicola, qui soudain lui apparut comme un vivant reproche.

« Que fais-tu au bras de ce vantard ? » semblaient lui demander les yeux perçants de son amant. « Je suis bien libre de prêter mon bras à qui je veux, puisque toi tu ne l'assumes pas en public », lui répondit-elle tout aussi silencieusement, d'un regard assassin. Las ! les consignes qu'on leur avait administrées à l'un comme à l'autre étaient claires : aucun contact, aucun échange, rien qui, en public, pourrait laisser entendre qu'ils se fréquentaient.

— Parlant de déesse, esquiva Dolfin, je crois que la mienne m'attend. Ne faisons pas s'impatienter notre fiancée. Elle a ses caprices, elle aussi.

Et à ces mots, il fit signe aux deux soldats qui l'encadraient de l'escorter vers l'embarcadère du môle proche, là où les attendait l'imposante silhouette du *bucintoro,* la barge d'apparat de la Sensa. Le navire couvert d'un dais rouge et fraîchement restauré à la feuille d'or brillait de tous ses feux sous le soleil de midi. Grâce à ces quelques aménagements, ce qui n'était au fond qu'une grosse galère pataude à fond plat, encadré de chaque côté par une longue rangée de rames, prenait des airs de divin esquif.

De char céleste.

— Nous allons devoir compter sur elle plus que jamais, mon cher Lorenzo, reprit le duc d'un ton grave.

L'emploi du pronom féminin était ambigu, mais son interlocuteur ne s'y trompa pas. Le doge parlait toujours de la mer, comme l'attestait son regard d'un bleu délavé, fixé sur les eaux sombres du lointain.

Que redoutait-il ? Une nouvelle *acqua alta* ?

— Vous a-t-elle déjà déçu ?

— Non… Mais c'est le moment ou jamais de montrer pour qui penche vraiment son cœur : nos ennemis… ou nous.

L'allusion était cette fois plus qu'explicite. Car les ennemis en question ne pouvaient être que les Génois, auxquels la rumeur prêtait de nouvelles intentions guerrières à l'encontre de Venise. Depuis la perte de la Dalmatie, et malgré la puissance commerciale de ses quelques colonies restantes, telle l'île de Candie, la République était redevenue une cible de choix pour l'appétit insatiable de Gênes.

Filant la métaphore maritime, et l'inscrivant dans l'agenda du jour, Celsi tenta de rassurer son maître.

— Une jeune épousée ne saurait hésiter entre son mari légitime et un amant volage, Votre Grâce. Je suis certain que le moment venu elle fera le bon choix.

— Puissiez-vous être entendu, mon ami. Et vite !

*

Emporté par le doge et sa nuée de courtisans, Celsi laissa à regret la jeune beauté qui l'accompagnait en retrait du cortège de tête.

« Chiara *bella* ! »

Quelques secondes à peine s'étaient écoulées, quand une main décharnée se posa sur l'épaule de la jeune femme. Elle sursauta, manqua de gifler l'importun, avant de découvrir le visage amical du *capisestiere* Mosca.

— Alvaro ! s'exclama-t-elle avec joie.

À dire vrai, son protecteur faisait peur à voir, lui aussi. Son visage déjà maigre comportait désormais plus de squelette que de chair vivante. Son teint était blafard et il tenait à la main un mouchoir de batiste comparable à celui qu'avait un jour perdu Nicola. Mais celui dans lequel expectorait à présent le vieil homme était constellé de sang frais, d'un vermillon encore humide.

D'une paume tendue, un peu tremblante, il repoussa l'embrassade qu'amorçait sa pupille, sans que cessent les spasmes réguliers de sa toux.

— Mon Dieu, Alvaro... !

— Ce n'est rien, tenta de minimiser son ami. Une mauvaise fièvre. Un peu d'air marin et il n'y paraîtra plus rien.

— C'est ce qu'en dit ton médecin ?

— Oui, oui... Grazziani connaît son art comme aucun autre carabin de cette ville. Ne t'inquiète pas, mon enfant.

C'était l'une des premières fois qu'il l'appelait ainsi, et cela l'ébranla autant que la face déconfite qu'affichait Alvaro Mosca.

Pourtant, elle eut la conviction que ce dernier lui mentait, et qu'il n'avait pas consulté le fameux médecin juif qui, quelques mois auparavant, avait miraculeusement remis Gina sur pied.

Comme un écho à ses doutes, le vieux *cavacanalo* fut secoué d'une nouvelle salve, cette fois si violente qu'il demeura courbé un long moment, le nez dans son mouchoir écarlate.

— Tu ne peux pas rester comme ça, Alvaro...

Elle n'osa lui dire, mais elle n'était pas peu surprise que les gardes supposés filtrer les potentiels malades l'aient laissé accéder au saint des saints. À quelques pas seulement du doge et de ses invités.

— Hum ! je crois que tu as raison.

— Je vais te raccompagner chez toi, fit-elle mine de saisir le bras tremblant et décharné.

— Que nenni ! Reste donc ici, Princesse… Va t'amuser !

D'un regard épuisé, il désigna le *bucintoro* sur lequel le doge et ses proches s'apprêtaient à monter.

— Ne t'en fais pas pour moi, insista-t-il. Je vais rentrer me reposer, et chasser tout ça avec un bon bouillon d'herbes.

— Tu es sûr ?

— Certain. De toute façon, ces grandes célébrations ne sont plus de mon âge. Allez, vas-y vite ! Tu vas finir par tout manquer.

— Je viendrai te raconter après.

— Mais j'y compte bien, j'y compte bien…, chevrota-t-il, imprimant une poussée faible dans le dos de Chiara.

*

Cette fois, la cérémonie des épousailles maritimes allait enfin pouvoir commencer. Malgré les cris furieux leur parvenant de la foule interdite de réjouissance, l'effervescence était palpable parmi les dizaines de courtisans agglutinés sur le quai. De fait, à peine le doge eut-il posé le pied sur la passerelle, qu'un groupe de jeunes aristocrates, désireux d'occuper les meilleures places à bord, déborda la garde rapprochée du duc et grimpa à la suite de Dolfin.

L'étroite plate-forme ployait sous leurs poids conjugués, tanguait de droite et de gauche, provoquant plus de rires joyeux que de crainte.

— Ils sont beaucoup trop nombreux, hurla Nicola à l'intention des gardes qui tentaient de contenir cette agitation. Ça ne va pas tenir ! Retenez-les, bon sang !

Le craquement fut net, et l'effondrement si rapide que tous étaient déjà précipités dans l'eau verdâtre de la lagune, avant que quiconque n'eût réagi sur le quai. Ils étaient une bonne vingtaine à se débattre au milieu des débris flottants. Et manifestement, aucun d'entre eux ne savait nager. Au milieu de ce chaos, la simarre éclatante du doge disparaissait un peu plus à chaque seconde qui passait. Le prince buvait tasse sur tasse, se débattant avec une énergie qui décroissait à vue d'œil. Encore quelques instants, et il mourrait noyé là, à trois pas de sa gloire, de la plus stupide des manières.

Un autre plongeon, volontaire celui-ci, surprit les spectateurs du drame. Nicola s'était jeté à l'eau. Puis, invectivant les gardes tétanisés, réclamant qu'on lui jette un cordage, il avait saisi le duc par les aisselles, et s'employait à présent à lui passer le licol de chanvre autour de la poitrine. Quatre soldats, et non des moins vigoureux, furent nécessaires pour hisser Sa Grâce hors du bassin.

— Il respire ! Il est vivant ! s'écria aussitôt l'un d'entre eux, pour rassurer qui pouvait l'entendre.

Mais en dépit du soulagement, personne n'osa laisser exprimer sa joie ou crier au miracle. Le doge était sauf, certes, mais qu'une telle tragédie survînt le jour de la Sensa ne pouvait être qu'un bien funeste présage. Plus encore en ce temps de guerre imminente…

On répéta ensuite l'opération pour les autres victimes, ces gandins inconséquents qui avaient provoqué l'incident, mais près de dix d'entre eux avaient déjà coulé, quand d'autres longes furent enfin disponibles pour les extraire de la lagune.

— Quelle mort idiote ! grommela avec rage Lorenzo Celsi, pour ceux qui l'entouraient. Quelle mort inutile… Et dire que nous manquons d'hommes sur nos galères !

D'un geste las, il pointa ses vaisseaux qui, sur les appontements voisins, attendaient d'appareiller et brûlaient d'affronter l'armada génoise. Le traité de paix de Zadar était déjà de l'histoire ancienne, et les provocations à répétition de leurs meilleurs ennemis rendaient désormais un nouveau conflit inévitable.

Ainsi, la mer n'était pas pour lui cette fiancée qui se donne sans résistance, mais bien une femme qu'il convient de prendre par la force. Un territoire à défendre, à conquérir, et sur lequel il fallait sans cesse lutter pour le faire sien.

Sa tâche achevée, et négligeant la ressource des cordes qu'on lui tendait, Nicola pataugea tant bien que mal jusqu'aux barreaux d'une échelle métallique, fichée dans les gros blocs rocheux du débarcadère. Chaque mouvement pesait des centaines de livres, mais il mit malgré tout un point d'honneur à s'en sortir seul. Quitte à accomplir un exploit, autant qu'il fût entier.

Par chance, ses habits du jour étaient courts et point trop enveloppants. Depuis qu'il siégeait au Grand Conseil, l'ancien confesseur de la famille ducale avait renoncé à la robe ecclésiastique. Il n'était pas ce que l'on appelle à proprement parler un défroqué, mais disons qu'avec l'assentiment de l'évêque de Castello, son protecteur Fortunato Vaselli, il avait comme mis sa prêtrise entre parenthèses. Petit arrangement avec Dieu pour s'occuper, au moins un temps, des affaires des hommes.

Il se rétablissait tout juste sur la berge, trempé, épuisé, aussitôt entouré de félicitations et de soutiens, quand il vit la silhouette de Chiara s'effondrer à même le pavé, à quelques pas de là. Blême, et sans connaissance.

La jeune femme n'avait rien manqué de la scène. Elle ne s'était rien épargné, ce faisant, de ses souvenirs de noyade, et des circonstances qui l'avaient conduite à se jeter dans le Grand canal, treize ans plus tôt, un jour d'hiver 1348. Ce jour-là, elle avait perdu une mère ; ce jour présent, elle avait manqué de perdre son père. Cette conjonction d'émotions, traversant le temps, avait probablement eu raison de son âme si sensible.

Nicola la considéra ainsi un moment, sans vie apparente, impuissant. Déchiré. Il chassa l'image d'une Chiara dénudée dans la chambrette de l'auberge du Poussin, aux rondeurs plus épanouies et offertes que jamais. Telle qu'il l'avait vue deux nuits auparavant ; telle qu'il était prévu qu'il la retrouve dès le soir même.

Mais déjà des mains secourables assistaient sa maîtresse, qui tapotant les joues rosies, qui dégainant un mouchoir parfumé de camphre ou de lavande. Se précipiter à son tour serait un aveu ; ne rien faire lui était une intolérable douleur.

Alors, il choisit de souffrir.

2

Le surlendemain,
9 mai, au petit matin…

CETTE CARESSE INTERMINABLE EST UN SUPPLICE.

Depuis de longues minutes déjà, elle s'étire sur toute la surface de sa peau, alternance de mains, de lèvres et de cheveux, noirs et soyeux. Jamais Nicola ne l'a désirée avec autant de patience, autant d'application, artisan de leur sensualité. Sa délicatesse du jour confine à l'art ; un art neuf, éphémère, et si sensible, celui dont son plaisir prochain sera le chef-d'œuvre.

A-t-il tant à se faire pardonner ? Ou cherche-t-il à combler à lui seul ce manque qui les cuit depuis deux jours ? Rien ne s'est déroulé comme prévu, le jour de la Sensa. Le sauveur du doge n'a eu d'autre choix que d'accepter l'invitation qui lui était faite au palais, le soir même. Le jour d'après ne leur a guère laissé plus de loisirs. Jusqu'à la nuit dernière, enfin…

Alors il est grand temps de rattraper les baisers perdus. Passé la douceur, il s'y emploie avec une avidité de fauve. Il mord la nuque qu'elle lui offre, le visage enfoui dans sa couche. Ce mince bourrelet apparu autour de ses reins. Ces fesses qui n'ont jamais appelé leur maître avec autant d'insistance. Chiara était déjà un délice ; les semaines écoulées ont fait d'elle une divine sucrerie, dont chaque repli excelle par sa saveur et ses proportions. Il ne l'aimerait pas maigre, ça non. Au contraire, il adore cette générosité nouvelle, parfait équilibre entre tension des lignes et profusion de la chair. Quant à cette chambrette à l'auberge du Poussin, elle est l'écrin que réclamait un tel prodige. Peu importe sa modestie. Il y a là juste assez de lumière pour souligner chaque détail de peau, sculpter les courbes, exalter les plus secrets parfums.

Quand il engouffre son nez avide entre les cuisses ouvertes, la fragrance qui le submerge le fait presque défaillir. Il ne dévore pas le mystère qui se donne à lui, il l'explore. Avec minutie. Dépliant chaque pétale de chair. Goûtant chaque perle de rosée. Une infime variation dans le goût de Chiara le surprend ; puis le pousse à s'enhardir. Il plonge la langue en elle, dardée droite, pour cueillir la sève à sa source. Les gémissements qui s'élèvent lui indiquent qu'il touche au but, que le chemin est juste et son pas le bon. Jamais il ne l'a fait jouir de cette façon, et ce caractère inédit est sa meilleure récompense. Peu importe son propre plaisir, tant qu'il l'enivre de la sorte, tant qu'il la surprend.

*

La veille, lendemain de l'Ascension, elle avait passé toute une partie de l'après-midi avec Angela. Elle ne se remettait toujours pas de son malaise du jour précédent. Ne s'expliquait pas la persistance d'un étourdissement qui, d'évidence, ne devait pourtant qu'au charivari des émotions contradictoires qui s'étaient emparées d'elle.

Après avoir été ranimée sur place, on l'avait fait porter jusqu'à son domicile, le grand appartement si généreusement alloué par les Morosini. Mais là, alors qu'on lui prédisait un rétablissement rapide, quelques heures de sommeil et il n'y paraîtrait plus rien, les vagues successives d'une nausée tenace l'avaient agitée. Cela ne ressemblait pas aux symptômes de la peste, Dieu merci.

Alors, à quoi ?

— Dame, c'est une sacrée maladie que tu nous as contractée là..., déplorait la balafrée à son chevet.

— Tu crois ? Tu sais ce que c'est ?

— Je le sais... sans le savoir.

Chiara fronçait, pinçait, frissonnait, intriguée et inquiète.

— Je ne te comprends pas.

— Disons qu'il y a certains maux dont il n'est pas nécessaire d'avoir souffert pour en reconnaître les signes.

— Parle, enfin ! Je dois m'alarmer, oui ou non ?

— Tout dépend...

— Tu vas accoucher, à la fin ?!

— Eh bien, justement...

— Quoi, justement ?

— « Tu vas accoucher à la fin. » Je ne saurais mieux dire.

La sentence s'était accompagnée d'un sourire, aussi doux et bienveillant qu'une promesse. Angela riait presque de voir les yeux de sa filleule tant s'arrondir. Incrédule.

— Je suis... ?

— Tu es, *bella* ! Je suis à peu près formelle là-dessus. Et d'après ce que nous dit ton corps, à mon avis, ça ne date pas exactement d'hier.

— De combien ?

— Je ne suis pas médecin. Mais vu la rondeur de tes seins, ce petit ventre qui pointe, et maintenant tes nausées... je dirais au moins deux bons mois.

À l'effarement radieux succéda soudain un choc, qui tira un voile sombre sur le visage de l'Aragonaise. Ses éphélides en pâlissaient d'appréhension.

— Nicola..., bredouilla Chiara.

— Nicola ?

Au moins connaissait-elle le nom du père avec certitude. Elle était sans doute la seule dans tout le Castelletto à pouvoir en dire autant. Cette pensée la ramena aux événements de la course des catins – la dénommée Isabella, une jeune Florentine gracile, aux jambes de gazelle, l'avait finalement emporté. À cette Oriana qu'elle avait arrachée aux mains des violeurs, et qui depuis avait trouvé refuge chez Angela.

Qui sait, son ventre à elle aussi abritait peut-être déjà le fruit de cette abomination.

— Il ne doit pas savoir, trancha Chiara après un silence.

— D'accord, je ne lui dirai rien dans l'immédiat. De toute façon, c'est à toi de lui annoncer, pas à moi ou à Gina.

— Tu ne m'as pas comprise : il ne doit *jamais* savoir !

Montant de la rue, le cri d'un rabatteur leur rappela dans quel quartier elles se trouvaient : « Françaises ! Dalmates ! Germaines ! Toutes des filles saines, Mes Seigneurs, toutes contrôlées par nos médecins ! »

Oh, bien sûr, elle ne doutait pas que Nicola accueillerait cet enfant avec plus de bonté qu'elle n'en avait elle-même reçu de Giovanni Dolfin. Son amant ne l'exilerait pas de force. Il ne bannirait pas le produit de leurs amours ; en tout cas pas tout de suite. Mais qu'adviendrait-il quand l'opprobre et la honte s'abattraient sur eux ? Entre un bâtard né d'une prostituée et sa carrière, son choix n'était-il pas écrit par avance ?

— Tu es sérieuse ?

— Tu sais aussi bien que moi ce que sera la vie de cet enfant, si l'on apprend de quel père il provient.

— Tu n'en sais rien... Et si Nicola acceptait de t'épouser ? S'il vous légitimait, toi et...

D'un geste, elle désigna ce ventre à peine rebondi mais que Chiara tenait déjà à pleines mains.

— M'épouser ? Tu crois vraiment ça ? Il n'ose même pas s'afficher avec moi devant ses pairs !

— Pour l'instant..., tenta Angela pour la rassurer. Et parce que Dolfin le lui a interdit. Mais aucun doge n'est éternel. Surtout pas celui-ci, d'après ce que j'ai compris.

L'évocation de cette perspective la laissa interdite. Qui aurait pu prédire en effet la politique du doge à venir. De l'avis général, la fin de Giovanni Dolfin n'était plus qu'une question de mois, peut-être même de semaines. Dans les *ridotti* des environs, ces maisons de jeu ouvertes par certaines matrones en marge de leur commerce premier, on prenait déjà des paris sur le jour de sa mort.

— On verra..., conclut Chiara dans un soupir. Mais pour l'instant, je te le demande comme une faveur : pas un mot sur ma condition. À qui que ce soit !

Un peu plus tard cet après-midi-là, une autre bouche à nourrir s'était vue conviée dans le vaste logement de la *calle* Rampani. Chiara ne pouvait laisser plus longtemps sa jeune protégée à la charge d'Angela. Encore frissonnante des émotions de la veille, Oriana avait accepté l'invitation avec des attitudes de petit animal blessé. De toute façon, elle n'avait plus nulle part où aller. Jamais ce qu'il lui restait de famille ne l'aurait reprise, après l'infamie qu'elle venait de subir. Ainsi allait ce monde malade, où les victimes de la sauvagerie des hommes passaient pour coupables. Le Castelletto était plein de ces pauvresses devenues catins par accident, avant que d'être pleinement femmes. Dans une cité où le pouvoir n'était que masculin, il ne restait plus grand-chose à la fille qui perdait sa fortune ou son honneur.

— Si cela te convient, lui exposa Chiara, l'attirant dans son salon richement meublé, je te propose l'accord suivant : je t'offre gîte, couvert et protection, et en échange tu effectueras quelques menus travaux du quotidien dans cette maison. Rien de bien méchant : un peu de ménage, un peu de cuisine, du service de temps à autre...

Rosissante de gratitude, la gamine approuva l'offre d'une brève inclinaison de la tête. Elles se ressemblaient peut-être, mais Chiara se fit alors la réflexion que rien n'aurait su plus séparer leurs deux caractères. Sa propre vie aurait peut-être été plus simple, si elle avait été aussi docile que cette jeune effarouchée.

*

« Et donc tu l'héberges chez toi ? Gracieusement ? Tu ne la connais même pas ! Tu l'as trouvée dans la rue… », s'offusqua Nicola.

« Là même où tu m'as trouvée », se retint-elle de le prendre aux mots.

Par prudence, Chiara et Nicola évitaient de prolonger leurs entrevues plus de deux heures dans le même endroit. Ainsi, quand ils avaient épuisé le charme rustique de la mansarde sous les toits de l'auberge du Poussin, se retrouvaient-ils parfois dans une pièce privée d'une étuve du quartier San Bartolomeo, pour y prolonger débat et ébats. Elle arrivait généralement la première puis, à la faveur d'un nouveau nuage de brume camphrée, les couloirs carrelés alors envahis par l'épaisseur vaporeuse, il la rejoignait incognito, dans une petite cellule aux murs de mosaïque, où ils se claquemuraient pour un temps indéterminé.

— Eh bien quoi ? se défendit-elle. Je n'ai pas droit à une servante, comme n'importe quelle dame digne de ce nom ?

— Tu en as déjà une, *bella.*

— Lisa ? Elle est nulle ! Elle m'a déjà cassé deux bols de Murano, rien que ce mois-ci.

— Sans compter Gina.

— Dois-je te rappeler que Gina est surintendante du Castelleto, monsieur le conseiller. Ce n'est pas ma domestique.

— Si tu le dis…, lâcha-t-il en haussant les épaules.

Les échos provenant d'une cabine voisine, en tous points semblables à la leur, leur indiquèrent qu'ils n'étaient pas les seuls à s'y réunir pour de discrètes effusions.

À une série de petits piaillements aigus succéda bientôt un râle grave, profond et puissant, dans lequel semblaient s'unir les jouissances des deux protagonistes. Le plaisir des autres est toujours risible, et ils ne manquèrent pas d'échanger un sourire complice, qui gomma d'un coup leur brouille naissante.

Une autre fois, les cris dans la pièce contiguë étaient si nombreux, qu'ils en avaient déduit qu'une troupe entière s'y adonnait à on ne sait quelle orgie débridée. Lors des périodes de fête, il n'était pas rare que des visiteurs étrangers se rendent à Venise par groupes entiers, pour se livrer à de tels libertinages.

— Tu ne m'as pas dit ce qui s'était passé après ton acte de bravoure, à la Sensa ?

— Eh bien, je dois dire que Dolfin s'est montré très généreux.

— Généreux jusqu'à quel point ? demanda-t-elle avec une moue dubitative.

— Il m'a fait chevalier de l'ordre de San Marco.

La plus haute distinction qui pouvait être donnée dans la République de Venise. Nicola avait beau négliger d'ordinaire les honneurs, la fierté pouvait se lire sur son visage perlé de sueur et d'eau mentholée.

— La médaille, tu l'as sur toi ?

— Non, pas encore. Il doit me la remettre d'ici quelques jours.

— Hum !..., grimaça-t-elle, décidément peu convaincue. Ce genre de cadeaux ne lui coûte pas grand-chose.

— Certes, admit-il avec un air contrarié, mais à l'approche d'un conflit, un tel titre n'est pas si anodin qu'il en a l'air.

— Et pourquoi ça ?

— S'ils en font la demande, tous les chevaliers de l'ordre de San Marco sont admis à siéger au Conseil de guerre.

— Et toi, tu iras ?

— Je ne sais pas encore... Mais peut-être bien, oui.

— Toi, un homme d'Église, un homme de paix, tu irais jouer les matamores avec ces... avec ces pantins assoiffés de sang ?! Tu penses vraiment que nos rues ne sont pas pavées d'assez de cadavres ?

— C'est justement parce que je suis un homme de paix, comme tu dis, qu'il importe que je sois présent dans ce genre d'assemblées. C'est en laissant au contraire la guerre aux seuls bellicistes que l'on arrive à des carnages qui pourraient être évités.

L'argument ne la laissa pas indifférente. Décidément, Nicola n'était pas qu'une tête bien faite. Plaquant alors sa poitrine abondante contre le torse de son homme, lui décochant un sourire fripon, elle feula à son oreille :

— Mais dites-moi, monsieur le Chevalier, c'est que vous nous feriez un doge presque décent !

— Arrête de te moquer…

— Mais je ne moque pas du tout, poursuivit-elle sur ce ton, mi-sérieux, mi-canaille. Tu sais comme moi que Dolfin n'en a plus pour très longtemps. Des élections sont certainement imminentes. Qu'est-ce qui t'empêcherait de te présenter ?

« À part moi ; à part notre enfant », s'abstint-elle de préciser, tout à son jeu de pouvoir et de séduction, bien décidée à aiguillonner l'orgueil et les sens de son champion.

— Mon origine plébéienne, ma condition ecclésiastique encore récente, mes faibles moyens financiers, mon absence criante de soutiens… Ce ne sont pas les obstacles qui manquent, crois-moi.

Ces réserves étaient censées, bien sûr, mais elles prouvaient qu'il ne retournait pas cette hypothèse pour la première fois. Lui aussi, sa modestie dût-elle en souffrir, il y avait déjà songé.

— Tu oublies ton succès au Castelletto, ces propriétaires fonciers que tu contribues à enrichir… Sans négliger ton petit exploit d'avant-hier ! Tout le Grand Conseil a pu apprécier ta fougue et ton abnégation. Ce genre de démonstration symbolique frappe souvent plus les esprits que le travail de l'ombre.

— La moitié d'entre eux au moins brigue la corne ducale !

— Peut-être, mais la moitié d'entre eux n'a pas l'appui inconditionnel du *capisestiere* de San Polo…

Elle parlait d'Alvaro Mosca, évidemment, qu'un mot de sa part suffirait à mobiliser en faveur de Nicola, elle n'en doutait pas un instant.

Mais son exaltation n'était pas aussi contagieuse qu'elle l'aurait voulu. Nicola demeurait méfiant. Et si son corps capitulait peu à peu sous les baisers dont elle picorait à présent son cou et son visage, son esprit demeurait inflexible.

— Je suis très flatté que tu me voies un aussi brillant destin, vraiment.... Mais je crois que tu ne mesures pas bien la puissance de mes concurrents potentiels. Les Dandolo, les Venier, les Morosini, les Gradenigo, les Contarini, les Falier... À eux seuls, ils possèdent plus de la moitié de Venise ! Comment veux-tu que je fasse campagne contre ces gens-là ? Je suis juste supposé me dresser, et ils s'effaceront ? C'est ça ton plan ?

Et il ne mentionnait même pas ces autres impétrants, qui dans les rangs mêmes de Giovanni Dolfin préparaient sans doute déjà sa succession. L'absence de Pietro à la Sensa, notamment, ne devait rien au hasard. Bouder la cérémonie qui, entre toutes, légitimait le pouvoir du doge était en soi une manière de désavouer son père, et de se positionner comme un possible successeur, chacun pouvait le comprendre.

Abandonnant pour de bon le terrain politique, Chiara glissa une main lascive sous le drap qui recouvrait encore le ventre et les cuisses de son amant. D'une poigne aussi ferme qu'enveloppante, elle se saisit du sexe qui déjà ne demandait qu'à regagner en vigueur.

— Mais tout à fait, monsieur, vous n'avez qu'à vous dresser ! murmura-t-elle d'une voix rauque.

L'instant d'après, elle plongeait sur le bas- ventre qu'elle venait de dénuder d'un geste impérieux. Quand ses lèvres humides et fraîches rencontrèrent le gland gonflé, Nicola ne put retenir une plainte. Elle butina un moment le pourtour de la couronne charnue, prolongeant à dessein l'attente exaspérée de sa victime. Puis d'un coup elle engouffra toute la longueur de la hampe jusque dans les profondeurs de sa gorge. Elle l'entreprit ainsi un moment, juste assez pour brouiller le jugement de Nicola et abattre ses défenses, mais sans précipiter pour autant l'épilogue attendu.

Affalant cette fois toute la serviette sur le sol carrelé, luisant et chaud, elle s'assit sur les cuisses vigoureuses de son partenaire, et chevaucha la colonne de chair frémissante qui n'espérait plus qu'elle. Lentement, elle ondulait sur lui, imprimant à ses reins une houle qui emportait leurs deux corps unis. En elle, elle pouvait percevoir les palpitations impatientes que ses mouvements provoquaient. Elle s'arrêtait alors, parfaitement immobile, avant de reprendre sur un rythme plus doux, plus languide, jusqu'à l'alerte suivante.

Au moment de jouir, Nicola fut traversé par une étrange pensée : avait-elle placé en elle cette décoction d'herbes qu'elle s'appliquait habituellement, et qui devait les prémunir d'une éventuelle grossesse ? Ou bien s'en était-elle chargée avant son arrivée ? Chiara n'était pas folle. Elle savait comme lui quel désastre serait, dans leur situation, la venue d'un enfant.

Mais les ondes libératrices balayèrent bientôt toute peur et tout scrupule. Il oublia tout, si ce n'est leur amour et leurs extases conjuguées, enchaînées l'une à l'autre par leurs spasmes. Par leurs baisers.

Il n'en doutait pas ; il n'y avait pour eux d'autre avenir que celui-là.

3

Le même jour

« SPEC' DE RATTO ! Tu pensais vraiment qu'on te laisserait balader ta sale queue à l'intérieur ? »

L'homme qui hurlait ainsi était un garde posté à la guérite de contrôle orientale, à l'angle des rues Galeazza et San Giovanni. Plastronné de cuir et ganté de fer, il entravait le passage vers le quartier fermé de toute sa hauteur. Son poing refermé sur le col d'un petit homme chapeauté, il étranglait presque ce dernier, statufié par la peur.

Déjà, un attroupement se formait autour de l'algarade, métissage de curieux, de marchands du quartier, de clients du Castelletto voisin.

— Je suis un habitué…, plaidait l'homme d'un filet de voix étouffée.

— Eh bien, à l'avenir, tu seras prié de changer tes habitudes.

À deux pas de là, Sandro Lombardo considérait l'interpellation comme si elle ne le concernait pas, lissant d'une main distraite son bouc finement taillé. C'est pourtant bien lui qui avait identifié puis dénoncé le contrevenant.

Depuis que sa matrone l'avait chargé de cette nouvelle mission, il s'en acquittait avec cette hargne de parvenu qu'il mettait en toute chose.

— Enfin, vous, vous me reconnaissez ! l'apostropha l'inconnu. Je viens toutes les semaines depuis des années. Je ne fréquente que des filles de *signora* Lucia !

— Je ne connais pas ce sire, nia le ruffian d'un air absent. En revanche, je sais reconnaître un juif quand j'en vois un.

— Dites donc, ça ne vous a pas toujours gêné..., s'offensa l'intéressé, toujours étreint par le colosse armé. J'ai plus versé à vos filles qu'à toutes les *scuole* de ma paroisse.

Se vanter de ses bonnes œuvres était une faute de goût, mais les comparer aux putains de San Matteo confinait au blasphème.

— Vous pourriez avoir glissé dix mille ducats dans leurs fentes qu'elles ne vous appartiendraient pas pour autant, rétorqua le ruffian sans se départir de son calme. Votre engeance et vous-même n'êtes plus les bienvenus chez nous, un point, c'est tout.

— Tu entends ce qu'il te dit ? beugla le soldat à l'oreille du malheureux.

— Ça va, ça va, je ne suis pas sourd...

Le garde leva alors un œil interrogateur vers Sandro. Un regard qui demandait « j'en fais quoi ? », et ne paraissait pas trouver par lui-même de réponse à cette question. Si la nouvelle règle était claire – pas de juifs admis dans le Castelletto –, aucune consigne punitive n'avait été édictée par le Seigneur de la nuit, Filippo Dona, à l'encontre de ceux qui l'enfreignaient. Une lacune qui laissait toute latitude aux matrones et à leurs sbires pour expédier leur propre justice.

— Fais-lui donner vingt coups, trancha Lombardo avec sévérité.

— Quoi ?! couina l'homme au chapeau. Mais je n'ai rien fait de mal ! Je n'y suis même pas entré, dans votre maudit bordel !

— Vingt, vous êtes sûr ? tressaillit le garde, d'apparence pourtant peu clémente.

— Tu as raison, mettons plutôt vingt-cinq, bon poids, qu'il n'y revienne plus.

Un simple planton se chargea de la besogne, et le cuir du fouet lardait pour la première fois le dos malingre du pauvre hère, quand Gina passa à proximité, les bras chargés d'un gros sac de paille. Comme beaucoup, elle observa le supplice en silence, horrifiée. Mais bientôt, alors que les coups s'enchaînaient, et que des gouttes de sang et des lambeaux de peau voletaient dans la lumière éclatante de cette mi-journée, quelques quolibets et injures fusèrent des rangs nourris de la populace.

— Faites-le bien saigner, ce cochon ! Ça le purgera de sa peste !

— Va donc contaminer tes propres garces, *ratt'* !

Personne n'aurait su dire d'où provenait cette légende, mais déjà, en 1348, elle avait alimenté les peurs et attisé l'aversion contre les israélites : les enfants d'Abraham portaient en eux le bacille de la peste. Rien n'était plus faux, bien sûr, mais comme les rats ne pouvaient être ni contenus ni fouettés, il fallait bien qu'on trouvât une cible plus facile à circonvenir, afin d'y déverser la colère ambiante.

Le châtiment injuste s'éternisait, odieux spectacle, lorsque enfin Gina sentit le regard qui s'était posé sur elle. Sandro la détaillait avec ce mélange de mépris et de concupiscence qu'il réservait aux mérétrices de son goût. Qu'il ne l'ait jamais possédée faisait d'elle une proie privilégiée.

La rousse, elle, n'oubliait rien des événements passés. Un rapide coup d'œil à la ceinture du ladre lui prouva que la dague qui s'était plantée en elle, celle qui avait tué le petit Rolando et ses espoirs de fuite, y pendait toujours, prête à reprendre de l'usage. La douleur à son flanc, encore récente, se raviva soudain.

— Tu mollis, exhorta Sandro, à l'intention du bourreau. Frappe-moi mieux cette vermine !

Bien que le ruffian ne fût pas son supérieur, le soldat s'exécuta, et ses coups redoublèrent de force. La violence était telle, que la plupart des putains présentes tressaillaient d'effroi à chaque nouvelle salve. Elles savaient qu'il n'en fallait jamais beaucoup pour qu'on les chargeât elles aussi de tous les maux.

Mais désormais, Gina n'était plus cette vulgaire putain à la merci des maquerelles et de leurs *loppini*. Elle, la surintendante du plus vaste bordel public de la chrétienté, à sa façon le premier et le plus profitable du genre, veillait sur les finances et la bonne fortune de toute la République. Qui prendrait le risque de couper une simple mèche de sa crinière ? Certainement pas un Sandro Lombardo…

La nuque haute et fière, mais les yeux déjà embués, elle n'attendit pas que le fouet ait cinglé une dernière fois dans la chair à vif pour s'éloigner. Sans un regard pour le factotum de Lucia Nigra.

*

L'office des Seigneurs de la nuit se situait non loin de là, *calle* della Madonna, en dehors du périmètre bouclé et à deux pas du Grand canal. La masure qu'occupait l'institution était d'apparence modeste, mais le dispositif de sécurité établi tout autour, double rideau de factionnaires en armes, laissait peu de doute quant à l'ampleur des sommes qui y étaient collectées.

Après avoir montré patte blanche à deux reprises, dévoilant à chaque fois les épais livres de comptes dissimulés dans son panier en paille grossière, Gina fut admise à l'intérieur de la bâtisse. On la fit patienter quelques minutes dans une antichambre qui s'apparentait à une salle des gardes, sombre et puante, avant de l'introduire dans une pièce contiguë, à peine plus avenante, ni mieux décorée. La seule fantaisie était cette table marquetée, souillée par les taches de vin et divers reliefs de nourriture.

— Mademoiselle Gina ! s'écria le géant barbu qui se dressa tout soudain devant elle. Je ne saurais dire laquelle de ces perspectives me ravit le plus : vous contempler pendant une heure, ou vous entendre parler chiffres dans le même temps !

C'était déjà la troisième fois que Gina rencontrait le Seigneur de la nuit Filippo Dona en privé, pour le relevé mensuel des comptes du Castelletto, et elle ne s'y faisait toujours pas. Elle pouvait bien masquer sa peur derrière ses sourires et ses battements de cils, le sentiment funeste que lui inspirait cet homme circulait plus que jamais en elle, tel un poison incurable.

— Seigneur Dona, répondit-elle, dans une brève inclination de nuque.

— Alors, alors, quels nouveaux prodiges allez-vous me sortir de vos écritures ?

Puisant de l'assurance dans les résultats qu'elle savait en effet bons, au-delà même des espérances ducales, la jeune femme défourailla les trois gros livres de son sac, et les posa d'un seul mouvement sur le grand bureau de son hôte. Le choc sonore, signe du poids imposant desdits volumes, tira au butor un large sourire de contentement.

— Ce n'est pas à un homme aussi avisé que vous que je vais l'apprendre, le piqua-t-elle d'une pernicieuse remarque, accompagnant son badinage d'un sourire canaille : la profusion de la marchandise est rarement un gage de qualité.

— Hum, j'avoue pourtant qu'à titre personnel, plus il y en a…

Elle n'ignorait rien de ce penchant ; toutes les filles de San Matteo le savaient. Filippo Dona, d'après les catins qui l'avaient eu pour client, était en effet réputé pour apprécier les femmes opulentes. Ces mérétrices qui, étymologiquement s'entend, méritaient un salaire en accord avec la profusion offerte. À son goût, leurs seins et leurs fesses n'étaient jamais assez replets. Plus leur chair débordait des culottes et des décolletés et plus il tutoyait l'ivresse.

Certaines prétendaient même qu'il leur faisait livrer des victuailles, clandestinement s'entend, afin de les engraisser entre deux rendez-vous.

Le sourire égrillard avec lequel il avait énoncé cela glaça Gina, mais elle contint tant bien que mal son dégoût, et lui demanda plutôt :

— À propos de nombres, le *capisestiere* Mosca ne devait-il pas être également présent à ce relevé de compte ?

— Mosca, oui..., éluda-t-il comme on chasse une mouche. Eh bien, il m'a fait savoir qu'il ne serait pas des nôtres. Il est alité.

— Alité, vraiment ?

— Que voulez-vous, j'imagine que la présente épidémie goûte plus ce genre de vieilles carcasses que les nôtres.

Il leva un sourcil fataliste, signifiant par là que la perte du vieux *cavacanalo* n'en serait pas réellement une pour lui, et désigna la pile de registres comptables d'un air gourmand.

— Dites-moi tout : ce mois-ci, sommes-nous riches, très riches, ou immensément riches ?

Mais Gina ne se remettait pas de la perfide allusion. Mosca, victime de la peste ? Son regard flotta un instant dans la pièce, cherchant où fuir. Elle aurait voulu quitter la pièce séance tenante, courir jusque chez Alvaro, au sud du *sestier* de San Polo, *calle* della Passion. Il lui faudrait pourtant supporter d'abord ce tête-à-tête imprévu avec Dona.

— Eh bien, la relança le Seigneur de la nuit, ces chiffres sont si favorables qu'ils te font tourner la tête ?

— Non... Pardonnez-moi, mon Seigneur. Je me demandais juste par laquelle de nos matrones commencer.

— Hum... Pourquoi pas la plus profitable ?

— Très bien, très bien, approuva-t-elle avec trop d'empressement pour dissimuler tout à fait son trouble. Dans ce cas, il s'agira une fois encore de Lucia Nigra.

Dona accueillit la nouvelle avec un rictus entendu.

— Je le savais. Cette vipère s'y connaît comme personne pour faire couler l'or d'entre vos jambes.

Comme Gina tiquait, il se souvint qu'il parlait dorénavant à la trésorière en chef du Castelletto, et non à l'une de ses gagneuses.

— D'entre *leurs* jambes, évidemment...

Sans ajouter un mot à cet instant de malaise, elle ouvrit alors le plus épais registre à une page marquée d'un mince cordon de soie rouge et s'abîma dans la lecture des résultats concernés, la voix haute et les tempes battantes de fureur.

— Sur le mois d'avril, Lucia Nigra a donc déclaré pas moins de quatre mille trois cent trente-quatre ducats de revenus bruts pour ses cinquante-six filles en exercice, sur lesquels seront donc perçus mille cinq cent quarante-sept ducats de loyers, deux cent soixante-cinq ducats de taxes de boissons, et cent quatre-vingt-deux ducats d'amendes pour des infractions diverses aux nouvelles règles en vigueur. Soit un total à encaisser pour Sa Grâce le doge de mille neuf cent quatre-vingt-quatorze ducats pour cette seule matrone et cette seule période.

Les yeux exorbités, la lippe humide, Filippo Dona buvait littéralement ces paroles, qui tintinnabulaient à son oreille aussi suavement qu'une montagne de pièces d'or.

Pourtant, il n'avait pas caché, il y a peu encore, son peu d'enthousiasme pour le projet de bordel fermé imaginé par Giovanni Dolfin. Nicola leur avait raconté, à Chiara et à elle, les nombreuses réticences que le militaire avait exprimées lors des réunions préliminaires, au sein de la commission dite de l'Arsenal. Pétri d'un sens moral assez strict, Dona avait frappé de son sceau les règles de fonctionnement du Castelletto. C'est à lui que les putains à présent cloîtrées devaient leurs tristes conditions de détention.

Mais les premiers bilans financiers étaient si fructueux, qu'il avait depuis révisé son jugement et ne tarissait plus d'éloges sur ce nouveau système, lequel assurait à toute la République, celle des notables tels que lui, une nouvelle prospérité.

— De combien a-t-elle augmenté ses tarifs ? s'enquit-il pour la forme, tout à sa joie des montants évoqués.

— D'un demi-ducat par passe. D'un ducat entier si le client demeure la nuit entière chez la fille choisie, à l'intérieur du périmètre.

— Parfait. Et, elle pense pouvoir les rehausser encore un peu ?

— Oui, mais pas tout de suite. Nous sommes en pleine Sensa, les hommes curieux de découvrir notre nouvelle « offre » affluent de toute l'Europe… Il serait contre-productif de pratiquer une nouvelle hausse à cette période. Personnellement, je suggère de ne plus toucher aux prix avant la prochaine grande fête.

— Soit…, concéda-t-il avec une grimace. Et ne pourrait-on pas assouplir un peu plus encore le *numerus clausus* ?

— Vous voulez autoriser les matrones à accueillir plus de filles ?

— Et pourquoi pas ? la défia-t-il de son regard de bête.

L'avidité de ces puissants était donc sans limites. Gina ne savait plus quel sentiment l'emportait en elle, de la peur qu'il lui inspirait, du mépris qu'elle lui vouait, ou de l'inquiétude de savoir leur vieil ami malade.

Un instant, elle revit Alvaro à son chevet, quelques mois plus tôt. C'est lui qui avait fait venir ce médecin juif pour la soigner, Grazziani ; lui qui l'avait sauvée.

— Eh bien, tout simplement parce qu'il n'y a déjà plus assez de place dans les *volte* Venier et Morosini pour celles que vous avez tolérées. Aujourd'hui, certaines reçoivent déjà leurs clients en même temps, dans la même chambre. Si on augmente encore le nombre de filles dans si peu d'espace, il faudra non seulement qu'elles partagent leur lit durant la nuit… mais aussi pendant les passes.

— Diable, cela n'en excitera que plus ces messieurs ! Je ne vois pas où est le mal là-dedans.

Que répondre à cela ?

Évitant de soutenir le regard enflammé de Dona, elle replongea le nez dans ses lignes d'écritures, et égrena d'un ton las les prouesses comptables des autres matrones. L'heure qui suivit dura une éternité ; et chaque nouvelle page chiffrée lui apparaissait comme un cercle de plus dans cet enfer que n'aurait pas renié Dante.

*

Gina n'avait pas menti. En cette période de festivités, les ruelles du Castelletto grouillaient littéralement de clients potentiels, hommes de toutes fortunes et venus des contrées les plus variées. L'attrait des beautés vénitiennes les unissait dans une même fringale. Certains les fréquentaient jusqu'à plusieurs fois par jour, goûtant chaque spécialité avec autant de gourmandise qu'ils picoraient les *caramello*, les *gardo*, les tartes à la turque ou les beignets de *zamaria* aux étals des marchés voisins. Certes ces dames leur coûtaient un peu plus cher que de simples bouchées sucrées, mais le plaisir qu'ils connaissaient entre leurs bras était aussi sans commune mesure, et ô combien mémorable.

— Eh, la rouquine, tu prends cher ? Si j'en crois ta tignasse, ça doit être le feu sous tes jupons !

Comme elle traversait le quartier de ses anciennes congénères, on l'apostropha une fois ou deux de la sorte, mais elle ne s'en formalisa pas. Tous les nouveaux venus n'étaient pas au fait des coutumes locales.

— Tu te trompes, l'ami, je suis aussi sage que mon corsage, lança-t-elle pour éconduire le plus pressant de ces importuns.

Depuis que la mode en avait été lancée, le décolleté à la *Cipriana* constituait un signal sans équivoque : fermé, il indiquait l'indisponibilité de celle qui l'arborait ; délacé, il invitait ces messieurs à proposer leur prix. Ce dispositif n'était que l'un des nombreux artifices imaginés par les matrones, dont la fort créative Anna de Verona, pour appâter les chalands. À quelques rues de là, au désormais fameux *ponte* delle Tette, les catins exposaient leur poitrine jusqu'à en découvrir les mamelons, frictionnant ces derniers d'un jus de citron pour les rendre plus durs et plus appétissants.

Parlant de passion, et malgré ces quelques obstacles, Gina ne tarda pas à atteindre la ruelle du même nom. La maison d'Alvaro Mosca n'affichait certes pas la magnificence des grandes Cà patriciennes, mais c'était tout de même un bâtiment cossu, haut de trois étages et dont l'*altana* dominait la belle Santa Maria dei Frari, l'une des plus récentes et imposantes églises du *sestier.*

Comme on l'y connaissait déjà, le personnel la laissa entrer aussitôt, tous masqués d'un mouchoir vinaigré.

— Je vous conseille de faire de même, lui proposa une servante aux yeux rougis. Notre bon maître est au plus mal. De toute manière, il n'accepterait pas qu'on le côtoie sans protection.

— Bien sûr.

— Il ne pourra pas vous recevoir très longtemps. Il attend son notaire…

« Le notaire », songea Gina, l'avant-dernière visite que recevaient les hommes fortunés, après le médecin et avant le prêtre. Celui qui permet de mettre de l'ordre dans ses affaires terrestres.

Bâillonnée d'un carré de tissu humide, Gina rejoignit enfin le vieil homme dans sa chambre, vaste et néanmoins meublée avec modestie. Les persiennes étaient tirées, et seul un filet de lumière fragile filtrait dans la pièce. Malgré la pénombre, elle lut la déception dans le regard du *capisestiere* agonisant. Il l'appréciait, bien sûr, et pourtant espérait-il sans doute une autre visiteuse. Une autre catin repentie.

— Chiara n'est pas au courant de votre état, prit-elle aussitôt les devants, saisissant la main parcheminée du malade sans hésiter.

— C'est mieux ainsi…, chuinta-t-il, tout juste audible.

— Je ne pourrai pas le lui cacher bien longtemps, Alvaro. Elle ne me le pardonnerait pas.

Il opina du chef, et ce mouvement infime parut épuiser ses dernières forces. Il souffla ensuite un appel muet, qui incita la jeune femme à pencher l'oreille sur le visage décati.

— Je n'ai pas eu… Je n'ai pas eu le temps, murmura-t-il.

— Pas eu le temps de quoi ?

— De bo…

Il déglutit douloureusement, cilla à grand-peine, puis reprit, exhalant cette haleine fétide et si caractéristique, ce souffle de mort :

— … bonifier mes îlots.

Cela dit, il parut s'effondrer sur lui-même, les poumons écrasés par la souffrance, incapable du moindre mot supplémentaire. Il vivait encore, mais déjà l'au-delà s'immisçait dans la pièce, tirant à lui chaque organe, chaque membre, jusqu'à emporter bientôt l'ultime battement de ce cœur épuisé.

De toute façon, Gina avait compris. Aucune autre explication ne lui était nécessaire. Mosca se mourait et au seuil du grand saut, il ne pensait encore qu'à la valeur de ce qu'il léguerait à sa protégée, regrettant de n'avoir pu achever l'aménagement de ses terres émergées, lesquelles composaient l'essentiel de son humble fortune. Il ne se souciait que de l'avenir de Chiara, et de rien d'autre.

Elle voulut le rassurer, lui redire que son amie se moquait de son argent, quand une silhouette se découpa dans le cadre de la porte. L'homme à contrejour se devinait plus qu'il n'était visible. Ce n'était pas un notaire, elle l'aurait juré. Grand et charpenté, il portait la longue houppelande noire des médecins. On aurait dit la mort en personne, immense et menaçante, venue chercher son dû.

Mais, contrairement aux praticiens qui pénétraient dans les maisons pestiférées, il n'avait pas revêtu l'inquiétant masque à tête d'oiseau, mais plutôt un simple tampon porté au visage, semblable à celui qu'elle tenait elle-même sur son nez.

— Messire…

— Gina ! s'exclama l'ombre, sur un ton à la gaieté presque incongrue. Je suis bien aise de vous voir en si bonne santé…

Elle se leva d'un bond, fit deux pas en direction du spectre, interdite, presque chancelante :

— Messire… ?

— … et triste aussi de vous voir en de pareilles circonstances, bien sûr.

Alors seulement, un trait lumineux s'aventura jusqu'au milieu de la pièce et éclaira les yeux bruns du visiteur. Nimbant le beau visage cuivré d'un halo irréel. Quand elle le reconnut, et aussi déplacé fût cet élan, elle ne put réprimer le sourire qui fleurit soudain sur ses lèvres.

— Docteur Grazziani !

Mauro Grazziani. L'homme qui l'avait arrachée au trépas. Un médecin juif, et que seul un homme aussi juste et fidèle qu'Alvaro Mosca prenait encore le risque de consulter, dans une Venise livrée à l'effroi et à la haine.

4

10 mai, dans la soirée...

LA SOUPE MIJOTAIT DEPUIS DÉJÀ UNE BONNE HEURE, odorant bouillon épaissi de navets et de miettes de pain, parfumé de safran et d'un soupçon de cannelle, tel que l'appréciait Sa Grâce.

Florentin d'origine, Antonio Tassini avait pris les commandes des cuisines ducales sept ans auparavant, sous le dogat de Giovanni Gradenigo. Encore jeune alors, mais non dénué de talent, l'artisan des saveurs avait appris depuis à varier ses préparations selon la qualité des convives, et par-dessus tout l'humeur du maître de céans.

— Gianni, passe la soupe et verses-en donc un grand bol pour Sa Seigneurie.

— C'est comme si c'était fait !

— N'oublie surtout pas le charbon en dessous. Le dernier qu'on a envoyé aux « appartements » était froid. Ce n'est pas parce qu'il est mal en point qu'il doit avaler son potage glacé. Allez, *andiam'*, et que ça saute !

Le doge en exercice était probablement le plus gourmet qu'ait connu la République. Hélas ! les maux de ventre chroniques qui l'affectaient depuis des mois avaient sévèrement restreint son alimentation, qui ne se composait presque plus que de semi-liquides, soupes, compotes ou purées, tout aliment solide lui provoquant d'intolérables brûlures.

De temps à autre, quand Giovanni Dolfin le réclamait, il arrivait à Antonio d'assurer lui-même le service en chambre, petite parenthèse amicale durant laquelle le duc l'entretenait des divers cancans du palais. Malgré les années et les classes qui les séparaient, les deux hommes appréciaient ces échanges simples, presque badins.

Le bol dûment rempli à ras bord, le marmiton déposa celui-ci sur un plateau muni de cales, afin que le plat ne valse pas au détour d'un couloir, puis le couvrit d'une cloche en terre cuite afin d'en conserver la juste température. Son chef se saisit du tout, et fit signe qu'on ne l'attende pas pour lancer la confection des plats destinés au reste de la famille ducale. Morue aux anchois à la vénitienne et polenta au lait sucré composaient le menu du jour.

Malgré la gymnastique périlleuse que lui imposait le parcours à travers le palais, Antonio aimait cette promenade. Esthète sans culture, il appréciait à chaque fois le spectacle des tentures, des toiles et des dorures qui jalonnaient chaque recoin de l'immense bâtisse. Avec le temps, il avait découvert certains raccourcis, si bien qu'il ne lui fallut guère plus de cinq minutes pour rallier la grande porte de bois ouvragée devant laquelle campait un garde corseté de métal et de cuir.

— Le souper de Sa Seigneurie, annonça Antonio, laconique et pressé.

— Ça sent diablement bon, ton affaire !

— Tu n'as pas encore mangé ?

— Pas depuis le début de ma rotation, se plaignit le soldat, il y a près de cinq heures…

— Dans ce cas, va voir Gianni de ma part. Il en reste une pleine marmite.

Après deux coups brefs sur le vantail, puis une réponse plus grognée que proférée, la porte fut entrouverte sur le cuisinier et son alléchant fardeau.

La pièce était plongée dans une demi-obscurité, et il lui fallut plusieurs secondes avant de s'accommoder assez pour ne pas heurter le mobilier épars. Sur sa couche, partiellement recouvert de draps défaits, le doge gisait sans vie apparente. Seul le clignement intermittent de ses yeux bleus attestait du contraire.

— Votre soupe du soir, Votre Grâce.

— Merci, Antonio, susurra le doge entre ses lèvres desséchées. Mais je crois que je ne pourrai rien avaler cette fois-ci.

— Votre Seigneurie est de toute évidence en manque de boisson. Quelques cuillerées de potage vous apporteront à la fois assez de liquide et assez d'aliments pour tenir jusqu'à demain.

Dolfin haussa les sourcils, comme si cette échéance lui paraissait aussi lointaine que douteuse. Aux maux de ventre qui le persécutaient déjà, sa chute dans le port avait ajouté une fièvre violente, tenace, qu'aucun remède ne parvenait à juguler. Les saignées prescrites par le médecin du palais se révélaient tout aussi impuissantes à la soulager, mais le carabin était trop orgueilleux pour l'admettre, ou consulter l'un de ses confrères.

Joignant le geste à la parole, le cuisinier approcha une cuillère pleine et fumante de la bouche du malade. Le doge lapa tant bien que mal l'épais brouet parfumé, partagé entre les douleurs de l'ingestion et le plaisir procuré par les épices.

— C'est délicieux, Antonio, comme toujours… Mais par pitié, ne me force pas à en avaler plus. Mon estomac se disloque un peu plus à chaque denrée que je lui impose.

Le chef n'insista pas, et dégagea plutôt les mèches grises qui zébraient le beau visage supplicié. Le geste était attentionné, presque trop familier venant d'un simple domestique, pour ainsi dire filial. Dolfin l'accueillit néanmoins par un clignement d'yeux reconnaissant.

— Vos enfants sont-ils venus vous visiter aujourd'hui ?

— Mes filles, oui, ce matin… Si tu dois avoir des enfants un jour, Antonio, arrange-toi pour faire des filles. Il n'y a bien qu'elles pour vous manifester un semblant de gratitude.

La vérité, c'est qu'aucun de ses rejetons ne se s'était jamais senti proche de son père, colérique, intransigeant, et dévoré par son ambition. Le regrettait-il ? Peut-être, mais il préférait croire que c'était le pouvoir, et non son caractère, qui les avait éloignés les uns des autres.

Au moins ses filles s'efforçaient-elles de jouer un semblant de comédie familiale, et il leur en savait gré.

— Et Madame votre épouse ? s'enquit le gâte-sauce.

Il se pinça les lèvres à peine cette question posée. Depuis l'élection de Giovanni Dolfin, cinq années plus tôt, le statut de sa femme était un sujet que tous évitaient d'aborder. Effacée et fort pieuse, celle-ci vivait le dogat de son mari comme une punition, ne quittant presque jamais sa chambre, y compris lors des grandes fêtes ou des réceptions d'État. Bien que voisins, les deux époux ne se croisaient pour ainsi dire pas, et les mauvais esprits prétendaient que l'un des deux eût pu mourir au palais, sans que l'autre n'en fût informé avant longtemps.

Par chance, deux nouveaux coups à la porte vinrent rompre le malaise qui s'installait. La porte s'entrebâilla et le garde annonça d'une voix assourdie :

— Le général Lorenzo Celsi demande à entretenir brièvement Votre Grâce. Dois-je le laisser entrer ?

— Qu'il vienne…, grogna le duc après un instant d'hésitation.

Antonio céda alors sa chaise, laissant sciemment le bol sur place, au cas où le doge changerait d'avis et d'appétit.

L'apparition du *commodore* au sommet de sa forme tranchait sur l'atmosphère viciée de cette chambre. Le doge leva un regard éreinté sur son nouveau visiteur, et l'invita à prendre place sur un tabouret d'une imperceptible torsion du cou. Le militaire prit place, poussant d'un revers de manche le plateau où gisait le potage entamé.

— Que me vaut votre aimable présence, monsieur notre capitaine du golfe ? rauqua-t-il.

— Justement, Votre Seigneurie, il est bien question de notre présence sur les mers qui nous baignent.

Baptisée à raison le golfe de Venise, la mer qui séparait la péninsule et les côtes dalmates constituait depuis toujours le socle de l'influence maritime de la République. Mais depuis déjà plusieurs décennies, Gênes et ses alliés contestaient cette suprématie, tant militaire que marchande.

— Je tiens de source sûre l'imminence d'un nouveau mouvement des galères génoises engagées dans le golfe. Les plus avancées d'entre elles ont été vues pas plus tard qu'hier au large d'Ancône, filant à toutes rames vers le nord, vers Ravenne.

— Hum... et vous croyez vraiment qu'ils prendraient le risque de venir nous défier ici, dans nos propres eaux ?

— Ce n'est plus une question qui se pose, Votre Grâce. La seule qui demeure ouverte est de savoir *quand* nous apercevrons leurs mâts à la pointe du Lido. En d'autres termes, à l'entrée de la lagune.

— ... ! s'étrangla Dolfin, pris d'une toux grasse et sonore.

— Si nous ne faisons rien d'ici là, bien sûr.

Excellent stratège militaire, Celsi prouvait une fois de plus que son sens politique n'était pas en reste. Ainsi laissa-t-il le temps à son annonce d'infuser dans l'esprit endolori du duc, avant d'avancer son pion suivant.

— Je ne tournerai pas plus autour du pot : je suis là pour conjurer Votre Seigneurie de réunir un Conseil de guerre, afin de faire voter le départ de nos propres bâtiments. Si nous agissons vite, je nous crois encore capables d'endiguer la progression des Génois.

— Vous voyez bien que je ne suis pas en état de présider un quelconque conseil..., expira le doge d'un ton las.

— Je le vois et je le comprends bien, insista l'autre. Mais vous n'ignorez pas qu'en cas d'indisponibilité du duc, le Petit Conseil est en mesure de solliciter la tenue de telles réunions d'exception.

Dolfin grimaça sa réponse plus qu'il ne l'énonça. Le Petit Conseil, groupe réunissant les six plus proches conseillers du doge, détenait des pouvoirs limités. Au moins tant que le doge se trouvait lui-même en état de gouverner. C'est la raison pour laquelle Giovanni Dolfin y avait nommé certains de ses pires contempteurs. Ainsi pensait-il les tenir en laisse. Mais si ce licol venait à se rompre, ou si la main qui le tenait faiblissait, alors cette tactique risquait-elle de se retourner contre celui qui l'avait initiée.

— Soit, finit-il par lâcher en sourdine, admettons. J'y mets tout de même un préalable.

— Comme il plaira à Votre Grâce.

Celsi s'efforçait de masquer l'exaltation qui le gagnait, mais il était évident qu'il croyait déjà la partie remportée.

— Que je sois ou non en mesure d'y siéger, je demande à ce que l'ambassadeur de Gênes soit auditionné par le Conseil de guerre, avant que celui-ci ne rende sa décision.

Ce souci d'équité ressemblait peu à Dolfin. Il cherchait probablement à gagner un peu de temps, mais aussi à influer sur la future décision : déporter la guerre le plus loin possible de Venise, ou attendre l'ennemi sur leur terrain. Après tout, et malgré son indéniable courage, les guerres passées lui avaient peu réussi. Il était somme toute assez logique qu'il cherchât à privilégier la voie diplomatique.

— Vous voulez parler du Sieur Pétrarque ?

— Lui-même. Il se trouve que celui-ci ne résiste jamais aux charmes de la Sensa. Il réside à Venise depuis déjà une bonne quinzaine. Le Conseil pourra l'auditionner dès ce jour, s'il le souhaite.

— Bien, bien, fit mine d'approuver un Celsi contrarié. Votre Grâce m'autorise-t-elle à rendre compte de ces décisions à qui de droit ?

— Vous avez mon autorisation, Lorenzo. Mais j'entends évidemment être tenu informé heure par heure des développements pris par tout cela. Nous sommes bien d'accord ?

— Cela va sans dire.

Aussitôt ressorti de la chambre ducale, Lorenzo Celsi s'aventura dans le dédale des couloirs du palais. Lui-même s'étonnait de si bien connaître le plan et les subtilités topographiques du lieu, tant les occasions lui étaient rares d'en fouler les parquets, les escaliers et les tapis.

Après plusieurs minutes d'une descente dans les profondeurs de l'édifice, un fumet épicé lui indiqua qu'il avait emprunté le bon chemin. Toutefois, il évita la vaste cuisine principale, et se rendit, à l'autre bout du même couloir, dans l'un des multiples celliers des sous-sols, celui dédié aux jambons et autres cochonnailles.

— Vous en avez mis un temps ! s'exclama Gianni à mi-voix.

— Un peu de respect, mon drôle...

Le capitaine de la flotte avait saisi le commis de cuisine au col, et le plaquait à présent contre les rayonnages de saucissons.

— Pardon, grommela le marmiton. C'est que mon chef hurle déjà mon nom par toutes les pièces. À cette heure, c'est le coup de feu par ici.

— Voilà de quoi apaiser tes craintes.

De son manteau blanc brodé d'or, le général sortit une petite bourse de cuir, dont il fit tinter le contenu en la secouant sous le nez du gamin.

— Bien sûr, reprit-il, pas un mot de tout cela à quiconque. Et évite de tout dépenser d'un coup. Ça attirerait les soupçons.

Gianni partait déjà sans demander son reste, quand Celsi le retint d'une poigne autoritaire :

— Au fait... Comment savais-tu qu'il se laisserait tenter par ta soupe ? On prétend qu'il ne mange plus rien depuis des jours.

— Oh ! souffla le jeune homme, c'est très simple. Je saupoudre une cuillerée de sucre sur le dessus, au dernier moment. La chaleur exhale son parfum doucereux. C'est imparable. Un mort n'y résisterait pas !

Un peu de sucre pour faire passer la potion amère. Celsi se promit de retenir la leçon. La politique n'était-elle pas, elle aussi, qu'une affaire de dosage et de proportions ? Et le miel des paroles attendues ne constituait-il pas le meilleur des pièges ?

*

Fraîchement nommé chevalier, Nicola Chiutto ne s'attendait certes pas à une convocation si prompte. « L'ordre de San Marco vous convie à la neuvième heure de ce soir pour un Conseil de guerre extraordinaire », disait seulement le billet qu'on lui avait fait porter chez lui, *calle* Zocco, une heure avant ledit rendez-vous.

Qu'un tel office se réunisse à la nuit tombée n'était pas en soi si exceptionnel ; depuis qu'il siégeait au Grand Conseil, les sessions vespérales survenaient au moins aussi souvent que les assemblées de jour. En revanche, c'est l'apparente précipitation avec laquelle les chevaliers étaient réunis qui ne lui disait rien de bon.

Surtout pas dans un tel climat belliqueux.

Abandonnant ses frustes agapes, maquereau frais et tranche de melon précoce, il héla son gondolier attitré et prit le chemin de la *piazza* San Marco. En *sandalo*, par le *rio* della Fava, il ne lui fallait guère que quinze minutes pour rallier le cœur politique de la cité. À ce sujet, il se félicitait que Vaselli eût été si beau joueur : ce dernier lui avait en effet cédé, sans rechigner, la gondole aux armes de l'évêché dont il jouissait depuis des années, privilège dont sa défection ecclésiastique aurait pourtant dû le priver.

Mais ce soir-là, la balade nocturne sur les eaux calmes du large *rio* n'avait rien d'un plaisir. Partout sur les débarcadères des maisons jouxtant le canal, on devinait des piles de corps recouverts à la va-vite, rougis par l'éclat du couchant, attendant la prochaine collecte.

Nicola se doutait par avance de quel conflit on l'entretiendrait sous peu, à quel pugilat on les inviterait. Il y avait pourtant un combat autrement plus urgent à ses yeux, dont les victimes se comptaient déjà par milliers, et que les nobles vénitiens, claquemurés dans leurs palais, semblaient hélas se soucier comme d'une guigne. La peste frappait à présent tous les quartiers, et son œuvre délétère ne faisait sans doute que commencer.

Quand il parvint à la salle du Collège, au second étage du palais, Nicola fut non seulement ébahi par la splendeur des plafonds ouvragés, mais aussi surpris par le nombre important de ses pairs présents. En dépit de l'heure tardive, tous les chevaliers de San Marco ou presque semblaient s'être déplacés. À vue de nez, ils n'étaient pas loin de deux centaines. Il reconnut d'ailleurs et aussitôt certains de ses collègues du Grand Conseil, dont il ignorait, pour une part importante d'entre eux, leur appartenance à cette autre confrérie. On l'accueillit avec joie et chaleur, claquant son dos ou pressant son épaule, toutes effusions qui le ragaillardirent.

— Si les temps n'étaient pas si graves, l'interpella Maître Gritti, je vous dirais volontiers le plaisir que j'ai de vous retrouver ici, mon ami. Cette assemblée réclame autant votre jeunesse qu'elle a besoin de votre sagesse.

— Vous êtes trop indulgent, cher maître.

Déjà, un appariteur aboyait l'entrée des six du Petit Conseil, indiquant que le moment des mondanités prenait fin dès à présent.

— Je ne vois pas le Sieur Mosca, murmura Nicola à son auguste voisin de banc, alors que tous s'asseyaient. L'auriez-vous aperçu ?

— Non, vous avez raison. Je suppose que la convocation l'aura déjà trouvé couché.

— Peut-être...

— À moins que ce ne soit ses travaux. Je crois savoir qu'il espérait achever ses diverses bonifications avant la fin du printemps. Ce genre d'entreprise peut vous retenir plus d'une nuit dans la lagune.

L'ancien prêtre feignit de valider cette dernière hypothèse d'un sourire soucieux. Alvaro Mosca avait tant désiré son entrée dans les plus hautes instances, qu'il le voyait mal sécher une pareille réunion, quand bien même il en allait de ses intérêts financiers. Il n'avait pas mis toute sa fortune au service de son ambition, pour renverser ses priorités une fois celle-ci atteinte. Cela n'avait aucun sens.

— Mes chers Seigneurs, conseillers, magistrats, et vous mes amis chevaliers de l'ordre de San Marco, je vous remercie d'avoir répondu si nombreux à cette invitation impromptue.

Celui qui avait pris la parole, le timbre haut et clair, n'était autre que Leonardo Dandolo, le plus expérimenté des membres du Petit Conseil, et le plus ancien rival politique de Giovanni Dolfin.

— Comme vous vous en doutez, nous ne vous avons pas arrachés à vos foyers pour le plaisir de voir des mines fourbues. Si nous vous avons réunis ici ce soir, c'est à la demande expresse de notre bien-aimé doge, Giovanni Dolfin, et parce que l'urgence et la gravité de la situation l'exigeaient. Mais je vais plutôt laisser le Sieur Lorenzo Celsi, capitaine du golfe et commandant de la flotte de la République, vous exposer de quoi il retourne précisément. Seigneur Celsi ?

Chacun était informé de l'état de santé déplorable du duc. Mais que son suppléant ne s'embarrasse d'aucune explication pour excuser le doge relevait presque du crime de lèse-majesté.

Appelé à la tribune, Lorenzo Celsi s'avança jusqu'à un petit pupitre en bois précieux, sur lequel il prit appui des deux mains, tel un navigateur à la proue de son navire. Fidèle à ses manies vestimentaires, il n'avait revêtu ni la robe des chevaliers, ni son grand habit militaire, mais cette simarre blanche cousue d'or qu'on lui voyait en toutes occasions.

— Mes chers amis, se lança-t-il, sa voix de stentor emplissant soudain tout le volume de la salle. Je ne vous ferai pas l'injure de vous rappeler les épisodes tragiques qui ont opposé notre République, au cours des dernières décennies, à la glorieuse cité de Gênes.

Il ponctua cette mention d'un mouvement de tête déférent destiné à un vieillard chenu, aux airs de patriarche, assis sur un luxueux fauteuil à part des membres du Conseil. Le poète Pétrarque ne paraissait ni inquiet ni intimidé d'être en si criante minorité, et il répondit à l'allusion d'un regard entendu.

— Venise, Venise dans sa grandeur, poursuivit-il, Venise dans son génie, n'aspire jamais à rien d'autre qu'à la paix. Car elle sait que tout ce que nous chérissons, tout ce qui fait de nous des êtres doués d'amour et de raison, ne peut naître que de la concorde entre les peuples. La paix que nous avons voulu, celle que nous avons signée il y a plus de trois ans à Zadar se voulait une paix juste, durable et profitable à tous...

Quelques irruptions de toux accueillirent cette affirmation, tant il était vrai que le traité de Zadar, et la perte de la Dalmatie qui en découlait, avait signé pour la cité des doges la fin de son hégémonie.

— ... Et c'est avec un regret immense que je me vois ce soir contraint de vous soumettre l'option inverse.

Ou comment parler de paix pour vanter la guerre, le tout sans jamais en prononcer le mot.

Celsi continua sur ce registre, répétant à peu de choses près les propos qu'il avait tenus en privé à Dolfin, à cette différence qu'il enrobait cette fois son discours dans un sirop nationaliste destiné à ne heurter aucun des auditeurs. Si ce n'est sans doute leur invité étranger.

Quand le *condottiere* eut fini sa harangue, Pétrarque se leva avant même que Dandolo ne l'y conviât et rejoignit à son tour la petite estrade des orateurs.

— Chers amis vénitiens, commença-t-il avec le sourire, et sur un ton infiniment plus caressant que son prédécesseur. Chacun ici connaît mon affection pour cette ville, pour ses habitants, pour ses traditions. Mon amour pour Venise n'est plus à prouver, et je me plains parfois, dans mes prières, à ce Dieu qui m'a fait naître non pas à une mauvaise époque, mais sous les mauvais cieux. Et pourtant, depuis longtemps déjà, les hasards du destin ont attaché le mien à celui de Gênes, qui n'est pas non plus la moindre des cités de nos régions. Aucun de vous ne l'ignore : déjà par le passé, mon ambassade a échoué à réconcilier les deux villes. Mais je ne suis pas non plus homme à m'arrêter au premier obstacle, et j'espère vous convaincre aujourd'hui qu'une paix est non seulement souhaitable, mais encore possible.

Il retoqua ensuite un à un les arguments développés par le général vénitien, arguant de la bonne foi de ses maîtres, lesquels ne réclamaient rien d'autre, selon lui, qu'un partage « équitable » des eaux du golfe. Et si les galères génoises croisaient actuellement si près de la Sérénissime, ce n'était pas par hostilité, mais simplement pour garantir une négociation juste, où aucun des camps ne serait tenté de faire valoir une quelconque appartenance naturelle, ou une antériorité de fait.

Un début de bronca s'éleva à l'énoncé de ces derniers points, que d'aucuns jugeaient pour le moins spécieux. Mais Dandolo, usant de son autorité, invita l'assistance au calme et annonça l'ouverture imminente du vote.

Maître Gritti se pencha alors à l'oreille de Nicola et lui souffla :

— J'ai bien peur que la poésie si florentine de Pétrarque ne suffise pas à panser les blessures d'orgueil de nos amis...

Mais le chevalier Chiutto n'eut pas le temps d'une réplique que déjà les appariteurs invitaient les membres du Conseil à se prononcer, à main levée, pour ou contre l'envoi de la flotte vénitienne à la rencontre des bâtiments ennemis.

Nicola hésita un instant, observa la forêt de bras qui se dressaient tout autour de lui, largement majoritaire, et, emporté par l'élan martial, valida lui aussi la manœuvre proposée. Que faire d'autre ? Attendre d'être en position de faiblesse pour négocier ?

Pourtant, aussitôt la main reposée sur sa cuisse, un pincement intérieur l'étreignit. Les mots de Chiara résonnaient à nouveau en lui : « Toi, un homme d'Église, un homme de paix, tu irais jouer les matamores avec ces pantins assoiffés de sang ? »

— Mes chers Seigneurs, l'intervention de la flotte du capitaine général Celsi, ici présent, est donc adoptée à cent quatre-vingt-huit voix contre soixante-deux. Le quorum des cent cinquante voix étant atteint, la mesure est effective de manière immédiate, sans contre-vote du Grand Conseil ou du Conseil des Dix. Notre doge Giovanni Dolfin sera bien sûr informé de votre décision, et donnera l'ordre officiel d'appareillage dès qu'il le jugera bon. Je vous remercie encore d'avoir participé à ce scrutin si tardif, et vous souhaite à tous de joyeuses fêtes de la Sensa.

Les rangs se dispersaient déjà, chacun se pressant, qui vers un banquet, qui vers sa couche, quand une main, anonyme et amicale, se posa sur le bras de Nicola. L'homme qui l'avait abordé affichait un sourire bienveillant, et néanmoins déterminé.

— Seigneur Chiutto, permettez-moi de me présenter…

— Les présentations me semblent inutiles, messire. Ceux qui ne vous connaissent pas *de visu* vous ont déjà lu au moins une fois. Et j'en fais évidemment partie.

Pétrarque accueillit le compliment d'une légère flexion de la nuque.

— Vos mots me touchent, mais je ne peux pas vous cacher la déception que m'a inspirée l'issue de ce vote. J'espérais plus de mesure d'une aussi noble assemblée.

— Il faut les comprendre : pour la plupart d'entre eux, Zadar a été la pire humiliation de leur vie. Le Seigneur Celsi leur agite le chiffon d'une revanche ; vous ne pouvez pas leur reprocher de s'en saisir.

— Mais vous… Vous ne siégiez pas, à cette époque. Pourquoi avoir soutenu ce projet guerrier ?

Nicola baissa les yeux, petit garçon pris en faute, puis les redressa doucement sur le visage amène du vieux diplomate.

— Vous l'avez dit vous-même, j'ai encore toutes mes preuves à faire parmi ces nobles seigneurs. Mais si je veux apprendre d'eux, je dois d'abord être l'un des leurs.

— Eh bien, soit, acquiesça le poète, j'ai justement une mission à vous proposer qui vous fera exister à leurs yeux.

— À moi ?

— À vous. Et si vous réussissez, vous ne serez pas juste l'un des leurs, comme vous dites. C'est vous qui deviendrez un modèle pour eux.

L'homme était mieux informé à son sujet que Nicola ne le pensait, et le bruit de sa proximité avec Dolfin était visiblement arrivé jusqu'à Gênes. Ce n'est pas par hasard que son interlocuteur avait fondu sur lui, et sur lui seul, au dernier instant de la réunion.

— Vous qui avez son oreille, reprit Pétrarque sans spécifier le propriétaire de ladite oreille, vous pouvez encore lui glisser un message de paix. Je vous le demande, de grâce.

— Le doge ne peut s'opposer aux décisions du Conseil de guerre.

— En effet, plaida l'autre, mais il a le pouvoir d'en différer leur application.

Nicola ne savait plus quoi répondre, déchiré entre sa loyauté et ses convictions.

— Vous savez que je voyage toujours avec ma bibliothèque, le poète sembla tout soudain changer de sujet. Plusieurs milliers de volumes, et la plupart sont des pièces uniques. Inestimables.

— Oui, je...

— Si vous parvenez à infléchir, ou ne serait-ce qu'à retarder la décision du doge, je vous inviterai à y prendre le volume de votre choix. Quels qu'en soient la rareté ou le prix.

Aussi inattendue que généreuse, l'offre déconcerta un instant le nouveau chevalier. Pour un homme de lettres tel que lui, le cadeau évoqué n'était pas des moindres.

Il élargit son sourire, flatté malgré tout d'être l'objet de tant d'attention, et s'éloigna à son tour en direction de la sortie, concluant :

— Je ne vous garantis rien... Mais je vous promets d'essayer.

5

Deux jours plus tard, le 12 mai

« ENTREZ ! »

Nicola tressaillit. Il ne s'attendait pas à être accueilli par une voix aussi sonore. Même étouffée par l'épais vantail de bois chantourné, celle-ci se répercuta dans le couloir des appartements ducaux, claire et impérieuse. Il retint son geste un instant sur la poignée de bronze, puis la pressa enfin.

— Je vous cède la place, Seigneur Chiutto. Sa Grâce vous attendait.

Leonardo Dandolo quitta le modeste tabouret au chevet du malade, et se dirigea vers la sortie. Croisant son confrère du Conseil de guerre, il lui souffla discrètement la recommandation suivante :

— N'abusez pas de ses forces. Elles sont désormais bien maigres. Et évitez d'aborder des sujets trop sensibles.

« Il n'y survivrait pas », semblait dire le conseiller, sans que Nicola puisse déterminer si celui-ci le redoutait ou l'espérait plutôt.

Demeuré seul avec le doge, et avant même d'apercevoir la figure de ce dernier, il fut saisi par l'atmosphère pestilentielle de la pièce, où les remugles des déjections et des humeurs le disputaient aux fumets soufrés des médications. Il fut bien tenté d'ouvrir en grand volets et fenêtres, puis s'abstint, de peur de subir les foudres des médecins.

Giovanni Dolfin était tel qu'on le lui avait décrit. L'ombre de lui-même. Sa force, son courage, sa stature, toutes ces qualités s'étaient évaporées, chassées par le mal qui s'était emparé de lui, et il était bien difficile d'en lire encore les traces dans ce corps sec et avachi.

— Nicola, expira Dolfin, forçant un sourire qui lui coûta aussitôt une grimace. Enfin un visage amical dans ce défilé de gargouilles.

— Je suppose qu'ils ne font que leur tâche...

— Que nenni ! Ceux qui n'en veulent pas encore à notre manne n'attendent que ma mort pour se goinfrer. Au moins quand nos caisses étaient vides, songeaient-ils à servir leur patrie plutôt que leurs intérêts.

Le succès du Castelletto avait réveillé plus d'un appétit particulier, c'était indéniable. Nicola ne trouva rien à dire pour réfuter cette évidence.

Il se sentit presque pris de pitié pour cet homme de pouvoir, dont l'imminence du trépas, loin de le réconcilier avec les hommes, aiguisait sa lucidité sur leurs plus criants travers. Le prêtre en Nicola se réveilla un instant, et il songea qu'il aurait été souhaitable que Dolfin ouvrît également les yeux sur la noirceur de son âme. Mais sans doute était-ce trop tard. La mort qui rôdait ne rimait hélas pour le vieux doge qu'avec aigreur et ressentiment.

— De quoi voulais-tu m'entretenir ? râla l'alité.

C'était la première fois qu'il tutoyait son ancien confesseur, comme on s'adresse à un proche ; à un fils.

— J'imagine que Votre Grâce n'ignore rien du vote auquel a procédé le Conseil de guerre.

— Dandolo m'a raconté cela, en effet. Il est donc dit que je quitterai ce monde dans le fracas des armes...

Son remords paraissait sincère.

— Justement. Je pense que ce n'est pas une fatalité, s'enflamma Nicola.

— Que veux-tu dire ?

— L'ambassadeur Pétrarque est convaincu que nous pouvons encore trouver un terrain d'entente. Ou, au moins, différer l'envoi de nos troupes, le temps que nos deux gouvernements parlementent.

Giovanni Dolfin le dévisagea sans un mot, les paupières lourdes et le regard embué par ce qui s'apparentait à d'infimes larmes. Ses lèvres et son menton tremblaient.

— Peux-tu ouvrir cette fenêtre ?

— Oui, bien sûr…

Nicola obtempéra prestement, un peu surpris de ce subit changement de registre. Avec la lumière, le ciel étant couvert mais assez lumineux, un vent frais s'engouffra dans la chambre et fouetta leurs visages.

— Voilà.

— Bien… Maintenant, penche-toi sur la gauche, veux-tu, et fouille l'horizon aussi loin que tu le peux sur ta droite.

Sous le manteau de brume qui couvrait la lagune, elle se distinguait à peine, et pourtant les silhouettes longilignes tranchaient légèrement sur l'onde et les cieux réunis dans un même écran grisâtre. La flotte des galères vénitiennes prenant la mer, il s'agissait bien de cela.

Nicola demeura sans voix.

— J'ai approuvé leur départ il y a deux heures, ajouta le doge. Dandolo, que tu as vu sortir d'ici, venait me rendre compte du bon déroulement de la manœuvre. Nous ne pouvons plus rien, Nicola…

Comme un écho funeste, de grands coups sourds résonnèrent soudain dans les murs et au plafond de la pièce. Après une pause imposée par la Sensa, les travaux de la salle du Conseil des Dix, futur chef-d'œuvre du palais, avaient repris de plus belle, juste au-dessus de la chambre ducale. Certains s'étaient scandalisés qu'on vînt ainsi perturber l'agonie du doge, mais l'intéressé avait ordonné qu'on ne changeât rien au calendrier prévu.

— C'est une assez belle leçon d'humilité, n'est-ce pas ? interrogea-t-il son visiteur, une larme roulant enfin sur sa joue ravinée.

— Quoi donc ?

— Eh bien, on projette de grandes choses toute sa vie, et juste avant qu'elles n'éclosent, on tire sa révérence, comme tout le monde. On n'est même pas là pour admirer son œuvre.

— Certes..., bredouilla Nicola, désarmé et triste.

— Il n'y a qu'une seule chose qui survive à la fin, Nicola, et c'est sans doute plus important que nos petites destinées mesquines.

— ... ? écarquilla-t-il les yeux.

— Venise ! Les hommes passent, les hommes trépassent... mais Venise survit toujours !

Passé cet instant d'exaltation, Dolfin se rencogna plus profondément dans l'épaisseur molle de sa couche, comme aspiré par la paille qui l'avait soutenu jusque-là.

— Promets-moi..., reprit-il après un silence, d'une voix blanche et éteinte. Tu veilleras sur elle, n'est-ce pas ?

— Sur Venise ?

Le doge en exercice n'avait certes eu de cesse d'encourager l'ambition politique de Nicola Chiutto. Mais de là à lui passer le flambeau sur son lit de mort...

— Sur elle aussi... Mais je pensais à une autre femme. Tout aussi belle, et tout aussi exigeante.

Une femme qu'il n'était pas besoin de nommer pour que sa présence, presque palpable, se fasse sentir entre eux.

Nicola acquiesça sans mot dire, d'un hochement de tête entendu. Bien sûr, il protégerait Chiara. Bien sûr, elle demeurerait son premier et son plus beau souci. Mais comme Dolfin l'avait lui-même exigé, cette tutelle ne saurait s'exercer que dans un constant secret. Cela suffirait-il à la préserver des vents contraires et des esprits malins ? Dieu sait s'il aurait aimé en obtenir lui aussi l'assurance. Venise était peut-être éternelle, mais elle grouillait aussi de démons, à commencer par cette peste dont le spectre courait à nouveau les rues et les *rii* de la ville.

En guise de réponse, il étreignit un instant la main sèche et décharnée qui reposait sur le drap. Le doge cligna des yeux, et ils se quittèrent sur cet au revoir complice et muet.

*

« Eh bien ! Je vois que certains n'attendent même pas que la place soit froide pour commencer à l'investir ! »

Nicola n'avait pas fait dix pas dans le couloir, que le timbre familier de Pietro, lourd de reproches, l'avait cueilli. Depuis que son père lui avait arraché sa courtisane pour en faire la reine du Castelletto, les deux hommes ne s'étaient plus croisés, si ce n'est de loin.

— Je te savais ambitieux, poursuivit Pietro, nez à nez, mais pas capable de pareilles bassesses.

Venant d'un patricien qui pratiquait l'orgie comme d'autres s'adonnaient à la *voga*, ou autres jeux de rame, qui plus est aux frais du contribuable vénitien, une telle remarque ne manquait pas de toupet.

Son ex-confesseur ne releva pas la perfidie de l'attaque. Il savait pour quelle raison celui qui se disait il y a peu son ami l'abordait à présent de manière si abrupte. Le motif de ce revirement s'appelait Chiara, toujours elle. Pour d'obscures raisons, Pietro s'était convaincu que Nicola était l'artisan de son malheur, que celui-ci avait soufflé en personne au doge la nomination qui l'avait dépossédé de l'Aragonaise.

— Pietro…, murmura Nicola, empoignant le bras du colosse d'un geste qu'il voulait amical.

Le cadet des fils Dolfin se dégagea avec brusquerie, le regard allumé d'un éclat furieux. Ses mâchoires se contractaient et ses naseaux se dilataient au même rythme, dogue et taureau réunis dans une seule rage.

— Qui t'autorise à m'appeler par mon prénom ?! Tu crois vraiment que cette babiole à ton plastron te donne tous les droits ?

D'un geste méprisant, il avait pointé la broche qui indiquait l'appartenance de Nicola à l'ordre de San Marco.

— Bien sûr que non, je...

— File donc d'ici ! Retourne dans ton bordel. C'est là qu'est ta place !

— Moi au moins, je ne bave pas à sa porte comme un chien, répliqua le prélat tout à trac.

L'avant-bras de Pietro s'abattit avec une telle soudaineté, étranglant l'homme en habit noir contre la paroi décorée, que Nicola étouffait avant que ne sorte de lui la moindre plainte :

— Arrête..., geignait-il à travers sa glotte percluse. Arrête, Pietro... tu es fou !

— Un chien ? C'est moi que tu appelles ainsi ?! Tu veux donc que je te donne à manger aux miens, c'est ça ?

Plus la pression s'accentuait et plus le visage au nez aquilin blêmissait, à court de souffle, à bout de sang.

— Je... Arr...

— Certains sont affamés exprès, vois-tu, éructait Pietro, son visage presque au contact de la face livide. D'habitude on les garde pour nos prisonniers les plus récalcitrants, mais je suis sûr qu'ils te trouveront à leur g...

Le coup de poing que Nicola lui avait décoché à l'estomac interrompit sa diatribe. Il relâcha son étreinte juste assez longtemps pour que sa victime parvienne à se dégager, mettant aussitôt plusieurs pas entre eux.

Les deux hommes s'observèrent, l'un prêt à fuir, l'autre disposé à en découdre de nouveau.

Et dire qu'il y a peu encore, Pietro lui parlait d'amour, les yeux embués, prolongeant le secret de la confession dans ses confidences amicales. Mais, étaient-ce les excès de débauche, l'atavisme paternel ou un savant mélange des deux, il était écrit depuis longtemps que les vagues de sa cruauté finiraient par submerger les digues de la foi, de la décence et de l'humanité. Qu'un jour l'*acqua alta* de sa démence emporterait tout avec elle, y compris d'aussi maigres fétus que ses amitiés, sans parler des femmes, ces jouets sans valeur livrés à sa hargne ordinaire.

Oh ! il aurait été si simple de lui révéler l'évidence : que l'objet de son obsession et lui-même partageaient le même sang. Que Chiara n'était autre que sa sœur. Mais en l'état, mieux valait courir que de se confronter au déluge que ne manquerait pas de provoquer une telle nouvelle.

Nicola disparaissait déjà dans la pénombre du corridor, quand le hurlement frappa ses oreilles et sa nuque, telle la main qui calotte l'enfant dissipé.

— Quelqu'un paiera, tu m'entends ? aboya le fils du doge. Quelqu'un paiera de sa vie, pour ce qui m'a été volé !

La menace le figea un instant, puis il repartit de plus belle sous les cris possédés.

6

Deux mois plus tard, 10 juillet

Un feulement qui s'étire dans un souffle extasié. Une plainte qui s'élève, danse sur la crête des aigus et explose à la fin dans un bouquet de jappements brefs.

Sans cette chambre sous les toits, *calle* Rampani, aucune de ces musiques n'aurait été possible. Angela abrite les amours clandestines de Chiara ; celle-ci héberge celles de Gina ; Gina, encore brûlante de l'effusion qui finit, le corps perlant de passion, se demande de qui elle favorisera un jour les étreintes. Elle espère pouvoir rendre à son tour ce qu'on lui a donné ces deux derniers mois.

Les grandes mèches rousses adhèrent à son visage collant de sueur. D'une main, elle caresse le dos et les fesses dénudées de son amant, dont la grande carcasse brune frémit sous la douceur des vagues successives.

— Alors, l'interroge-t-elle d'une voix enjouée, ce remède vous semble-t-il adapté à votre mal, docteur Grazziani ?

— Hélas !… J'ai bien peur que ce genre de traitement ne fasse qu'amplifier les symptômes, mademoiselle !

Il se retourne alors d'un coup, attrape la main qui le balayait avec indolence, et se plaque de tout son poids sur le corps de sa tourmenteuse, laquelle semble encore loin d'être rassasiée. D'un regard provocant, elle appelle un nouvel assaut.

— Ou alors, c'est que la dose était largement insuffisante. Que cela vous plaise ou non, il va falloir l'augmenter… Dès à présent !

Leurs lèvres s'unissent, prélude à une autre communion. Mais ils ne sont pas pressés. Personne ne viendra les déloger de leur nid. Dans tout Venise, ils ne peuvent imaginer un abri plus discret, tant que Chiara accepte de les y recevoir.

Bien sûr, Mauro Grazziani risque mille morts à chaque fois qu'il franchit le guet en catimini, grimé et déguisé en simple marchand. Mais il est prêt à tout pour étreindre encore une heure sa furie rousse, qui dévore à présent sa nuque et le renverse pour mieux le chevaucher.

Les premières fois, elle s'était montrée presque empruntée. Peut-être était-ce l'idée de se livrer à un homme qui l'avait déjà connue dans les pires circonstances, un homme qui n'ignorait plus rien des douleurs et des dérèglements de son corps.

Désormais, plus rien ne la retient. Et tout cet art de l'amour qu'elle a récité avec tant d'autres, scolairement, sans y croire, voilà qu'elle le réinvente à chacune de leurs entrevues, rivalisant à chaque fois d'audace et d'imagination.

*

Quand leurs corps s'affalèrent enfin, repus et recrus de plaisir, le ton de leur échange se fit plus grave. Le médecin juif, aussi épris fût-il, ne pouvait oublier tout à fait le sort de ses congénères, que chaque jour la vindicte populaire pourchassait avec plus de hargne.

— Hier encore, à deux rues de chez moi, ils ont pendu l'un des nôtres à la barbacane de sa maison, au seul motif que sa femme avait été emportée elle aussi par la mort noire. Pour ces sauvages, que nous soyons victimes nous aussi n'est pas une excuse, c'est au contraire une preuve de notre culpabilité. Comme si nous avions inventé la peste !

— Mauro..., souffla sa maîtresse, impuissante.

— Je ne sais pas ce qui me désole le plus : leur méchanceté, ou leur bêtise. Tu te rends compte qu'excepté Mosca, plus aucun chrétien ne m'accepte à son chevet !

— Je sais, c'est absurde.

— Et ces bons catholiques meurent par centaines plutôt que d'être traités par un juif... Quand bien même celui-ci serait le seul à détenir les bonnes potions.

Elle l'enlaça plus étroitement en guise de réponse, picorant le torse musculeux de baisers légers.

Et dire qu'elle ne pourrait jamais s'afficher avec lui en dehors de cette chambre. Un frisson de dépit la traversa, qui se mua aussitôt en un regain de tendresse, nouvelle avalanche de bécots éperdus sur la peau sombre et épicée.

— Tu sais quoi, reprit-il, je n'en suis pas fier, mais je finis par penser que cette ville n'a que ce qu'elle mérite.

Sans doute le pensait-il sur l'instant, mais ses actes d'une constante et d'une égale bonté contredisaient pourtant ce défaitisme. Ne veillait-il pas sur le *capisestiere* de San Polo depuis deux mois, avec le dévouement d'un fils, repoussant chaque jour la mort qui menaçait d'emporter le vieil homme ?

Un coup bref précéda de peu l'ouverture brusque de la porte.

— Madame Gina... Oh, oh ! pardon, je ne savais pas que vous étiez...

Oriana n'avait pas attendu qu'on l'y autorise pour faire irruption dans la pièce. La belle alanguie ne fit même pas mine de dissimuler son amant dans l'épaisseur des draps. C'était trop tard. Leur secret était éventé, mais à voir l'air ahuri de la gamine, c'était à se demander qui en était le plus gêné.

— Tu n'as pas encore appris qu'on ne déboulait pas comme ça dans les chambres ?

— Je... Je suis désolée.

— Que veux-tu ? la tança sèchement Gina. Parle, maintenant que tu es là !

— Il y a un page du Seigneur Mosca à la porte...

La rousse se redressa d'un coup hors du lit, affichant son opulente nudité sans pudeur, cherchant déjà ses braies et sa chemise jetées à même le sol.

— Eh bien... Que t'a-t-il dit ?

Gina adressa un regard connivent à Mauro. Cette fille était une gourde, et si Chiara avait eu raison de l'arracher à ses agresseurs, elle désapprouvait depuis le début que son amie l'eût embauchée céans.

— Son maître est au plus mal. Il pense que cette fois...

« C'est la fin », s'abstint-elle de conclure, comme si les mots eux-mêmes étaient contagieux.

*

L'ambiance qui régnait *calle* de la Passion leur parut étrangement apaisée. Depuis la rue, ils constatèrent qu'on avait pris le soin d'ouvrir en grand volets et fenêtres pour aérer la bâtisse. En un sens, la maison Mosca ressemblait déjà plus à celle d'un mort qu'on honore, qu'à celle d'un malade qu'on s'apprête à perdre.

Un calme d'église régnait à l'intérieur, et le parfum caractéristique d'un encens, bouquet de benjoin et de myrrhe, complétait cette atmosphère recueillie.

Débouchant par surprise d'un vestibule adjacent à la chambre du mourant, Chiara les accueillit d'une phrase sans espoir :

— Le prêtre de Santa Maria dei Frari vient de passer. Il lui a donné son extrême-onction, mais Alvaro n'a pas réussi à se confesser...

— Il faut lui faire boire de l'eau, en quantité, et la plus fraîche possible.

Mauro Grazziani ne savait qu'opposer sa science à la douleur qui accablait la jeune femme, mais elle approuva néanmoins la consigne d'un hochement reconnaissant.

— Chiara, je..., bredouilla-t-il.

— Vous l'avez aidé bien au-delà de ce que n'importe quel autre médecin aurait consenti, Mauro. Et Alvaro le sait.

Mosca avait avalé les électuaires du praticien juif avec une docilité de vieux cheval. Il n'en attendait plus de miracle, probablement, mais il s'était malgré tout conformé aux prescriptions de l'homme de science, avec cette confiance et cette gentillesse qui le caractérisaient.

Cette obéissance lui avait tout de même valu deux longs mois de répit.

— Vous n'avez absolument rien à vous reprocher, appuya Chiara d'un sourire triste.

Le malade abreuvé selon les directives de Grazziani, il fut à nouveau possible de lui arracher quelques paroles, plus chuchotées que réellement dites. Au masque de la douleur avait succédé un voile de soulagement qui éclairait de nouveau son visage décati. Chiara demanda à rester seule avec son protecteur.

Ils ne disaient rien de très important, juste des soupirs d'affection et de gratitude, chacun rappelant à l'autre à quel point celui-ci avait illuminé les dernières années de sa vie. Chiara par son éclat ; Mosca par sa bonté. Après quelque temps de cette effusion de mots, où chaque parole prononcée valait pour caresse, un petit homme masqué et capé de noir se présenta dans l'antichambre.

— Chiarina ?

Gina avait risqué une tête dans la chambre mortuaire.

— Chiarina, son notaire est là. Il prétend qu'on l'a fait mander.

— Il doit se tromper. Il est déjà venu pour valider le testament d'Alvaro, il y a plusieurs semaines de cela.

— C'est ce que je lui ai dit… mais il insiste.

Alors, mobilisant ses ultimes forces, Mosca parvint à redresser deux doigts décharnés et les agita presque imperceptiblement, pour signifier qu'il autorisait le visiteur à entrer.

Rond et court sur pattes, le clerc pénétra dans la pièce d'un pas si hésitant qu'il semblait prêt à rebrousser chemin.

— Maître Scolla, se présenta-t-il d'une voix de crécelle. Notaire de la République.

— Je vous en prie, Maître, prenez donc une chaise. Mais je dois avouer ma surprise : la succession du *capisestiere* Mosca n'est-elle pas réglée de longue date ?

— Tout à fait, madame, et ce n'est d'ailleurs pas l'affaire qui m'amène.

Qu'il fût ainsi question du malade, en sa présence, et comme s'il n'était déjà plus de ce monde, les mettait tous mal à l'aise. Mosca en personne dissipa cette gêne, en intimant à l'homme de loi de poursuivre.

— Si je suis présent aujourd'hui, et s'il vous a été demandé de vous joindre au Sieur Mosca et à moi-même, c'est pour signer d'autres documents.

— Je ne comprends pas...

— Ceux de votre adoption plénière.

Un silence interdit s'imposa, laissant place soudain aux échos du *campo* voisin, où des bateleurs haranguaient les passants pour leur fourguer tel bibelot, ou Dieu sait quelle fausse relique.

Gina esquissa un pas hors de la chambre, mais son amie la retint d'autorité.

— Quelle adoption ?

— Celle par laquelle le Seigneur Mosca se propose de faire de vous sa fille.

— Sa fille ! s'écria-t-elle.

— Aussi légitime que si vous étiez née de son sang.

Voilà donc quel serait l'ultime élan généreux du vieillard. Car, dès lors, le testament qui prévoyait le versement du plus gros de sa fortune à ses « parents » encore vivants prenait un tout autre sens. Chiara devenait non seulement sa descendante, mais aussi son héritière quasi exclusive.

La jeune femme s'agenouilla au chevet de son protecteur, la voix éteinte, partagée entre la gratitude et le reproche :

— Alvaro… Tu n'as pas à faire ça. Je n'ai besoin ni de ton argent ni de ton nom.

Il plissa des paupières harassées, aussi lourdes qu'un plein chargement de pierres destiné à ses chantiers, l'œil humide.

À ce signal, le gnome vêtu de noir sortit un premier parchemin, qu'il tendit à Chiara.

— N'insistez pas, s'entêta celle-ci. Je ne signerai rien.

Mais comme le notaire amorçait déjà un repli, la voix déjà morte de Mosca s'éleva, infime filet imposant pourtant son évidence :

— Lis…, souffla-t-il.

Se saisissant du document, Chiara reconnut d'emblée la graphie particulière née de la main de Mosca. Les pleins et les déliés ne tremblaient pas ; le style était nerveux, mais maîtrisé. Il était évident qu'il avait rédigé cette note bien avant ce jour, peut-être même en un temps où la maladie ne s'était pas encore emparée de lui.

Comme les yeux de sa pupille couraient sur les lignes, le notaire intervint :

— Je crois que le Sieur Mosca vous demande de lire cette page à voix haute…

Alors elle reprit sa lecture, sa nuque si fine parcourue d'un frémissement, un sanglot étouffé dans sa gorge.

— « Chère Chiara, si tu lis ces lignes, c'est que je suis, j'imagine, plutôt mal en point. Mais cela ne doit pas altérer ta perception de ce qui va suivre, pas plus que cela n'infléchit ma décision de faire de toi ma seule et légitime descendance, par l'acte joint à cette missive. Bien au contraire ! »

Du regard, à travers la pénombre, elle chercha le soutien de Gina qui le lui offrit bien volontiers.

— Je vous en prie, poursuivez, insista le notaire de sa voix nasillarde. Je crois savoir que le plus important est à venir…

Assise désormais au pied du lit, Chiara déglutit avec douleur, et poursuivit le déchiffrage des caractères tendus.

— « À l'époque où ta mère fréquentait Giovanni Dolfin… »

Elle apprécia l'euphémisme.

— « Il m'arrivait moi aussi de la visiter. Ton souvenir d'elle doit être flou, à présent, mais comme toi aujourd'hui, Luiza était l'ange de San Matteo. Les hommes se battaient pour savoir lequel d'entre eux aurait le privilège de grever leur bourse à son contact. Je ne valais guère mieux que les autres, à cette époque. J'étais un simple *cavacanalo* sans femme légitime, sans naissance et à la fortune encore très incertaine. Dès que mes moyens me le permettaient, j'allais donc la voir, rue de l'Ange, dans ce même immeuble où tu habitais il y a peu. »

Mosca avait donc été l'un des clients de sa mère... Pourquoi ne lui avait-il jamais rien dit ? Interrompant de nouveau sa lecture, Chiara contempla la face parcheminée de son vieil ami, fouillant les rides et les sillons pour y trouver les raisons de ce silence coupable.

En vain.

— « Je me suis attaché à elle au-delà de ce que j'avais imaginé de prime abord. Je l'ai aimée... À tel point que j'ai voulu l'arracher elle aussi à sa condition. »

Comme il avait espéré le faire pour la fille de la belle Aragonaise, près de vingt années plus tard.

— « Mais en ce temps-là, je n'en avais ni le pouvoir, ni les moyens. Et puis un jour... Un jour Luiza a disparu. »

Le récit d'Angela, délivré à l'*osteria* du Melon, au milieu des amoureux agglutinés, lui revint dans ses moindres détails. La lettre odieuse de Dolfin. La fuite de Luiza à Lucques. L'accouchement à la ferme, en secret. L'adoption fictive d'une petite fille. Et enfin le retour à Venise, où une vie de misère et de clandestinité avait repris tant bien que mal pour la catin déshonorée et son enfant.

— « Cependant, grâce à mes contacts parmi les pêcheurs de la lagune, j'ai bientôt su où elle s'en était allée. Je l'ai rejointe à la ferme du Poteau noir. J'étais là, quand tu es née. Ce n'est pas pour me vanter, mais je suis même le premier à t'avoir tenue dans mes bras. Ta maman avait perdu conscience. La fermière qui t'avait délivrée avait quitté la pièce. Nous étions seuls au monde, toi et moi. »

Un instant, Chiara demeura bouche bée.

L'homme qui mourait sous ses yeux, l'homme qui avait depuis toujours veillé sur elle était donc là depuis le début, tel un garde du palais, discret, presque invisible, et pourtant d'une parfaite bienveillance. Indéfectible.

Tout s'expliquait à présent : ses attentions, ses cadeaux, et le commerce de la chair auquel il s'était toujours refusé avec elle, limitant leurs effusions à quelques chastes embrassades.

— « Ta mère l'ignorait. Et aujourd'hui encore, personne ne saurait dire avec certitude ce qu'il en est... »

De quoi parlait-il encore ? Quelles autres révélations lui réservait-il ?

— « ... Mais, dans le doute, il m'a toujours plu de croire que ce bébé qu'elle avait mis au monde... pouvait être le mien. »

Qu'elle, Chiara, fille de Luiza d'Aragon, puisse être sa fille.

Mais Luiza, éprise du futur doge, en avait décidé autrement. Au fil du temps et des confidences à Angela, elle avait forgé une autre légende, celle qui convenait le mieux à ses sentiments d'alors, et dont l'amoureux transi était exclu.

Prise d'un sursaut, la blonde arracha le contrat des mains du notaire rabougri. Se saisissant de la plume que lui tendait alors Gina, elle parapha sans les lire les deux pages de l'acte – déjà griffées – qui la liait à jamais à Alvaro Mosca.

Une lueur étrange, presque surnaturelle, nimba alors le visage du condamné. Il paraissait en paix, prêt à franchir seul la dernière étape. Chiara attrapa l'une des mains blafardes qui pendait sur le côté de la couche et, sans craindre la contagion, l'embrassa avec ferveur. Elle baignait de ses larmes la peau rêche, tachetée, sillonnée de grosses veines bleues.

Et comme elle ne se sentait plus capable du moindre mot, Gina s'empara de la lettre et acheva de lire à sa place :

— « Prends soin de toi et de la vie que tu portes à ton tour, Chiara. Tâche de lui offrir ce que ta mère n'a pas pu t'offrir. Et ne sois pas trop sévère avec toi-même si tu n'y parviens pas. Chacun fait selon ce qu'il a reçu. Je t'embrasse, mon enfant. »

Chiara s'y engagea en son for intérieur : jamais son petit ne serait la victime d'un passé qui ne le concernait pas. Elle savait sans conteste qui en était le père, et elle exigerait de Nicola qu'il se comporte comme tel. Ni cynique, ni absent. Un père entier, aimant, résolu à ne rien manquer de cette vie merveilleuse qu'il avait donnée.

Mais pour cela, encore fallait-il qu'il fût informé de sa paternité, songea-t-elle. Un pas qu'elle n'était pas parvenue à franchir jusque-là.

Un sourire timide fleurit sur le visage de Mosca. Ses yeux se fermèrent. La respiration lente qui l'animait jusque-là s'échappait peu à peu. Sous peu, Mauro Grazziani serait invité à constater le décès. Il pouvait bien s'en aller, désormais, puisqu'il avait une fille.

Qu'elle fût ou non de son sang.

7

Le lendemain, 11 juillet

Les obsèques d'Alvaro Mosca se présentèrent comme un vrai casse-tête, tant sanitaire que protocolaire. Pestiféré, il devait logiquement être immolé par le feu, afin d'éviter toute propagation du mal qui l'avait consumé. Mais en sa qualité de *capisestiere* et de conseiller de la République de Venise, il méritait un hommage plus digne qu'une simple inhumation en catimini. Le lieu même de la mise en terre de ses restes fut un sujet qui agita les membres du Petit Conseil, lesquels parvinrent à la conclusion qu'on ne pouvait ni lui donner une sépulture sur l'une des îles-cimetières habituelles, telle Mazzorbo, ni jeter ses cendres dans la lagune comme on l'eût fait d'un vulgaire hérétique, encore moins l'inhumer dans le cimetière juif du Lido.

La solution retenue fut l'exil de son urne funéraire sur la petite île de San Michele, située au nord de l'Arsenal et distante des quais septentrionaux de Venise d'une petite demi-heure en *sandalo.*

— Il va être bien seul, ici..., murmura Gina à travers le voile qui couvrait son visage.

— C'est vrai, approuva Chiara, mais je pense que le lieu ne lui aurait pas déplu.

Jusque-là vide de toute construction, pas même la moindre sépulture, San Michele apparaissait en effet comme un plateau sablonneux et désert, semblable à ces îlots qu'Alvaro bonifiait à longueur d'année. Sa tombe, une stèle en marbre blanc de Carrare, dressée en plein milieu et balayée par les vents, y serait seule de son espèce. Mais pour combien de temps... ?

L'assistance peu nombreuse, quelques petites dizaines de personnes en tout, avait embarqué à la *fondamenta nuova,* sur plusieurs grosses barques à fond plat que Chiara avait fait affréter pour l'occasion. En tant qu'héritière, c'est à elle qu'avait incombé cette charge. Et c'est elle qui se tenait à présent au premier rang, à quelques pas seulement du trou sommaire, au bord duquel se tenait un cantonnier avachi sur sa pelle.

En face d'elle, de l'autre côté de la fosse où reposait l'urne, une rangée d'officiels la dévisageaient d'un air circonspect. Cette adoption tardive devait leur paraître douteuse, pour ne pas dire louche. D'ailleurs, bien rares étaient les membres du Grand Conseil à s'être déplacés pour rendre un dernier hommage à leur confrère. Quant à ceux qui y avaient consenti, ils affichaient des mines plus exaspérées que réellement contrites.

— Tu as vu leurs têtes ? On dirait qu'ils viennent de découvrir que c'est *leur* enterrement !

Chiara réprima à grand-peine l'hilarité provoquée par la remarque de son amie rousse. Elle se sentait déjà si peu légitime dans son rôle, qu'elle devait se préserver d'un scandale.

De fait, le regard froid et perçant de l'un des édiles se chargea de la ramener à plus de décence. Celui de Nicola, qui depuis déjà de longues minutes ne la lâchait pas, sec et enveloppant à la fois.

— Eh bien j'espère que ce pauvre Mosca aura plus d'amis auprès de notre Père qu'ici-bas..., susurra Fortunato

Vaselli, revêtu de sa plus belle aube cardinalice, à l'oreille de son ancien secrétaire.

— Alvaro Mosca était la bonté même, lui répliqua sèchement l'autre. Je ne doute pas un instant du bon accueil que lui réserveront les anges.

L'évêque de Castello ravala sa fierté, son gros nez rougi par l'air marin – encore frais malgré la saison – et embraya sur un ton plus sérieux, quoique tout aussi imbu.

— En parlant de bon accueil, devine un peu de qui j'ai reçu un message, pas plus tard qu'hier ?

— Je ne sais pas, Monseigneur… Guillaume Humbert ?

Évoquer l'ancien Grand Inquisiteur de France, disparu depuis près d'un demi-siècle, était une pique que Vaselli choisit de ne pas relever. Pourtant, il y avait tant à dire sur sa morale et sur ses mœurs… Et depuis qu'il n'était plus tenu à sa réserve ecclésiastique, Nicola ne se privait pas d'épingler le prélat vénitien.

— Sa Sainteté en personne ! Figure-toi que l'écho de nos récents succès lui est parvenu…

Il parlait du Castelletto, bien sûr, et des sommes importantes qui s'amoncelaient en conséquence à l'évêché.

— … et qu'il nous en félicite chaleureusement !

Dans sa bouche, ce « nous » n'avait rien d'un pluriel. Il n'y voyait bien sûr que la gloire et l'avancement que lui seul en retirerait.

— J'en suis fort aise pour vous, lâcha Nicola sur un ton absent.

Car tandis que l'évêque se gargarisait, l'oraison prononcée par le sage Maître Gritti avait commencé, et l'ex-abbé comptait bien y être tout ouïe.

« *Donnez, et vous recevrez.* Peu d'hommes en ce monde n'ont sans doute appliqué cette maxime du Christ avec autant d'abnégation, avec autant de passion devrais-je dire, que notre regretté Alvaro Mosca. Même ce qu'il obtenait pour son propre compte, argent, terres, honneurs, Alvaro trouvait toujours le moyen de le redistribuer à celui ou à celle qui en avait plus besoin que lui… »

Le vieux philosophe ponctua alors son discours d'un bref coup d'œil à l'héritière de son ami, empreint de bienveillance, et non de reproche. Il était bien le seul.

— En attendant, insista Vaselli, aussi agaçant qu'une grosse mouche, je connais un argent qui va servir la meilleure des causes.

— Combattre la peste ? risqua Nicola, non sans ironie.

— On peut appeler ça comme ça. Car aussi fâcheuse soit la présente épidémie, il ne faudrait pas négliger cette peste française qui nous a ravi la papauté en Avignon.

La référence était à peine voilée : grâce à sa manne naissante, l'évêque de Castello n'envisageait rien de moins que d'acheter sa future élection papale. Ne murmurait-on pas que l'or de Jean de France, dit le Bon, avait acquis celle d'Innocent VI ? Ce dernier n'avait-il pas en retour, chien fidèle de son maître terrestre, arrangé pour son compte la paix de Brétigny ?

L'indécence du propos, au vu des circonstances, ne surprit hélas que peu le chevalier Chiutto. Il n'y avait rien à attendre de mieux d'un tel personnage. Mais pour échapper à ce babil fielleux, il concentra son attention sur la silhouette altière, peau foncée et vêture sobre, qui suivait la cérémonie à l'écart des autres. Nicola ne l'avait encore jamais croisé, mais à la description que lui en avait fait Chiara, il reconnut l'amant juif de Gina. Le bon docteur Grazziani. Interdit de périmètre consacré, celui-ci avait malgré tout tenu à accompagner Mosca dans sa dernière demeure.

Quand les dernières prières eurent été emportées par les rafales de *garbin*, le vent de mer, c'est vers le médecin proscrit que Chiara se dirigea, sous l'œil courroucé des magistrats présents.

— C'est très aimable à vous d'être venu, Mauro. Vous n'y étiez pas obligé.

D'un hochement de tête, il reçut avec gratitude l'allusion à l'hostilité dont il faisait l'objet.

— Je le sais, mais je tenais à être là. Maître Gritti a raison : il y a peu d'hommes pareils au Seigneur Mosca sur cette Terre. Et la peste vient de nous en voler un.

— À ce propos…, rebondit-elle aussitôt. Accepteriez-vous de visiter notre vieille amie, Angela de Zara ? Je précise tout de suite qu'elle habite en dehors du « château ».

— Je connais Angela. J'ai déjà fréquenté son auberge. Et je me ferai un devoir d'aller lui prodiguer les soins nécessaires.

— Merci… Depuis qu'elle est tombée malade, son *Pulcin'* tourne au ralenti. Il y a bien quelques filles qui se relaient pour lui prêter main-forte, mais si son état devait se dégrader, j'ai bien peur que son commerce ne disparaisse avant elle…

— Je comprends. Je ferai tout mon possible, n'ayez crainte.

Ce que ne précisa pas Chiara, dans cet échange un peu formel, où les émotions vraies étaient stérilisées par la pompe du cérémonial, c'est qu'elle-même ne s'en remettrait pas, si cet autre pilier de son existence venait à disparaître.

Elle s'apprêtait à rompre là leur entretien, quand le médecin désigna son ventre d'un regard discret, puis murmura :

— C'est pour quand ?

— Je…

Ses joues s'embrasèrent, et ses yeux cherchèrent Gina parmi la petite troupe recueillie qui s'égaillait déjà.

— Gina ne m'a rien dit, si c'est à ça que vous pensez.

— Non, non… Mais comment avez-vous compris ?

— Je ne soigne pas que les âmes qui s'en vont, Chiara, mais aussi celles qui arrivent.

Elle avait beau comprimer son giron dans un linge étroitement noué sur ses reins, dispositif savamment dissimulé sous une robe ample, certains autres signes devaient la trahir, pour un œil aussi aguerri.

Était-ce son teint, où les éphélides piquaient la blancheur de son visage avec plus d'intensité qu'auparavant ?

Ou peut-être sa démarche, car déjà elle ressentait le balancement imprimé par le poids qu'elle portait en elle ?

— Et le père ?

— Eh bien quoi ? répondit-elle plus abruptement qu'elle ne l'aurait voulu.

— Il est au courant ?

Mais de quoi se mêlait-il, à la fin ?

— Non, admit-elle dans un soupir. Et il ne le sera pas… En tout cas, pas dans l'immédiat.

Il était patent que cela valait pour ordre.

— Et, sans chercher à vous influencer : vous êtes certaine de cette décision ?

— Certaine. Ni…, se corrigea-t-elle aussitôt, il n'est pas en position d'assumer cette naissance pour l'instant.

Tous les jours, à chaque fois ou presque qu'elle posait la main sur la peau tendue de son bedon, elle retournait les diverses hypothèses possibles. Mais dans la plupart des saynètes que lui jouait son petit théâtre intérieur, semblable à ces pantomimes qui livraient spectacle sur la *piazza* San Marco à la Sensa, Nicola se dérobait.

Le plus souvent par peur ; parfois aussi par orgueil, ou refus de renoncer à ses ambitions. Elle s'en voulait de lui accorder aussi peu de crédit, et pourtant… Qu'adviendrait-il d'eux, s'il les rejetait, leur enfant et elle ?

— Soit. Sachez que *moi* je serai là…

— Là… ?

— Pour vous. Enfin, pour les aspects médicaux, bien sûr, s'empressa-t-il de préciser, un voile de trouble jeté sur son beau visage hâlé.

— J'avais compris, sourit-elle en retour.

La gêne entre eux s'effilochait comme un tissu qu'on déchire, quand une cavalcade et un piaillement aigu en provenance du débarcadère de San Michele requirent leur attention.

Descendant d'un étroit *sandalo*, convoyé jusqu'à l'île par un gondolier à l'air torve, sans doute un illégal, un gamin d'une dizaine d'années courait dans leur direction.

— Chiara ! aboyait l'enfant.

Tous les visages compassés s'offusquèrent de concert. Quant à l'intéressée, elle ne reconnut celui qui la hélait de la sorte qu'au moment où une petite main crasseuse s'agrippa à son mantel.

— Chiara, il faut que tu viennes avec moi !

Giuseppe. L'enfant des rues. L'un des plus proches amis de feu Rolando. La « duchesse » n'avait plus croisé l'enfant depuis ce matin de février où, à moitié nue et aux abois, elle l'avait envoyé chercher Angela à l'intérieur de la forteresse du vice.

— *Peppe ?* Mais qu'est-ce qu'il y a ?

— Suis-moi ! Tout de suite !

— Te suivre où, enfin ?

— À San Matteo !

Au Castelletto, son fief.

— Mais pourquoi ?

Le minot marqua une brève seconde d'hésitation, puis s'exclama, les yeux écarquillés, le regard éperdu :

— Parce que… ils sont en train de les massacrer !

*

Sur l'esquif en piètre état, en route pour l'archipel principal, Giuseppe recouvra en partie son calme. L'air vif de la lagune estompait peu à peu son effroi, et il fut bientôt en mesure de résumer aux deux nouvelles passagères, Chiara et Gina, ce dont il avait été lui-même témoin.

Tout avait commencé deux heures plus tôt, quand un groupe de cinq juifs avaient été démasqués au guet méridional du Castelletto, à l'angle du *campo* San Aponal et de la *calle* Madonna. En surnombre, les clients potentiels avaient voulu forcer malgré tout le passage, mais des renforts survenus bien vite s'étaient employés à les repousser. La situation s'était envenimée quand plusieurs prostituées, depuis l'intérieur du périmètre réservé, avaient pris fait et cause pour les cinq drôles, contre les Seigneurs de la nuit.

— Et qui donc t'a envoyé me chercher ?

— La *signora* Sophia.

— Elle a bien fait, approuva-t-elle à l'évocation de ce nom ami.

En moins de temps qu'il n'en faut pour satisfaire un homme, une véritable bataille rangée s'était déclarée, puis propagée à toutes les rues environnantes, sans qu'il soit toujours possible d'identifier deux camps distincts. Chiara n'était pas dupe : ces débordements n'étaient pas dus qu'à l'antisémitisme rampant qui gagnait la ville. Toutes les colères nées des mois d'épidémie et de privation s'étaient exprimées d'un coup, dans le désordre et la violence. Irraisonnées, et parfaitement incontrôlables.

Mais Gina ne pouvait contenir son inquiétude pour ceux qui, sans être son peuple, étaient devenus ses proches par le seul fait de son amour pour Mauro.

— Et les cinq juifs dont tu parles, que sont-ils devenus ?

— Quand je suis parti, deux d'entre eux étaient déjà morts, deux avaient fui je crois, et le dernier je ne saurais te dire…

L'image du fouet attaquant la chair du juif châtié sur ordre de Sandro lui revint d'un coup. Malgré l'air marin et le vent qui giflait son visage, la rousse était plus blême que jamais. Car la preuve était que les gardes ne se contentaient plus, désormais, de punir les contrevenants à la règle d'exclusion scélérate. Ils les passaient tout bonnement par le fil de leur épée !

*

Sur place, le spectacle se révéla plus dantesque encore que ce qu'avait décrit le petit Giuseppe. Plusieurs dizaines de cadavres ensanglantés jonchaient le pavé de San Aponal, et des barricades improvisées, charrettes à bras et débris divers, avaient été dressées tout autour de la poterne sud.

Les belligérants n'étaient certes plus qu'une poignée à tenir tête aux soldats, mais leurs cris désespérés, râle des blessures et brames des assauts, résonnaient encore dans tout le quartier.

À mesure que les derniers d'entre eux tombaient sous les coups de dague ou de lance, les curieux réinvestissaient les alentours. Deux ou trois coquins dépouillaient même les victimes. Le tumulte était retombé pour l'essentiel, et une odeur de mort violente, fumet de sang ou de fer chauffé, emplissait à présent l'atmosphère de cette scène épouvantable.

Les deux femmes ne savaient que dire ou faire devant ce pandémonium, fouillant le sol rougi à la recherche d'un éventuel visage connu. Il y en avait forcément, parmi ces corps de femmes sans vie, toutes des catins venues prêter main-forte à leurs clients.

Gina songea pour sa part qu'elle avait bien fait de dissuader Grazziani de les suivre. Et Chiara louvoyait entre les cadavres, muette, incrédule. Cette brune fluette, éventrée, baignant dans son sang, n'était-ce pas Valentina la Sarde ? Et cet autre visage supplicié, il ressemblait à s'y méprendre à celui de cette belle Bordelaise dont elle avait oublié le prénom.

— J'espère que tu es fière de toi !

Le ton cinglant la surprit comme un coup de griffe. Elle connaissait cette voix, pourtant, ce sifflement de vipère si familier.

Lucia Nigra avançait vers elle, suivie de sa petite cour et de son factotum. Avec l'augmentation des prix, sa fortune n'avait fait que croître. Mais plus elle s'enrichissait, et plus elle paraissait maigrir, désormais presque à vue d'œil, terrifiant squelette gainé de peau bistre.

— Ah, tu peux apprécier le tableau, l'apostropha la matrone. Regarde un peu ce qu'on obtient, à force de laxisme !

— … !

Aucun mot ne venait à Chiara. L'attaque était aussi gratuite qu'injuste. Qui sait : ce drame était peut-être même le fruit des manigances de son ancienne maquerelle, juste pour mieux la discréditer.

Lucia fit encore quelques pas, afin d'atteindre ce point précis au milieu de la place d'où elle serait entendue du plus grand nombre, puis cria à la cantonade, son sourire de monstre offert à tous :

— Heureusement, Venise ne tardera pas à se donner un nouveau doge… Et plus personne ne sera là pour te protéger, l'Aragonaise !

8

Le soir du même jour...

DEPUIS QU'ELLE SERVAIT *CALLE* RAMPANI, Oriana cultivait chaque jour un peu plus sa ressemblance avec la maîtresse des lieux. Comme Chiara, elle relevait sa crinière blonde sur sa nuque en un chignon lâche. Comme elle, elle piquait la masse ainsi constituée de fins sarments de vigne séchés, afin de maintenir l'édifice éphémère. Comme elle enfin, en rupture flagrante avec les exigences de son office, elle portait les robes les plus ajustées et les plus à même de révéler ses charmes. Chiara, qui s'était prise d'affection pour son double, lui avait même alloué certaines de ses anciennes parures, que la jeune fille s'appropriait avec joie.

En pleine lumière, bien sûr, il était facile de les distinguer. Mais la moindre pénombre, ou le plus léger contrejour, suffisait parfois à estomper leurs différences, entretenant la confusion, au moins jusqu'à ce que l'une ou l'autre parle.

— Bonjour. Je suis attendue par la *signora.*

— Ah c'est toi..., s'exclama la petite servante qui l'accueillit. Tu m'as fait peur ; j'ai cru voir ta maîtresse !

Oriana répondit d'un sourire flatté et prit place sur le banc que lui désignait sa consœur. Ce salon était plus sombre que celui de l'appartement des Morosini, mais on y retrouvait le même type d'opulence dans la profusion du mobilier et la préciosité de certains matériaux. Elle observait chaque bibelot avec curiosité, rêvant au jour hypothétique où elle posséderait elle-même une telle maison, quand une ombre noire, à peine plus épaisse qu'un rideau, fit irruption dans la pièce.

— Te voilà, l'accueillit sèchement Lucia Nigra. Tu as manqué ton dernier rapport. Je croyais pourtant avoir été assez claire : je veux t'entendre chaque semaine.

— Je sais, madame, se défendit la jeune femme, se levant et esquissant une révérence. Mais avec le décès du Sieur Mosca, ma maîtresse m'a requise sans répit, et je...

— Cette harpie n'est pas ta maîtresse, jeune fille ! tonna la matrone. Tu n'as d'autre maîtresse que moi.

— Oui, oui, bien sûr...

Son autorité dûment réaffirmée, Lucia tourna brusquement les talons et se mit à faire les cent pas dans la vaste salle d'apparat, à peine plus petite que les *portegi* des Cà patriciennes.

— Bien, dis-moi tout : ton hôtesse ne se doute toujours de rien ?

— Non, madame, je ne pense pas. Il n'y a pas deux jours, elle pestait encore contre les manants qui m'ont soi-disant molestée.

— Parfait, parfait... Tant qu'elle croit à cette fable, tu n'as rien à craindre. Et surtout n'hésite pas à faire couler tes larmes de temps à autre : les filles qui ont réellement été forcées pleurent sans raison.

— Oh ! pour ça, j'ai tout ce qu'il me faut en cuisine, de l'ail, de l'oignon... je n'ai qu'à frotter un peu mes yeux et je me vide comme une outre !

— Ah, ah, très bien !

Le sourire de gorgone qu'afficha alors la maquerelle pétrifia un instant son informatrice. Oriana ne s'habituerait jamais à ce faciès infernal. Elle avait peut-être choisi le camp de Lucia par nécessité, mais elle se félicitait intérieurement de ressembler plutôt à celle qu'elle trahissait. Ce monde était décidément bien complexe, songea-t-elle, tissé de tant de dilemmes et de contradictions.

— Maintenant, reprit Lucia, réfléchis bien. Qu'as-tu vu ou entendu au cours des dernières semaines qui pourrait m'être utile ?

— Hum, hum…

L'espionne en jupons fronçait les sourcils, mimant une concentration inutile. Car bien avant de pénétrer dans le petit immeuble lépreux de la rue du Paradis, elle savait déjà ce qu'elle allait dire. Et avec quelle ivresse l'odieuse matrone du Castelletto accueillerait son récit.

— Prends ton temps. Ce peut être n'importe quoi qui t'ait semblé compromettant… ou qui t'ait mise mal à l'aise, tout bonnement.

— Eh bien, cela fait plusieurs fois déjà que Madame Gina reçoit un homme, dans la petite chambre mansardée, au dernier étage.

— Un homme ? Tu veux dire un amant ?

— Oui…

Oriana avait rosi, un empourprement si spontané et si soudain qu'il apparaissait évident qu'en dépit du viol fictif dont elle se réclamait la victime, la gamine était encore vierge.

— Si tout ce que tu as à me révéler, c'est que ces dames de la *calle* Rampani écartent les cuisses de temps en temps, désolée, mais ce n'est pas vraiment une nouvelle !

— Mais cet homme…

— Quoi, cet homme ? Il t'intéresse ? Tu es jalouse, peut-être ?

— Non ! s'égosilla-t-elle comme un oiseau étranglé.

— S'il n'y a que ça pour te faire plaisir, je peux demander à ces trois ladres de finir leur besogne !

Lucia n'aimait rien tant qu'humilier les plus faibles, et quand en prime elle pouvait y ajouter une dose de provocation, elle tenait alors l'un de ces petits triomphes du quotidien qui, depuis son plus jeune âge, constituaient sa raison de vivre. Provoquer, humilier... Écraser.

— C'est un juif ! glapit enfin la pucelle pour sa défense.

Les pupilles de sa tourmenteuse se rétractèrent d'un coup, pareilles à celles des reptiles.

— Tu es sûre ?

— Certaine ! Je connais même son nom, et j'ai vérifié qui il était.

— Parle !

— Il est médecin. Le docteur Grazziani.

— Et tu prétends qu'il est juif ? Comment peux-tu le certifier ?

— Oui, je...

De rouge, ses joues étaient devenues cramoisies, couleur d'embarras, couleur de honte.

Un sourire méprisant naquit sur le visage de Lucia.

— Tu l'as vu nu, n'est-ce pas ? Tu as aperçu ce qu'il restait de son sexe ?

— ...

La jeune femme opina du chef en silence, le regard perdu sur les tommettes, cherchant semblait-il à chasser l'image de la verge circoncise qui s'imposait à elle.

— Bien, bien, bien..., siffla la matrone après avoir effectué un nouveau tour de salon. Si tu dis vrai, c'est une *excellente* nouvelle que tu nous apportes là.

Malgré l'effroi, sa visiteuse n'était pas déçue. Comme elle l'espérait, la Nigra était aux anges. Ou plutôt, fallait-il dire aux diables.

Un juif reçu comme un prince chez Chiara l'Aragonaise ? La surintendante du Castelletto dans les bras d'un fils d'Abraham ? C'était presque trop beau, trop providentiel, et Lucia dut frotter plusieurs fois ses joues émaciées pour y croire. Jusqu'ici, les deux associées pensaient sans doute jouir d'une forme d'impunité à la tête du bordel public. Mais la vérité, c'est qu'en vertu des nouvelles règles interdisant la fréquentation des dames du Castelletto par les israélites, elles se trouvaient désormais hors la loi.

— Sandro ! hurla-t-elle soudain, sur le ton de l'ordre qui ne souffre aucun délai. Sandro, viens donc voir ici !

Un escalier dévalé, un bruit de bottes sur le palier, puis une silhouette aussi efflanquée et sombre que celle de sa maîtresse. Lombardo le ruffian venait de les rejoindre.

En quelques mots précipités – son excitation sourdait de chaque intonation, chaque regard – elle lui résuma la situation telle que décrite par leur « mouche », d'autant plus efficace qu'elle se fondait à la perfection dans son nouveau décor. Vraiment, Sandro avait fait preuve de génie en repérant cette pauvresse, copie conforme de leur ennemie.

— En effet, c'est inespéré, approuva le soudard quand elle eut fini.

— Hum, et comment suggères-tu d'exploiter cet avantage ?

— Tu as vu comme moi ce qui s'est passé au guet de San Aponal. Le plus simple serait de les dénoncer à un groupe de chasseurs de juifs. Partant de là, je ne donne pas deux jours à la foule pour appréhender et pendre tout ce joli petit monde.

— C'est une solution..., concéda-t-elle en une moue pincée.

Effondrée sur son banc, Oriana ne suivait plus leur échange que d'une oreille distraite. Ces intrigues la dépassaient. Tout ce qu'elle voulait, elle, c'est la place et l'argent promis quand Sandro était venu la cueillir dans sa venelle boueuse des bas-fonds de Cannareggio, non loin du quartier juif, justement.

Ce qu'elle comprenait, c'est que plus Chiara était proche d'une disgrâce, plus son propre sort reprenait un tour favorable. Cette pensée la blessa plus qu'elle ne s'y attendait : n'y avait-il jamais moyen, en ce monde, de s'élever sans en abaisser un autre ?

Lucia avait repris sa déambulation forcenée, les mains jointes dans le dos, labourant du talon le carrelage comme si une solution allait en jaillir, jeune pousse de pure malignité.

Puis elle se figea net, d'un coup aussi hiératique qu'une statue.

— Je crois pourtant qu'il y a mieux à tirer d'une telle situation.

— Mieux que d'être livrée en pâture à la populace ? s'étonna-t-il avec une inflexion déçue, comme si on le privait brusquement de son hochet.

— Oui. Des mises au pilori, il y en a tous les jours. Saurais-tu me nommer ne serait-ce qu'un seul de ces drôles ou de ces drôlesses qu'on a exécutés dans ces conditions ?

— Non… Mais je ne vois pas bien en quoi…

— Moi je veux qu'on se souvienne d'eux ! le coupa Lucia. Je veux que leurs noms soient à jamais indissociables de leurs turpitudes. Comprends-tu ?

Éliminer ses rivales ne lui suffisait pas. Elle en voulait plus. Si sa satisfaction n'avait tenu qu'à cela, deux corps suppliciés sous les coups anonymes, n'importe quel spadassin aurait fait l'affaire. Mais tuer n'était rien, tuer était presque un simple préalable, au regard de la revanche qu'elle espérait prendre sur elles.

D'un geste vague, presque négligent, elle signifia son congé à la soubrette. Ce n'est pas parce qu'elle venait de lui servir sa vengeance sur un plateau, que celle-ci devait être impliquée dans ses moindres plans.

— Et n'oublie pas, lui lança Lucia au moment où la moucharde disparaissait dans l'escalier. À partir de maintenant, rien ne doit plus m'échapper. À la moindre parole ou au moindre mouvement inhabituel, empresse-toi ici.

Comme ils étaient seuls, enfin, elle saisit Sandro par le bras, et l'attira à elle, le torse de son homme de main plaqué contre son dos. Elle avait beau dominer son monde comme personne, il lui arrivait de requérir de son amant de tels instants de tendresse. Bien sûr, on eût prononcé le mot devant elle qu'elle l'eût aussitôt récusé à grands cris. Tendre, elle ?

Néanmoins, elle appréciait de plus en plus ces parenthèses de chaleur partagée, son corps famélique enveloppé par celui de son échalas, guère plus épais qu'elle.

— Dans ce cas..., souffla-t-il à son oreille. On fait quoi ?

— Rien.

— Rien ? rugit-il en sourdine.

— Rien dans l'immédiat.

Et comme pour mieux le rassurer sur ses intentions funestes, elle se mit à imprimer à leur couple un balancement léger, que n'importe quel observateur eût pris pour un regain d'affection, et qui n'exprimait chez elle que rage et résolution.

— Plus tard, alors ?

— Crois-moi, feula-t-elle sans cesser son dodelinement. Le temps joue en notre faveur. Plus nous les laissons entretenir de telles fréquentations, et plus le prix que nous en récolterons sera élevé.

Elle paraissait si sûre de son fait ; et Sandro avait déjà pu éprouver quelles intuitions géniales elle déployait, lorsqu'il était question de ses noirs desseins.

— Donc si je te suis bien, on regarde et on attend ?

— On attend... et on prépare un peu quand même, ajouta-t-elle avec ruse. Ce n'est pas parce que tout est déjà prêt qu'il ne faut rien faire.

Fière de sa formule, elle laissa s'étirer le silence crépusculaire qui envahissait la pièce, lourd de sous-entendus.

— Mais encore ? la pria Sandro.

— La prochaine fois que notre vestale préférée viendra vider son sac...

— Oui ?

— ... je te donnerai quelque chose pour le remplir en retour.

— Et quoi donc ?

— Trois fois rien. Juste un petit flacon.

Le sourire complice du ruffian s'élargit. Le contenu de ladite fiole ne faisait que peu de doute à ses yeux.

— Le moment venu, pense à lui dire de ne pas goûter à ce qu'il recèle.

— À ce point ?

— Elle mourrait sur-le-champ ! confirma-t-elle.

— Où devra-t-elle entreposer notre *cadeau* ?

— N'importe où dans leur cuisine. Cela fera l'affaire.

Puisque la souillon qui leur servait d'agent s'était vantée d'y avoir librement accès, rien ne devrait être plus facile.

— Et il n'y aura plus qu'à attendre que « qui de droit » le découvre, spécula pour lui-même le ruffian, pour que nous soyons enfin débarrassés de l'Aragonaise.

— De Chiara, de Gina... et de Luiza.

— Luiza ? sembla-t-il surpris à l'évocation de ce fantôme.

Le squelette gainé de noir se détacha de lui et le fixa comme s'il était un vulgaire étranger, débarqué de la dernière galère venue. Lucia avait ce don pour, d'un seul regard, vous attribuer le rôle du fâcheux, de celui qui ignore tout, de celui qui n'est pas à sa place ici-bas et qu'elle tolère à peine.

Puis, en quelques phrases succinctes, elle lui raconta une histoire inédite, celle d'un temps déjà lointain où elle traînait encore ses braies de catin dans tout San Matteo. Une histoire où elle tombait elle aussi amoureuse d'un jeune et ambitieux conseiller d'une Cà de premier plan, sans être payée en retour de ses sentiments.

L'homme était un certain Giovanni Dolfin. Et leur histoire, l'éternelle histoire de la traînée rejetée par le prince, la seule qui avait cours en dehors des romans courtois.

Un moment, Sandro demeura sans voix. La nuit était cette fois tombée pour de bon sur la salle et, faute de chandelles, il devinait tout juste les traits tirés de cette bien triste conteuse.

— Mais ce n'est pas moi qui ai conçu son enfant, conclut-elle sans attendre une réaction de son comparse. Je n'en ai jamais conçu, d'ailleurs... Pour une fille publique, c'était plutôt une chance. Mais moi, à l'époque, je me serais damnée pour qu'il me rende grosse.

Si elle avait bien perdu son âme, consumée par l'espoir, son ventre était resté aussi sec que son cœur.

Tout devenait limpide, à présent : la haine de Lucia pour la blonde progéniture de Luiza, son obstination à avilir la jeune femme en toutes circonstances, sa fureur quand à la fin Chiara s'était soustraite à son emprise…

Chiara, la fille qu'elle n'avait jamais eue. L'injure vivante faite à son ancien amour blessé.

Le poison de sa vie d'amertume.

9

12 juillet, Palais ducal

« Sa Grâce ne reçoit personne. »

Le garde posté au guet principal du palais se voulait inflexible. Chiara eut beau lui décocher son sourire le plus engageant, le géant moustachu ne cédait pas un pouce de terrain. On eût presque dit que ses pieds avaient été rivetés à même le pavé de la *piazza* San Marco. Une statue faite d'ordres et de consignes.

— Tu sais qui je suis ? fit-elle son importante.

— Tout à fait. Mais tu serais la Madone en personne que je ne serais pas autorisé à te laisser entrer.

— Pourquoi es-tu si dur avec moi ? Ma « grâce ne suffit pas » ?

La référence à la devise du blason ducal amadoua légèrement la sentinelle agrippée à sa hallebarde, mais il détourna aussitôt le regard de l'avenant spectacle que composait la visiteuse et le fixa loin devant lui, aux confins de la place.

— Ce n'est pas la question..., finit-il par se confier. Sa Seigneurie est souffrante. À part sa famille proche, ses conseillers et ses médecins, aucune visite n'est admise.

— L'affaire qui m'amène est de la plus haute importance.

Quittant le registre de la séduction, elle mit son ton en accord avec sa tenue, longue robe de soie noire qu'elle avait justement choisie pour mieux souligner la gravité de son propos.

— Quoi, tes filles sont en manque de fard pour appâter leurs clients ? se gaussa-t-il.

— Très drôle... Mais celles qui sont mortes hier sous les lames des Seigneurs de la nuit n'en auront plus besoin, hélas !

Cela fut dit avec tant de solennité que le cerbère ne put masquer son trouble, friselis léger dans ses majestueuses bacchantes. Manifestement, il découvrait la nouvelle.

— On parle de combien de victimes, au juste ?

— Je ne connais pas le compte précis. Mais au moins plusieurs dizaines. Sans compter les clients qui ont été occis dans le même temps.

Elle se garda bien de préciser la confession de ces derniers ; qu'ils fussent juifs ne servirait guère son propos.

L'homme qui lui faisait face paraissait sincèrement touché par son récit. Peut-être soupirait-il en secret pour l'une des résidentes du Castelletto. Peut-être s'inquiétait-il pour elle, imaginant la source de ses plaisirs tombée sous les assauts de ses frères d'armes.

— Hum..., grogna-t-il. D'habitude, qui te conduit jusqu'aux appartements du duc ?

— Personne. Je connais bien le palais.

Comme il faisait mine de s'effacer juste assez pour lui céder le passage, il souffla cette ultime mise en garde :

— Si on te refuse l'accès à sa chambre, et si on te demande comment tu es arrivée jusque-là...

— Ne crains rien, le coupa-t-elle. Tu ne portes pas de moustache, et je ne t'ai même jamais vu.

*

Dire qu'il y a peu encore elle sillonnait ces longs couloirs en petite tenue, fille des filles et simple loisir dans l'emploi du temps des seigneurs du lieu. Le chemin parcouru depuis lors lui parut vertigineux, tandis qu'elle traversait la longue salle des boucliers. La présence de deux immenses globes terrestres accentua cette impression. Les marins ou les explorateurs, tel ce bellâtre qui l'avait entreprise à la Sensa, ne défiaient pas des mers plus agitées ni des monstres plus redoutables qu'elle n'en avait elle-même rencontré, des bas-fonds de San Matteo jusqu'ici.

Chiara s'étonna d'ailleurs de n'avoir croisé quiconque depuis son entrée dans la grande bâtisse. Un tel calme était peu courant, et Dieu sait ce qu'il présageait.

— Chiara d'Aragon, je suis attendue par Sa Grâce, annonça-t-elle avec aplomb au factionnaire planté devant la porte du doge.

— Tu devras attendre une minute. Son marmiton lui donne son déjeuner.

— J'ai tout mon temps, approuva-t-elle d'un air qu'elle voulait détendu.

Une poignée de secondes plus tard, en effet, le lourd vantail couina sur ses gonds de bronze ouvragé, et le museau juvénile du commis de cuisine se profila dans l'entrebâillement, manifestement surpris de la trouver là.

— Chiara… ! grailla-t-il, ébahi.

— *Ciao*, Gianni. Tu as eu de l'avancement, dis-moi ! D'ordinaire Antonio ne cède pas si facilement son petit privilège.

Le gamin semblait si embarrassé par la question, qu'il manqua de lâcher le bol et la soupière qu'il tenait pourtant à pleines mains.

— Je…, bredouilla-t-il. Antonio était très occupé. Le Seigneur Pétrarque loge au palais, et il nous demande sans cesse de nouveaux plats.

D'après le portrait que lui en avait fait Nicola, elle voyait mal le diplomate génois se singulariser par de pareils caprices gastronomiques. Mais elle ne releva pas l'anecdote et se contenta d'un sourire, pressée d'accéder à son tour au Saint des Saints.

— Il n'a rien mangé…, constata-t-elle, désignant le bol encore aux trois quarts plein.

— Pas grand-chose, non.

— Donne-le-moi. J'aurai peut-être plus de chance que toi.

— Non ! glapit le cambusier, agrippé à la tasse. Je… Je ne pense pas qu'il en avalera plus. Il a déjà recraché les dernières cuillerées.

— Crois-moi, insista-t-elle, j'ai d'autres arguments que les tiens pour convaincre les récalcitrants.

D'autorité, l'Aragonaise lui ôta la vaisselle des mains et força le passage à l'intérieur.

Certes l'atmosphère de la pièce lui parut moins chargée que dans la chambre mortuaire de ce bon Alvaro, mais régnait malgré tout ce climat dense, pesant, caractéristique des malades au terme de leur vie, où les odeurs plus ou moins fétides le disputaient aux vapeurs d'encens et autres baumes.

— Votre Grâce ? murmura-t-elle à l'intention de la masse recroquevillée qui gisait dans la pénombre. Votre Grâce ? C'est moi, Chiara.

À son appel, l'ombre tourna à grand-peine son visage en direction de la porte. Ses yeux, vitreux et hagards, semblaient fouiller l'obscurité en vain, comme s'il cherchait un fantôme dont il percevait la présence sans le voir. Ses lèvres desséchées s'entrouvrirent, mais aucun son intelligible n'en sortit, rien qu'un râle meurtri.

Prenant place sur le tabouret tout proche, posant le bol de soupe à même le parquet lustré, sa fille ne sut plus quoi dire. Elle était venue pour se plaindre, et voilà qu'elle le trouvait dans un état guère plus enviable que celui des victimes qu'elle représentait.

Comment sa condition avait-elle pu se dégrader si vite ? À la Sensa, il y a deux mois encore, il marchait, devisait, défendait jalousement chaque miette de son pouvoir.

Désormais, il était cette loque moribonde qui n'aspirait plus qu'au repos éternel.

Soudain, Dolfin parut accommoder sur elle ses yeux égarés, et d'un clignement il l'appela plus près de lui. Elle se pencha :

— Ne fais pas comme moi..., ânonna sa voix d'outre-tombe.

— Comme vous *quoi* ?

Chaque mot lui coûtait mille souffrances. Il laissa passer un nouveau temps et reprit, de moins en moins audible :

— Ne la laisse pas prendre le pas sur ton amour.

— Je ne comprends pas... De qui parlez-vous ?

Un nouvel élan lui fut nécessaire pour proférer ce qui serait sans doute son dernier mot, un mot qui résumait somme toute assez bien ce qu'avait été sa vie entière :

— Ton ambition...

Chiara songea que le conseil eût été plus profitable à son amant qu'à elle-même, mais elle n'osa reprendre la parole du doge agonisant. Elle songea plutôt à la lettre que Mosca lui avait fait lire sur son lit de mort. À cette incertitude persistante sur son ascendance paternelle.

Mais pas plus qu'elle n'avait eu le cœur de contredire le vieux *capisestiere*, elle ne trouva la ressource pour confronter une nouvelle fois Giovanni Dolfin à ce sujet. Peu importait, au fond. Qu'elle eût un seul père ou qu'elle en eût plusieurs, elle était sur le point de les perdre tous deux. Le mystère de sa conception demeurerait. Et, alors que le duc fermait ses paupières sur ses yeux d'un bleu limpide, elle se dit que ce n'était pas si grave. Qu'elle saurait vivre avec ce doute comme elle avait toujours vécu.

Au moins tant qu'une curiosité plus jeune ne se manifesterait pas, médita-t-elle, une main sur son ventre.

Malgré tout ce qu'il leur avait fait endurer, à sa mère et à elle, elle se sentit prise pour lui d'un mouvement caressant. Il ne paraissait plus si terrible, ainsi étendu, immobile et les yeux clos. Alors elle posa sur le front large et ridé un unique baiser. Ce fut très fugace, mais elle aurait juré qu'un infime sourire était passé sur les lèvres inertes du gisant, juste avant que le souffle ne s'en échappe pour de bon.

Après plusieurs minutes de ce silence réconcilié, elle sut avec certitude qu'il était mort. Devait-elle appeler à l'aide ? Non, elle préféra jouir seule de ce moment étrange, un instant qu'elle avait si longtemps voulu revanche et qui n'était que paix.

Les échos du palais, et au-delà des quais de San Marco, lui parvenaient par vagues, clapotis de vie familiers et rassurants.

Jusqu'à ce fracas subit...

— Emparez-vous d'elle !

La porte s'était ouverte d'un coup, grand claquement sec du vantail sur le mur boisé. Plastronné de colère, la lippe ourlée de rage et les yeux fous, Pietro avait fait irruption sans crier gare. À sa suite, quatre soldats étaient entrés et se ruaient à présent sur la jeune femme blonde, comme elle de noir vêtus.

— Pietro ! s'écria Chiara, soudain redressée.

Mais son demi-frère poursuivait ses ordres, sans un regard pour elle, comme possédé.

— Saisissez-vous de tout ce qui pourrait vous paraître suspect. Ce bol, par exemple !

Deux gardes enserraient les bras de l'ancienne catin, laquelle semblait si effarée qu'elle ne manifestait aucune résistance.

— Mais c'est absurde ! s'insurgea-t-elle malgré tout, la voix tremblante. De quoi m'accuse-t-on ?

Négligeant de lui répondre, le géant qui menait la manœuvre s'approcha de la couche paternelle et, de deux doigts sur la gorge inanimée, constata à son tour le décès du doge.

Il se signa rapidement et tourna les talons.

— Pour l'instant, de rien..., lança Pietro, qui cette fois lui faisait face.

Le jeune patricien paraissait enfin revenu à davantage de raison.

— ... Mais nous allons faire analyser cette mixture par les médecins du palais.

— Et pourquoi, je te prie ?

— Parce que tu es entrée dans la chambre de Sa Grâce sans autorisation, et que chacun ici peut constater que le duc, qui respirait il y a quelques minutes encore, n'est désormais plus. Tu admettras que cela soulève quelques questions.

Le moustachu du guet l'avait-il donnée ? Ou bien était-ce Gianni qui s'était laissé soudoyer contre quelques piécettes ?

Si piège il y avait, il était grossier, et elle se demanda comment elle avait pu être assez naïve pour s'y précipiter. Ou alors, Pietro avait juste sauté sur des circonstances certes accablantes, et dans les deux cas l'affaire paraissait bien mal engagée pour elle.

— Je peux y répondre dès à présent, se raidit-elle. Quand je suis arrivée ici, Gianni le commis était là. C'est lui qui a tenté d'alimenter Sa Seigneurie. C'est lui qui m'a remis ce plat.

— Ce n'est pas tout à fait ce que dit le garde qui t'a ouvert l'huis. Il prétend que tu as insisté pour prendre ce bol avec toi.

C'était donc lui le félon !

— Dieu sait ce que tu auras pu y verser, une fois seule dans la pièce, ajouta Pietro, sûr de son fait.

— Fort bien, répondit-elle tout à trac. Alors, montre-moi avec quelle fiole ou avec quel sachet j'aurais introduit mon poison en ce lieu ?

Le cadet des Dolfin ne feignit même pas de fouiller la chambre du regard, comme s'il savait par avance qu'il n'y avait rien de plus probant à trouver là.

— Je ne suis pas ton procureur, rétorqua-t-il avec calme. Je ne fais que constater des faits. Cette nourriture m'apparaît douteuse, et de ce fait toi aussi.

— Et en vertu de quelle autorité agis-tu, je te prie ?

— Celle d'un fils qui pleure son père.

Et sur ces mots, il fit signe aux soldats d'embarquer la suspecte.

— Attends, Pietro ! Où m'emmenez-vous ?

— Aux *piombi.*

L'annonce la pétrifia.

Les cellules aménagées dans les combles du palais devaient leur surnom à la couverture de plomb qui en hiver les muait en glacier, et l'été en fournaise. Au mois de juillet, un internement dans l'un de ces cachots valait presque pour condamnation à mort. Surtout pour une femme affaiblie par la grossesse…

Elle se retint pourtant d'opposer cet argument et s'écria seulement, la voix soudain décomposée :

— Tu ne peux pas faire ça…

— Si, en attendant ta comparution à la Quarantia, je le peux très bien.

La Quarantia, ou la plus haute instance judiciaire de la République, celle que l'on réservait d'ordinaire aux pires crimes et aux plus abominables criminels. La seule évocation de cette cour imprima à son échine une tension éprouvante. Elle pouvait presque sentir l'étreinte de la corde autour de son cou.

— Pietro, je t'assure…, implora-t-elle. Il y a des choses sur nous deux que tu ignores.

Il la toisa de son regard azuréen où, à cet instant, il était impossible de démêler la convoitise de la démence.

— Tu veux parler de ces rumeurs qui nous prêtent le même sang, je suppose ?

— Ce ne sont pas des rumeurs ! Ma mère a été grosse de ton père, j'en détiens les preuves !

Les *ciacole* sur leur origine commune avaient donc fini par lui parvenir.

— Je n'en gobe pas un mot, trancha-t-il tout net, hermétique à tout sentimentalisme fraternel. Mon père n'aurait jamais été assez bête pour laisser une catin porter impunément son bâtard. Encore moins s'il s'était agi d'une fille.

— Je suis là, pourtant…, se désespéra-t-elle. Je suis ta sœur, Pietro.

Le mot parut infuser en lui une seconde, puis il se ressaisit, aussi engoncé dans ses convictions qu'un prêtre dans son dogme.

— Eh bien, si ce que je crois vrai est confirmé par l'enquête que je m'apprête à diligenter… tu ne le seras plus très longtemps.

Manifestement, il évoquait la présence de Chiara devant lui, ici, en plein cœur du pouvoir, et pas cette parenté que par principe il récusait de toutes ses forces, de tout son désir destructeur.

Elle le voyait bien là tel qu'elle l'avait connu quand il était son client, puis son amant attitré : un enfant jaloux prêt à fracasser ses jouets les plus chers plutôt que de les voir lui échapper. Elle frissonna de dégoût au souvenir de ces larges mains sur son corps, de cette bouche affamée de ses appas, de ce sexe maudit en elle.

Déjà les hommes d'armes l'emportaient hors de la pièce, brusquement transformée en lieu du crime. Elle se débattait, hurlait, agitait comme une arme son corps fait pour l'amour, mais rien n'y faisait. Ils la tenaillaient si étroitement qu'elle n'en pouvait mais, balayée tel un fétu.

— Quelle enquête ? Quelle enquête ?! bramait-elle en disparaissant dans le couloir. Pietro ! Réponds-moi !

Mais elle était déjà loin, aspirée par les entrailles du palais, et ses cris déchirants ne tympanisaient plus que les murs frappés d'or quand Pietro Dolfin, froidement revenu à son plan, dicta de nouveaux ordres à Franco, l'un de ses lieutenants :

— Rends-toi sur-le-champ *calle* Rampani, dans la *volte* Morosini.

— À quel étage ?

— La drôlesse occupe tout l'immeuble. Fouille tout, avec minutie, ne néglige aucune pièce. Et prends autant d'hommes qu'il t'en faudra.

— Et que suis-je censé chercher ?

— Fiole, flacon, bourse, sachet… N'importe quel récipient qui contiendrait un produit toxique susceptible de donner la mort. Solide ou liquide, peu importe.

— Et si je n'y découvre rien de cette sorte, Messire ?

Un pied engagé dans le corridor, désireux de fuir à son tour le théâtre du drame, le colosse aux yeux clairs ne répondit pas d'emblée à cette question, tant elle lui semblait désormais négligeable.

Il haussa ses larges épaules et, poursuivant son chemin, il cita de tête les Évangiles – lui qui les lisait si peu :

— « Celui qui cherche trouve », Franco. Celui qui cherche trouve toujours.

10

Plus tard le même jour…

PIETRO DOLFIN n'avait pas attendu la mort de son père pour préparer le terrain. Depuis plusieurs semaines, déjà, il tempérait son naturel débauché, espaçant bacchanales et orgies, et consacrant le plus clair de son temps à nouer des alliances moins charnelles que stratégiques. Peu à peu, d'oboles en cadeaux, il avait circonvenu tout ce que le palais comptait de gardes ducaux. Certains étaient des amis d'enfance ; d'autres, d'âge et d'origine fort différents des siens, se laissèrent néanmoins convaincre par cette soudaine prodigalité.

Primo Fulvini, surnommé « Baff' » – c'est-à-dire moustache – par ses confrères affectés au guet de San Marco, faisait partie de ces ralliés de la dernière heure. Mais il n'en appliquait pas les consignes du jeune prince avec moins de zèle.

— Ni les Falier, ni les Venier, ni les Dandolo, ni les Morosini, encore moins les Gradenigo ou les Contarini, lui avait spécifié Pietro quelques jours auparavant. Aucun candidat au dogat ne doit pénétrer ici sans mon autorisation. C'est bien compris ?

— C'est parfaitement clair, Mon Seigneur. Et *quid* de votre confesseur ?

— L'abbé Lobo ?

Par prudence, le jeune homme avait choisi le remplaçant de Nicola hors du cercle des prélats vénitiens. Alberto Lobo était d'origine portugaise, et affichait un âge assez canonique pour qu'aucun soupçon de concussion politique ne pèse sur lui.

— Non, Messire, j'entendais plutôt votre ancien chapelain…

*

« Laisse-le entrer, mais assure-toi qu'il ne porte aucune arme sur lui », avait répondu le cadet Dolfin. Baff' le moustachu se souvint de l'ordre quand Nicola Chiutto se présenta ce matin-là à l'entrée occidentale du palais.

— Qui venez-vous visiter, Mon Seigneur ?

— Le Sieur Pietro Dolfin.

— Fort bien, l'un de nos hommes va vous conduire à lui. Puis-je juste vous demander d'ouvrir votre soubreveste ?

Nicola s'exécuta sans chicaner afin de dévoiler sa ceinture, à laquelle ne pendait aucune lame, dague ou épée. Que les mesures de sécurité fussent renforcées après un décès que chacun s'accordait à trouver suspect, cela ne heurtait pas sa susceptibilité. Il fut plus chagriné, en revanche, lui qu'on savait habitué des lieux, de se voir escorté par un soldat jusqu'aux appartements de son ami révolu. Il faut dire que leur dernière entrevue n'avait pas laissé que de bons souvenirs, ni d'un côté, ni de l'autre. « Ne le prends pas de front », lui avait conseillé Fortunato Vaselli dans son billet l'informant de la tragédie survenue au palais. « Tu connais l'animal aussi bien que moi. Et tant que le successeur de son père n'a pas été élu, c'est lui qui administre cette maison. Méfie-toi. »

— Nicola..., gronda Pietro en guise de bienvenue. Il est donc dit que tu ne quitteras jamais tout à fait cette demeure.

— « Si loin que nous portent nos pas, ils nous ramènent toujours à nous-mêmes. »

— Hum... C'est un vers de Pétrarque ?

— Non, un proverbe arabe.

— Je vois... Mais j'imagine que tu n'as pas demandé à me voir pour parler littérature exotique ?

Deux mois s'étaient écoulés depuis leur accrochage, mais la tension entre eux demeurait palpable. Par intermittence, et de manière irrépressible, Pietro contractait cette mâchoire carrée héritée du défunt doge. Il semblait lutter pour ne pas sauter à la gorge de son visiteur.

— En effet. Je suis ici pour te présenter mes condoléances en personne.

— Et je t'en remercie, répliqua-t-il sèchement.

Le jeune patricien ne paraissait pas plus affecté que s'il avait été question de la disparition d'un lointain cousin.

— J'avais une grande amitié pour Sa Grâce, ton père.

— Je crois qu'il te la rendait bien.

Nicola courba brièvement la nuque, en signe d'allégeance, puis reprit aussitôt :

— Hélas, ce n'est pas le seul motif de ma venue. J'aimerais également solliciter une visite aux cachots du palais.

— Tiens donc... Et qui souhaites-tu déranger dans sa *retraite* ?

— Je crois que tu le sais très bien : celle que tu y as fait incarcérer sans preuve.

— Que le sort du petit personnel du Castelletto te tienne tant à cœur est très touchant. Mais dois-je te rappeler que feu mon père t'en a retiré la charge au moment de ton élection au Grand Conseil ?

Que Pietro savait-il de sa relation à Chiara ? En principe, rien, sinon ni l'un ni l'autre ne seraient déjà plus de ce monde, songea Nicola. Peut-être plaidait-il seulement le faux des insinuations pour mieux forcer son interlocuteur à dévoiler le vrai de ses penchants ?

— Je ne l'oublie pas. Et c'est justement en ma qualité de conseiller que je suis ici.

— De conseiller ? s'étonna le colosse. Et depuis quand ces messieurs se soucient-ils des catins qu'on emprisonne ?

— L'Aragonaise ne vend plus ses charmes, Pietro. Quant à mes confrères et moi-même, crois-le ou non, les désordres récents survenus au Castelletto ne nous laissent pas indifférents.

— Vraiment ?

— Vraiment, tenta-t-il d'abuser son vis-à-vis. Nous craignons qu'en cas de condamnation de ta détenue, ce soit cette fois tout le quartier qui s'embrase. Et je ne pense pas que nous ayons besoin d'une révolte intérieure en sus d'une guerre.

— Je comprends... Mais de toute façon, ta petite protégée ne relève plus de mon autorité. Il ne m'incombe plus de te laisser ou non de t'entretenir avec elle.

— Et à qui donc ? s'étrangla Nicola.

Comme Pietro réservait sa réponse, on frappa deux coups secs à la porte de sa chambre. Un soldat fit son entrée sans avoir attendu qu'on l'y autorisât. Il était jeune, sans doute d'un âge semblable à celui du prince Dolfin, et semblait passablement excité.

— Franco ! l'accueillit Pietro avec chaleur. Que me vaut cette bonne surprise ?

— Mon Seigneur. Je reviens tout juste de la *calle* Rampani.

À l'évocation de cette adresse, Nicola fut parcouru d'un frisson glacial.

— *Calle* Rampani, tu dis ?

Le géant blond feignit l'ignorance.

— La *volte* Morosini qu'occupe la « duchesse ».

— Je vois, je vois... Et alors, qu'a donné cette petite perquisition ?

Il simulait le détachement, mais l'éclat de son regard et l'accélération de son souffle trahissaient son impatience.

— Ceci, Messire.

Effaçant un pan de son épais plastron de cuir, l'officier sortit un petit objet d'une poche dérobée. Il ouvrit alors sa large paume, au centre de laquelle apparut une minuscule fiole en verre céladon de Murano.

Fidèle à son rôle, celui du candide qui découvre tout juste de quoi il retourne, Pietro observa la chose avec un sourire niais.

— Qu'est-ce donc ?

Franco n'était pas meilleur comédien que son maître, et il hésita un instant sur la manière de dévoiler sa trouvaille. Il se racla la gorge, puis annonça le plus placidement qu'il pouvait :

— J'ai donné trois gouttes de ce liquide à un chat...

— Mais encore... ?

— ... Il en est mort sur le coup.

— Et tu dis que tu as déniché ce poison dans la cuisine de l'Aragonaise ?

À aucun moment, Franco n'avait mentionné ladite cuisine. Mais le jeune Dolfin, qui se bornait servilement à son texte, jubilait trop pour s'attacher à une telle bévue.

— Cette histoire n'est que ruse et manigance ! s'emporta Nicola. N'importe qui peut avoir déposé cette fiole chez elle, dans le but qu'on la trouve.

— Tes accusations n'engagent que toi, mon ami, siffla Pietro sur un ton rien de moins qu'hostile. Comme je te l'ai déjà dit, cela ne relève plus de ma juridiction. C'est la Quarantia, que j'ai saisie tout à l'heure, qui va désormais se faire un devoir d'examiner ces divers éléments : le bol de soupe fatal... et maintenant cette substance.

Comme Chiara avant lui, Nicola frémit à l'énoncé de la plus haute instance judiciaire de la République.

La Quarantia, implacable machine à exécuter les petits et à préserver les intérêts des grands.

— Tu n'as pas fait ça..., glapit-il.

Les veines de son cou semblaient prêtes à se rompre. Il savait Pietro fou, mais de là à livrer une femme de son sang.

— Je n'ai accompli que mon devoir de citoyen et de fils, se défendit Pietro.

— Par tous les diables… C'est ta sœur !

— Je connais ces allégations, éluda-t-il, mais figure-toi que je n'y prête aucun crédit.

— C'est la stricte vérité !

— Par ailleurs, enchaîna Pietro, je me permets de te signaler que la drôlesse dont nous parlons a déjà proféré des menaces publiques à l'égard du duc, mon père. Au regard de la justice, son profil n'est pas vraiment celui d'une jouvencelle.

C'était faux. À aucun moment Chiara ne s'était montrée aussi imprudente. Nicola se souvenait très bien de la scène, quand il avait intercepté sa maîtresse à la porte de Giovanni Dolfin et l'avait dissuadée de poignarder le vieil homme.

« Tu tues Dolfin, et quoi ensuite ? »

Le seul qui avait évoqué ce projet à voix haute, c'était lui, Nicola. Ce jour-là, pour la convaincre, il avait presque crié. Une oreille de garde traînait-elle dans le couloir des appartements ducaux ? Ses propos étaient-ils parvenus par la suite jusqu'à Pietro ?

Probablement.

Nicola demeura ainsi un moment, pantois, et à court d'arguments.

— Maintenant si tu permets, reprit le fils du doge avec perfidie, s'esquivant hors de la pièce, j'ai un procès à préparer…

*

Venise s'était recouverte d'un voile bien sombre, au sortir du palais, linceul de peurs et de pensées funestes.

Il luttait pour chasser cette idée, mais elle revenait comme un chien enragé à ses basques : c'était sa voix, ses mots à lui, qui condamneraient Chiara.

Il errait et rien de ce qui lui était familier n'était plus là. Les pierres qu'il connaissait par cœur, les passages et les perspectives qu'il aimait tant, il n'en reconnaissait aucun. La ville entière lui était devenue étrangère, presque malveillante.

Ses pas le menèrent d'abord au hasard puis, à mesure qu'il reprenait peu à peu ses esprits, par ce chemin qu'il avait emprunté de si maintes fois entre San Marco et l'évêché du Castello, sur l'île de San Pietro – l'ironie du nom lui tira un sourire amer.

L'évêque Vaselli : lui seul saurait l'écouter, peut-être même l'aider. Le prélat était veule, manipulateur, en un mot méprisable, mais jamais il n'avait compté ses conseils, le plus souvent avisés, ni ses précieuses intercessions.

Oui, décidément, nos pas nous ramènent toujours à nous-mêmes, surtout quand nous sommes aussi perdus qu'il l'était à cet instant. Le grand conseiller Nicola Chiutto redevenait subitement ce petit séminariste que Vaselli avait pris sous son aile. Aussi démuni qu'à ses débuts.

— Mon père ! s'exclama la servante à la porte privée de l'évêché. Pardon, je veux dire Seigneur Chiutto... Quelle joie de vous revoir ici !

— Ne t'excuse pas, sourit-il tristement, je suis moi-même encore un peu confus à ce sujet. Monseigneur est-il chez lui ?

— Je le crois, oui. Souhaitez-vous que je vous annonce ?

— Ce n'est pas la peine. Puisque je suis là, je vais reprendre mes vieilles habitudes.

Et ce disant il traversa le vestibule et grimpa l'escalier principal en direction de l'étage.

La chambre de l'ecclésiastique se trouvait au bout du couloir, derrière une porte frappée d'un grand crucifix, et à peine entrebâillée. Plus Nicola progressait vers elle et plus son pas ralentissait insensiblement. Une plainte curieuse filtrait par l'interstice. Une sorte de geignement d'animal blessé.

Quand il ne fut plus qu'à quelques pas, il avait déjà compris, mais un fond d'incrédulité l'incita néanmoins à pousser doucement la porte pour voir l'innommable de ses yeux.

Dans cette forme menue écrasée sous la masse courtaude, il reconnut immédiatement Lago, le jeune page.

L'évêque le besognait avec frénésie, de tout son poids et de tout l'allant que lui autorisait celui-ci. La vue de cet attelage n'était pas seulement abjecte, il était en outre sacrilège, et un crime au regard de la loi.

— Monseigneur… ? murmura Nicola.

Tourner les talons sans un mot eût valu pour approbation. En dire plus aurait été plus gênant que la posture elle-même.

Selon la législation en vigueur à Venise, le *vagens*, le sodomite actif, était tenu pour responsable de ce crime. Le *patiens*, c'est-à-dire le passif, ici Lago, n'était considéré que comme une victime. Si l'un des deux devait donc rendre des comptes à la justice pour ce forfait, ce ne pouvait être que la grosse figure rubiconde de Vaselli, qui ahanait alors les prémices de son plaisir.

Quand le dernier coup de reins fut administré, alors seulement le prélat parut percevoir la présence dans son dos. Il sauta à bas du lit, remonta ses braies sur ses fesses flasques, prêt à improviser on ne sait quelle pirouette pour sa défense.

Mais Nicola, diplomate, s'était déjà éclipsé.

Il n'eut à attendre son hôte qu'une poignée de minutes dans le vestibule situé au rez-de-chaussée, là même où il avait surpris Filippo Dona et la matrone Lucia Nigra, quelques mois plus tôt.

Vaselli ne tarderait pas à le rejoindre, il en était certain.

— Bonjour, Nicola, lança bientôt le gros homme en robe noire.

— Monseigneur, s'inclina le visiteur.

— Tu me pardonneras ce délai, mais ce Lago est un incapable. Je suis sans cesse obligé de lui réexpliquer quelle génuflexion adopter pour sa pénitence.

— Certes…

— Ces jeunes sont d'un toupet incroyable : comme si leur âge les dispensait de se prosterner devant notre Seigneur !

« Et devant votre chibre ! » hurla intérieurement Nicola, chassant aussitôt cette pensée inavouable, et l'image ignominieuse qui allait avec.

— Eh bien, poursuivit-il sans vergogne, qu'est-ce qui t'amène donc jusqu'à moi ? J'imagine que cela a à voir avec cette satanée Aragonaise…

Nicola mobilisa ce qu'il lui restait de sang-froid, et exposa en quelques mots pondérés ce qu'il comprenait de la situation : la visite de Chiara au doge, la soupe empoisonnée ou présumée telle, le piège de Pietro qui s'était refermé sur la jeune femme, l'internement d'icelle aux *piombi*… et pour finir l'intervention imminente de la Quarantia, juridiction contre laquelle son maigre pouvoir de conseiller serait sans doute impuissant.

— *Accident' !* s'exclama Vaselli avec un naturel tout profane. L'affaire est assez mal engagée, en effet…

— N'avez-vous pas quelque contact parmi ces messieurs les magistrats que vous pourriez sensibiliser à notre cause ?

— Notre cause, notre cause…

« Je n'irai pas jusque-là » signifiait la main potelée qu'il agitait avec dédain.

— Je ne vous le demande pas pour elle, ni même pour moi, plaida Nicola. Mais pour vous.

— Pour moi ? se scandalisa l'évêque. Qu'ai-je à voir avec cette… cette… ?

— Avec elle personnellement, rien, vous avez raison. Mais je n'en dirais pas autant des ducats que produisent ses filles. Si Chiara d'Aragon est condamnée, c'est toute la prospérité du Castelletto qui sera compromise. Et sans doute pour longtemps.

L'argument valait son pesant d'or et de ruse. Vaselli avait suffisamment insisté, la veille encore, devant la sépulture de ce pauvre Mosca, sur les immenses bénéfices personnels qu'il espérait de cette manne, pour y rester sourd.

— Admettons…, concéda-t-il du bout de sa bouche lippue. Le problème, vois-tu, c'est que je n'ai aucun ascendant sur ces gentilshommes de la Quarantia.

— Comment cela se fait-il ?

Fortunato Vaselli était connu pour disposer du plus vaste réseau d'influence de la République. Pas une institution n'échappait aux tripatouillages de ses gros doigts bagués.

— Disons..., toussa-t-il, disons qu'eux et moi avons déjà connu certain contentieux.

Nul n'était besoin de plus de précisions. Le sous-entendu sonnait aussi clair que les couinements de son jeune amant. Sans doute avait-il déjà été épinglé par le passé dans quelque affaire de mœurs, et ce précédent l'incitait-il à faire profil bas vis-à-vis des autorités judiciaires. Nicola songea aussi qu'en prenant les devants, et en évoquant ainsi ses inconvenances de sa propre initiative, son ancien mentor cherchait-il à prévenir toute tentative de chantage à son endroit.

Le chevalier Chiutto se contenta d'approuver la confession de Vaselli d'un hochement de tête désolé. Si seulement ce porc avait su contenir son penchant pour les angelots que lui fournissait si généreusement l'Église !

— Néanmoins, reprit l'évêque d'une voix à nouveau plus assurée, j'ai peut-être une solution à ton problème. Ce n'est ni la voie la plus directe, ni la plus aisée... Mais au moins aurait-elle le mérite de résoudre tous nos problèmes d'un coup.

— Je ne vous comprends pas...

— À défaut d'être facile, c'est très simple : fais-toi élire doge.

Nicola arrondit des yeux d'enfant sidéré. À peu de chose près, ces propos étaient pourtant ceux que lui avait tenus Chiara, quelques semaines auparavant. Mais dans le présent contexte, et face à l'urgence tragique qui le défiait, ils résonnaient bien différemment.

Ladite solution revenait à jeter un filet aussi grand que la lagune tout entière pour pêcher une unique sardine. Un projet démesuré.

Insensé.

— Dolfin est mort, développa Vaselli sur le ton du stratège accompli qu'il était. L'élection de son remplaçant ne devrait plus être qu'une question de jours... Fais-toi ajouter à la liste des prétendants, mène campagne, convaincs les récalcitrants… Et une fois installé au palais, rien ne t'empêchera de gracier qui bon te semble.

— Et vous, quel est votre intérêt dans cette manœuvre ?

— Moi, je mets à ta disposition les moyens nécessaires à ton élection ; et toi, ceux qui permettront la mienne. Toi doge, moi pape, Venise qui triomphe dans les deux cas. Donnant… Donnant.

11

Le lendemain, 13 juillet

ILS AVAIENT BEAU LUTTER, des images terribles s'imposaient à eux. Ils se représentaient Chiara seule dans sa cellule sordide, terrassée par la peur et assaillie par la vermine. Les témoignages des rescapés des *piombi* concordaient tous : on pouvait mourir dès les premières heures dans ce cloaque étouffant perché sous les toits. Malgré la chaleur accablante, les gardes avaient pour consigne de ne pas servir aux prisonniers plus d'une timbale d'eau par jour et par personne. Une ration insuffisante à la survie. Mais la soif n'était pas le seul supplice à endurer. Le pire d'entre eux, les détenus se l'infligeaient les uns aux autres, par ces cris déchirants que certains poussaient jour et nuit et qui rendaient fous, y compris les plus endurcis.

— Je t'en prie, entre, installe-toi.

Pour la première fois, Nicola avait reçu Gina à son domicile. C'est lui qui avait exprimé le besoin d'échanger avec elle. Ils se connaissaient mal, au fond. Ils ne s'étaient croisés qu'une poignée de fois chez Angela, dans la salle commune à l'auberge *Pulcin'*. Chiara constituait le seul trait d'union entre eux ; sans elle, ils n'étaient que deux étrangers, sans hostilité mais sans affinités particulières non plus.

Il avait fallu d'aussi tragiques circonstances pour les réunir ; les unir dans cette tendre cause qu'était leur amie et maîtresse.

Dès les premiers pas dans l'*androne*, le grand hall ouvert sur le *rio*, Gina avait été impressionnée par les dimensions et la beauté du lieu. Ce n'était pas un palais pourtant, tout juste une grosse résidence épiscopale. Mais rien que le *portego*, la salle d'apparat où il l'accueillait à présent, eût pu contenir trois ou quatre chambres comme celles dans lesquelles elle avait toujours vécu.

Après deux verres de vin frais, l'atmosphère entre eux se détendit, et l'ancienne mérétrice libéra enfin sa parole.

— Tu es le seul capable de la représenter devant la Quarantia.

— Tu te trompes... je n'y connais personne. D'ailleurs, chacun sait que ces magistrats sont volontairement tenus à l'écart de la vie de la République. Justement pour ne tomber sous aucune influence.

— Tu es quand même conseiller, chevalier de l'ordre de San Marco, ancien confesseur du doge..., s'enflamma-t-elle. Ce n'est pas rien !

— Ancien confesseur de feu le doge, la reprit-il. Autant dire, plus grand-chose...

Son verre à la main, Gina se dressa et se mit à arpenter la vaste pièce. Toutes ses inhibitions, ce complexe de classe qui la poursuivait d'ordinaire, semblaient désormais levées. Décrivant un large cercle, elle circonvenait le lourd fauteuil tendu de peau qu'occupait son hôte.

Le mobilier était fruste et parcimonieux, quelques pièces disséminées dans la vaste salle, mais néanmoins fait de matériaux nobles.

— Quel est le problème ? l'assaillit-elle. Tu ne veux pas prendre publiquement fait et cause pour elle, c'est ça ? Tu crains pour ta réputation ?

— Ma réputation n'a rien à voir là-dedans ; c'est mon crédit qui est en jeu. Si je la défends, personne ne doutera plus de la nature de la relation qui nous unit, elle et moi

— Et alors ? tempêta-t-elle. C'est une telle honte ?

— Pas une honte, non… Un obstacle. Les magistrats ne verront plus en moi qu'un débauché. Un homme asservi à ses sens. Tous mes arguments seront à leurs yeux frappés du sceau du stupre. Et tout ce que je pourrais dire ou faire dès lors se retournera contre elle. Ne le vois-tu pas ?

Il semblait convaincu de ce qu'il avançait, mais Gina demeurait pour sa part sceptique. Ce plaidoyer lui apparaissait plus comme une vulgaire esquive que comme une réflexion stratégique.

— Et dois-je te rappeler qui nous fait face ? appuya-t-il.

— Je ne te suis pas… De qui parles-tu ?

— De Pietro, enfin ! C'est lui qui a saisi la Quarantia. C'est lui qui a fabriqué les prétendues preuves contre Chiara.

— Et alors, ce n'est pas ton ami ?

Nicola vida les dernières gorgées de son verre et s'en resservit aussitôt un autre, le geste automate et le regard absent.

— *C'était…*, finit-il par lâcher avec gravité. Je ne suis plus sûr de reconnaître cet ami-là dans le forcené qu'il est devenu.

Il avait déjà comparé la folie grandissante du jeune Dolfin à une inexorable montée des eaux. Mais cette fois, ce n'était plus une menace, la submersion était là, bien réelle, et bientôt elle ravagerait leurs vies à tous si personne ne dressait d'urgence les digues de la raison et du droit.

— Il y a bien une solution, reprit-il d'un ton las. Mais…

— Mais quoi ? Parle !

Relayant alors l'offre cynique de Vaselli, il s'employa à en souligner toutes les limites, et à dénigrer le caractère ô combien hasardeux de cette entreprise.

Gina esquissa un sourire amer : c'était bien là les hommes ; on les implorait de sauver la femme qu'ils étaient censés aimer, et ils en profitaient encore pour servir leur ambition.

Dieu merci, Mauro n'était pas comme ça. En tout cas, pas pour l'instant...

Se rasseyant enfin, plus abattue que galvanisée par les calculs de Nicola et de son complice, elle s'enquit d'une petite voix qui ne lui ressemblait pas, presque plaintive :

— Je ne connais rien à toutes ces histoires de juges et de tribunaux, mais je me demande quand même si...

— Si ?

— Eh bien, crois-tu que l'état de santé de l'accusée puisse jouer en sa faveur ?

— C'est-à-dire ?

— Je ne sais pas... Si ce n'est conduire à son acquittement, au moins inciter les magistrats à adoucir sa peine. Imagine un pestiféré traduit devant eux, et qui n'en aurait plus que pour quelques semaines à vivre... À quoi bon le pendre ?

Le parallèle n'était pas des plus subtils et Nicola blêmit légèrement.

— Peut-être... J'imagine qu'en cas de maladie aussi grave, en effet, cela pourrait entrer en ligne de compte dans la sentence. Quoique, quand je vois l'état de ceux qu'ils envoient à l'échafaud, je doute que ces messieurs de la Quarantia poussent l'humanité jusqu'à considérer de tels critères.

— Hum, soupira-t-elle, sans doute pas. Tu as raison.

— De toute manière, la question ne se pose pas. Chiara est en pleine forme.

Ces derniers mots éveillèrent dans le regard de la jolie rousse un reflet neuf. Elle redressa sa nuque et tourna vers son interlocuteur un visage à nouveau plein de défi.

— En pleine forme, oui. Je dirais même, « pleine de formes ».

Chiara la maudirait sans doute pour cette félonie. Mais qu'était donc un secret, même de cette ampleur, au regard de sa vie ?

— Je ne suis pas sûr de te…, bredouilla-t-il après un silence interdit.

Puis d'un bond il se leva et fondit sur elle, les yeux brûlants de fièvre et d'interrogations.

— Qu'as-tu dit ?

— Je crois que tu m'as très bien comprise la première fois.

— Ce n'est pas possible ! gronda-t-il.

Penché sur elle, ses deux mains appuyées sur les accoudoirs du fauteuil, il dominait Gina de toute sa stature.

— Si, si, argua-t-elle sans se laisser impressionner. Quand on fricote plusieurs fois par semaine durant des mois, ce genre de choses-là arrivent, crois-moi. Ça n'a rien d'un miracle.

Il manqua de renverser la chaise de Gina, puis s'éloigna de quelques pas, en proie à la plus grande confusion. Derrière ce visage fermé, ces yeux durs, son esprit était de toute évidence le théâtre des plus déchirantes contradictions. Fier, mais terrorisé. Heureux, ivre d'un sentiment nouveau, et pourtant conscient du danger que cette grossesse faisait peser sur eux deux. Si le bruit venait à gagner Venise, c'en était fini de sa carrière publique.

De sa vie tout entière.

Il se revit dans la mansarde de l'auberge du Poussin, sa belle lovée contre lui au sortir de l'étreinte. Cet après-midi-là avait été d'une intensité rare. Leurs effusions avaient été si douces, sans acrobaties ni fantaisies, et néanmoins traversées par des ondes d'une puissance inédite. Faire l'amour immobiles et en silence était parfois plus fort que les grandes embardées et les brames assourdissants. Chiara lui avait appris ça entre autres choses de l'amour.

Avaient-ils conçu cet enfant ce jour-là ? À moins que ce ne fût à l'étuve de San Bartolomeo, cette fois où il n'avait osé jouer les inquisiteurs à propos des herbes contraceptives employées. Tout s'était-il donc noué à cet instant, par négligence, pour une phrase qu'il n'avait pas prononcée, par un désir d'elle si pressant qu'il en avait omis la plus élémentaire des prudences ?

« Vous n'avez qu'à vous dresser », avait-il dit en riant, comme il entrait en elle. Mais à présent, à quoi servaient donc leur passion, leur plaisir, si ce n'est à les hanter de souvenirs doux-amers et de cuisants remords ?

Il fallut un moment, long et lourd, avant que l'un des deux ne se risque à reprendre le cours de leurs échanges. Gina fut la première. Quoiqu'elle ne pût refréner cette pensée – Chiara condamnée et exécutée, il serait débarrassé à jamais de cet enfant –, l'air dévasté de Nicola lui inspirait plus de pitié que de colère.

— Je ne vois plus qu'une ressource...

— Une ressource pour quoi ?

— Représenter Chiara à la Quarantia.

« Ah ! *ça...* » semblaient dire les yeux rougis de l'homme, déjà emporté vers un autre drame. Un autre deuil à venir.

— Qui est-ce ?

— Isaac Grazziani, le frère aîné de Mauro. Il est clerc en droit.

— Il y connaît quelque chose en affaires criminelles ?

— Pas vraiment. En temps normal, il plaide plutôt au *Piovego.* C'est lui qui a démêlé les autorisations de bonification que réclamait Mosca.

— J'en conclus qu'il a un certain talent, approuva Nicola sans enthousiasme. Mais de là à plaider devant la Quarantia...

— Je sais. Mais au moins peut-on être sûr de sa loyauté. Son frère et lui sont comme les deux doigts de la main. Isaac se damnerait si Mauro le lui demandait.

— Il faut croire que le dévouement est parfois une histoire de sang, admit-il. Néanmoins...

— Quoi ? le coupa-t-elle, de nouveau plus pugnace. Tu as un autre candidat à proposer, peut-être ?

Il ne releva pas l'impertinence de la remarque, et se drapa dans ce qui lui restait de certitudes :

— Je ne vais pas t'apprendre de quelle infamie sont poursuivis les juifs dans cette ville… Je ne suis pas certain que Chiara ait besoin d'un stigmate supplémentaire.

— Nous sommes bien contents de les trouver quand il s'agit de soigner nos proches ! s'indigna-t-elle. Rédiger nos actes, négocier nos soieries, nous prêter l'argent qui nous manque !

— Gina… Ce n'est pas la question…

— Alors c'est quoi, la question ? Qui je fréquente dans l'intimité, et qui je désavoue en public ? Qui j'admets auprès de moi quand mes intérêts sont en jeu, et que je répudie dès qu'il s'agit des siens ? C'est ça, ta morale, *padre* ? C'est ça, ta future République ?

La diatribe de la furie rousse laissa Nicola sans voix. Il parcourut la mosaïque bleutée qui pavait la salle, silencieux et songeur, visiblement ébranlé par les propos qui épinglaient ses *a priori* avec tant de violence.

Qu'une simple catin parvenue lui dise sa vérité n'était certes pas facile à avaler. Mais laquelle de ces valeurs primait à ses yeux : son orgueil… ou son amour pour Chiara ?

— Cet Isaac, souffla-t-il à la fin, où dis-tu qu'on peut le trouver ?

— Dans leur maison familiale.

— Et où est-elle située ?

— Dans le quartier du *getto*, aux fonderies de canons. *Calle* Orto.

— Bien, bien, secoua-t-il la tête, sombre et déterminé. Je tâche de réunir tous les éléments qui peuvent plaider en faveur de Chiara, et je les apporterai au plus vite à ton *ami*. Tu peux lui annoncer ma visite.

Comme Nicola avait figé sa déambulation au milieu de la pièce, elle vint à sa rencontre et, d'un geste lent, un geste de partage, sans équivoque, elle lui saisit les mains.

— Tu sais, reprit-elle, adoucie, si tu veux avoir une chance de la sauver, il va falloir qu'il devienne aussi le tien.

Il acquiesça sans un mot.

Une fois de plus, elle voyait et disait juste.

Alvaro Mosca et Giovanni Dolfin disparus, les soutiens restants étaient bien faibles. Qui d'autre irait désormais risquer son honneur pour secourir la reine des putains ?

« Tu veilleras sur elle, n'est-ce pas ? » Il se souvint de la promesse faite au doge mourant. Ce qu'il ignorait alors, et toute l'ironie de la situation présente résidait dans ce hiatus, c'est qu'il lui faudrait faire appel au plus honni des Vénitiens.

Un juif défendant une catin ! C'était inoculer le choléra pour soigner la peste. Et cependant, en l'état, il ne disposait d'aucun autre remède.

12

14 juillet

PIETRO COURAIT EN TOUS SENS, un instant ici, l'autre là, donnant à ceux qui l'observaient la sensation qu'il se dédoublait. Le voir vibrionner ainsi sous le soleil de Mazzorbo aurait pu paraître incongru, voire indécent, chez tout autre que lui, mais le gaillard vêtu de satin noir n'avait pas son pareil pour embobiner chacun d'une accolade ou d'un sourire.

— Seigneur Zorzi ! Quelle joie de vous voir ici. Vous savez à quel point mon père valorisait vos avis.

Affairé et mondain, le jeune Dolfin semblait être le seul à ne pas mesurer la solennité de l'instant, pas plus qu'il ne respectait la réserve qu'imposait le lieu. L'île-cimetière débordait de courtisans et de citoyens de tous rangs, tous soucieux d'exprimer la sincérité de leur deuil. La vérité, c'est que Giovanni Dolfin ne disposait guère plus de soutiens parmi les divers conseils et assemblées ; mais il importait néanmoins à tous, même à ses pires ennemis, d'afficher leur compassion.

— Maître Gritti ! Vous rajeunissez à chacune de nos rencontres !

— J'en doute. Ou alors ce sont vos yeux qui gardent leur fraîcheur juvénile…

Le vieux philosophe avait l'art d'enrober ses piques, mais Pietro ne dut pas saisir celle-ci, car il partit alors d'un rire tonitruant qui fit grincer d'indignation tous les gentilshommes alentour.

À quelques coudées de là, caché par un rideau de patriciens affichant la mine contrite de circonstance, Nicola observait son nouvel ennemi. L'empressement excessivement enjoué de Pietro lui parut d'abord une extravagance de plus à porter au débit de ce dernier. Puis, à mesure que défilaient les têtes connues auprès du fils du doge, il fit ce constat stupéfié : tous ceux que Pietro cherchait à séduire siégeaient au conclave que le Grand Conseil venait de désigner. Les courbettes du cadet Dolfin ne devaient donc rien au hasard. Il cherchait ni plus ni moins à circonvenir les quarante et un électeurs à qui le sort avait donné la charge d'élire le prochain doge !

« *Requiem æternam dona eis, Domine…* »

La voix grave d'un homme austère, revêtu d'une robe sacerdotale et penché sur la sépulture du défunt duc, venait de s'élever, imposant à tous le silence. La cérémonie proprement dite commençait.

Seul Pietro persistait dans son incessant babil, agrippant par le bras un conseiller que la situation mettait au comble de la honte.

« *Et lux perpetua luceat eis* »
poursuivit le prêtre à plein volume.

Alors seulement l'inconvenant rejeton se tut. Nicola remarqua qu'il se tenait à distance du reste de sa famille, mère, frères et sœurs, tous regroupés de l'autre côté de la fosse. Contrairement à lui, et en dépit de leurs rares contacts avec feu le doge, ceux-ci paraissaient nourrir un chagrin sincère.

« *Requiescat in pace* ».

« Amen ! » répondit en chœur la masse des fidèles agglutinés autour du célébrant.

Cette simple prière funèbre achevée, l'abbé se lança alors dans son oraison, long panégyrique convenu où l'orateur se contentait d'aligner les hauts faits du défunt, qui plus est dans leur ordre chronologique.

— Notre Cicéron du jour est l'abbé Lobo, chevrota à l'oreille de Nicola la voix amicale de Maître Gritti.

— Je suis surpris que Monseigneur Vaselli n'ait pas tenu à officier en personne.

L'évêque se tenait non loin, entouré de sa garde de jeunes séminaristes, l'air plus boudeur que réellement peiné.

— Si vous voulez mon avis... on ne lui a pas demandé le sien.

À ces mots, le vieux sage fixa la haute silhouette de Pietro Dolfin. C'est donc lui qui avait imposé son confesseur, dont l'accent portugais trahissait l'origine et suscitait dans l'assemblée quelques murmures outrés. Un doge de Venise enterré par un étranger ? Il était temps, décidément, que l'ordre et la morale fussent de retour dans la République.

— Savez-vous pourquoi il est inhumé ici, s'enquit à mi-voix Nicola, et pas en ville ?

— À cause de l'état de sa dépouille.

— Comment ça ?

— Tu n'es pas sans savoir qu'il est mort empoisonné. Et ni le prêtre de San Zaccaria ni celui de San Giovanni et Paolo n'ont accepté qu'un doge ainsi *corrompu* ne soit enseveli dans leur église.

Le double sens du philosophe ne manquait pas d'humour, et Nicola ne put réprimer un sourire.

— Dans ce cas, revint-il à plus de sérieux, comment se fait-il qu'un catafalque portant les armes des Dolfin ait été dressé à San Giovanni ?

— Oh ! c'est tout naturel : la famille avait déjà payé sa place dans la crypte.

À voir le froncement de ses sourcils charbonneux, Gritti semblait aussi dégoûté que lui par ces manigances bassement pécuniaires.

Ainsi le doge reposerait-il en deux endroits à la fois : d'un côté, dans le paradis que constituait l'une des plus belles églises de Venise ; de l'autre, dans l'enfer d'un îlot sinistre, dans une tombe anonyme.

*

La vue du corps nu et verdâtre, en partie décomposé, avait tiré plus d'une grimace à ceux qui avaient assisté à son autopsie. La procédure était inhabituelle, mais dans le cas présent, et au vu des circonstances du décès, elle s'était imposée d'elle-même. Franco Dallensandro, officier en chef de la garde ducale, menait l'opération en personne.

Une dépendance des cuisines, habituellement dévolue au vidage des volailles et des poissons, avait été réquisitionnée à cet effet. Ce qui avait incité les commis et marmitons du palais à improviser cette chansonnette : « Plume le cul du coq, plume le cul du duc, toute chair est bonne à plumer tant qu'elle n'est pas gâtée. »

À l'heure dite, la veille des obsèques, une poignée de personnes seulement se tenait dans la pièce dont toutes les écoutilles avaient été ouvertes en grand, rapport au fumet pestilentiel qui se dégageait déjà du cadavre. Outre Dallesandro, il y avait là Filippo Dona, Leonardo Dandolo, président du Petit Conseil et candidat déclaré à la succession du mort, deux médecins officiels habilités à procéder à ce type d'examen, ainsi que trois observateurs désignés par les Dix, chargés de s'assurer de la régularité de la manœuvre.

— Messieurs, je vous en prie, déclara l'officier, vous pouvez procéder.

Un linge vinaigré sur le visage, comme si le corps eût été empesté, les deux praticiens se mirent à ausculter la dépouille sous toutes les coutures, trempant à intervalle régulier leurs mains dans un bol de saumure aseptique. Après des palpations diverses effectuées sur tout le tronc, le plus âgé des deux carabins se risqua enfin à une première analyse :

— Les reins et le foie semblent particulièrement endommagés. Nous notons également un gonflement inhabituel des poumons…

— … Ainsi qu'une paralysie partielle des membres inférieurs, embraya son confrère, ce qui explique les difficultés qu'a éprouvées sur la fin Sa Grâce à marcher.

Le front plissé et le regard sévère, le Seigneur de la nuit manifesta alors son impatience.

— Pouvez-vous en venir au fait, s'il vous plaît ?

— Soit, soit, poursuivit le premier médecin sans se départir de son calme, nous sommes en présence d'un cas d'empoisonnement caractérisé.

— Mais encore ?

— Je parierais *a priori* sur du cyanure. La mort par perte de connaissance progressive, puis par arrêt cardiaque, est une signature assez explicite.

— Êtes-vous capable d'évaluer la dose de poison employée ? intervint l'autre officier.

— Non. Pour ça, il faudrait ouvrir le corps et observer l'état de chaque organe touché.

— Faites, faites… Je vous en prie.

Au premier coup de lame dans la chair tuméfiée, la puanteur qui envahit la pièce fut si forte, que les trois observateurs manquèrent de tourner de l'œil. Deux d'entre eux furent évacués avant de nécessiter eux-mêmes des soins.

L'air ambiant était tellement irrespirable que l'homme de science n'énonça ses conclusions que du bout des lèvres, la bouche mi-close, de peur d'avaler le parfum putride.

— C'est bien ce que je disais : le foie est en grande partie rongé par le cyanure, sur toute sa longueur.

— Et alors ? Que cela signifie-t-il ? s'enquit Dandolo.

— Cela laisse supposer un empoisonnement graduel, Mon Seigneur.

— Graduel ?

— Oui. Il semblerait que le Seigneur Dolfin n'ait pas été tué par une prise unique de substance... Mais plutôt par des prises successives, et de nocivité individuelle assez faible.

— Vous pourriez être plus clair ?

— Eh bien, si vous préférez... Disons que Sa Grâce a été empoisonnée à petit feu. Probablement sur plusieurs jours, voire plusieurs semaines.

L'annonce provoqua une onde effarée dans la petite assistance.

— Comment cela est-il possible ?

— Oh, c'est assez simple. Soit on dilue une très petite quantité de poison pur. C'est efficace, mais assez périlleux à doser. Soit à l'inverse on charge l'alimentation en produits naturellement riches en cyanure. À la longue, l'effet est à peu près le même, mais la procédure beaucoup plus aisée pour un néophyte.

— Et quels sont ces aliments ?

— Les amandes amères, les noyaux d'abricot, les pépins d'orange... Et même certaines algues qu'on trouve dans notre lagune. Toutes choses qu'il est très facile de mélanger à un brouet quelconque.

— Ou à une soupe, s'exclama Franco Dallessandro, péremptoire.

— Ou à une soupe, oui, pourquoi pas.

*

Les pensées de Nicola divaguaient très loin des allées lugubres de Mazzorbo, quand il sentit un regard peser sur lui, depuis l'autre bord du tombeau que recouvraient déjà les fossoyeurs.

La femme qui le fixait avec insistance n'était autre que la veuve de Giovanni Dolfin. Sa seconde femme, Catarina Giustiniani. Plus jeune que son époux, elle conservait malgré sa vie recluse un éclat certain. À cette distance, il était difficile de déterminer qui d'elle ou de ses belles-filles, nées d'un premier lit, était la plus âgée.

Quand elle eut jeté une poignée de terre sablonneuse dans le trou, elle contourna celui-ci et fondit directement sur Nicola :

— *Padre* Chiutto, je suis très touchée de votre présence.

Depuis ses appartements, sans doute n'avait-elle été que partiellement informée de l'évolution récente de son statut.

— Je n'aurais manqué cet adieu à votre époux sous aucun prétexte, madame.

— Je vous sais sincère, et je vous en remercie. J'ai cru comprendre que mon mari et vous aviez parfois vos différends... Mais je crois que vous faisiez partie des rares personnes dont il supportait la contradiction. Et je mesure le talent et la sagesse qu'il fallait pour cela.

Il accueillit le compliment d'une courte révérence, et s'attendait à voir la dogesse repartir aussitôt vers d'autres condoléances. Mais elle s'approcha au contraire de lui, d'un bon pas au moins, assez près pour qu'il puisse percevoir son parfum naturel et le murmure de sa voix :

— Méfiez-vous, Nicola...

— Madame ? marqua-t-il son étonnement pour la forme.

— Pietro... Pietro a perdu la raison.

Comme pour mieux souligner son propos, l'intéressé se mit alors à hennir à grand bruit, rendu hilare par un magistrat à la mine pourtant sinistre, et qu'il cherchait semble-t-il à soudoyer.

— Je ne vois pas ce qui...

— Ne niez pas, l'interrompit-elle. Vous le savez aussi bien que moi. Ce que vous ignorez peut-être, en revanche, c'est de quel projet absurde l'esprit dérangé de mon fils a accouché.

Le comportement de Pietro depuis le début des obsèques était bien un indice, mais il lui fallait laisser Catarina poursuivre son exposé, s'il voulait en avoir le cœur net.

Nicola l'encouragea d'un sourcil interrogateur.

— Il s'est mis en tête de succéder à son père. Et il n'y a qu'un homme de foi et de raison tel que vous pour mesurer quels drames une telle élection pourrait engendrer.

Non loin de là, le cadet des Dolfin enserrait une nouvelle proie par les épaules et l'attirait dans une travée adjacente, frappant la bourse pendue à sa ceinture comme on agite une sébile. Il devait lui faire miroiter les bénéfices immédiats que lui vaudrait un vote en sa faveur.

« Si seulement j'avais disposé de la même fortune », songea Nicola. « J'aurais pu acheter chaque membre de la Quarantia. » Puis il se souvint que si l'identité de ces magistrats était tenue secrète, c'était justement pour éviter de pareils errements.

— Vous seul pouvez empêcher cela, glapit Catarina Dolfin, au comble de la détresse.

— Madame, croyez bien que je suis tout à votre service. Hélas, mes pouvoirs sont bien loin de ceux que vous me prêtez...

Mais happée par une nouvelle horde de parents affligés, elle négligea les arguments du chevalier, et le quitta d'un sourire qui remettait en lui tous les espoirs de la République.

— Que t'a-t-elle demandé ?

Toujours opportun, et aussi furtif qu'une ombre, Maître Gritti avait repris sa place aux côtés de son jeune confrère.

— De tuer son fils, répondit Nicola d'une voix blanche.

— ... ?

— Politiquement s'entend.

— Hum, grailla le vieil homme. Je vais peut-être te surprendre, mais ce garçon ne m'effraie pas plus que Catoblépas.

— Catoblépas ?

C'était peut-être le seul défaut du barbon philosophe : il prêtait toujours à ses interlocuteurs une culture aussi étendue que la sienne. Une sorte de politesse de l'esprit, mais qui mettait plus d'un dans l'embarras.

— Pline l'Ancien le décrit comme une sorte de buffle qui vivrait aux sources du Nil. Il paraît que tout ce que touche son souffle empoisonné meurt sur-le-champ.

— Et vous dites que vous n'en avez pas peur ?

— Non, car dans la légende Catoblépas a la nuque si rigide et si lourde qu'il expire sur ses propres pattes... et finit par les dévorer lui-même, tant il ne les sent plus le porter.

— Si je comprends bien l'allégorie : il est encore plus idiot que méchant ?

— Exactement, mon ami ! jubila-t-il dans sa barbe. Exactement.

Nicola méditait encore la parabole de Gritti, lorsqu'une silhouette d'allure familière se détacha à l'extrémité de l'allée principale, si large qu'elle peinait à se dissimuler derrière les pierres tombales.

Basile ! Que diable faisait-il ici ?

L'hercule noir avait gardé ses distances avec l'assemblée funèbre, mais d'où il était posté, il ne manquait probablement rien du ballet des uns et des conversations des autres. Voilà de longs mois que l'ancien agent des matrones avait disparu de Venise. Pour aller où ? Et à qui vendait-il ses services, à présent ?

Cette seule certitude oppressa la poitrine de Nicola : le retour de l'espion ne pouvait rien présager de bon. Car contrairement à d'autres malfaisants, Basile, lui, retombait toujours sur ses pattes.

13

Le soir même

« Mes Seigneurs ! S'il vous plaît, Mes Seigneurs ! Je vous demande un peu de calme ! »

Leonardo Dandolo frappait le bras de son fauteuil avec la dernière virulence. Mais le bois plein du gros accoudoir ne renvoyait dans l'immense salle du Grand Conseil qu'un écho assourdi, lequel se révélait inapte à étouffer la bronca grandissante.

D'abord médusés par l'annonce du décès de Giovanni Dolfin, puis par la divulgation des résultats de l'autopsie, les sages de la République exprimaient à présent toute leur peur et toute leur colère. L'accession du défunt doge, cinq années plus tôt, devait mettre un terme à plusieurs années de troubles politiques graves – dont la mutinerie de Marino Falier avait été l'acmé. Or, ils constataient aujourd'hui avec effarement que le poison des intrigues et de la sédition n'avait jamais quitté cet organisme malade qu'était devenue Venise. Que celui-ci courait les venelles de la Sérénissime plus sûrement encore que la peste.

— La parole est donnée au conseiller Nicola Chiutto, chevalier de l'ordre de San Marco ! hurla le président du Petit Conseil pour couvrir le brouhaha.

Quittant son banc, Nicola remonta la longue travée dans laquelle se situait sa place attitrée. Se lever ainsi devant ses confrères était d'autant plus intimidant que, selon la disposition traditionnelle des assises, dos à dos, deux rangées d'yeux le dévisageaient sur son passage.

Lorsqu'il atteignit l'estrade, il fut accueilli par une accolade inattendue du maître de séance, exagérément chaleureuse, lui sembla-t-il. Comme tous les Dandolo, Leonardo portait le nez droit et le menton proéminent, dont il tenait cet air sévère. L'élan amical dont il le gratifiait n'en déstabilisa que plus Nicola. Dandolo avait-il eu vent de sa candidature au dogat ? Pourtant, Nicola n'avait encore rien officialisé.

La gorge étreinte et l'estomac noué, ce dernier fit face à l'assemblée, pour une fois au complet. Plus d'un millier de regards inflexibles le toisait.

— Messires ! Mes chers confrères conseillers, se lança Nicola. Comme moi, vous n'ignorez plus rien, hélas ! des causes de la mort de notre regretté doge, Giovanni Dolfin. Comme moi, vous savez qu'une suspecte gît à l'heure où je vous parle dans une cellule de ce palais.

Quelques cris haineux s'élevèrent, « à mort » et autres « pendez la sorcière », mais la main brandie de Leonardo Dandolo, impérial, ramena presque immédiatement le calme.

Nicola frémit. S'il voulait mener son combat à bien, il lui faudrait s'abstraire aussi bien des manifestations fielleuses que des instantanés qui le hantaient. Chiara dans son cachot. Chiara pendue. Chiara qui jamais ne verrait l'enfant tapi dans son ventre.

Il avala sa salive douloureuse et poursuivit son appel à la raison :

— Néanmoins, rien ne nous permet pour l'instant d'établir sa culpabilité, ni même sa complicité, avec certitude.

Les hurlements malveillants redoublèrent, et Dandolo dut cette fois faire signe aux gardes de se tenir prêts à l'intervention, lesquels progressèrent de deux pas en direction de l'assistance, hallebarde en avant. Cette menace tempéra les plus exaltés, et l'orateur put reprendre son intervention.

— C'est la raison pour laquelle je me présente devant vous aujourd'hui, afin de solliciter la constitution d'une *zonta* ad hoc. Cette commission de conseillers prendra le temps nécessaire à une enquête en bonne et due forme, sur les circonstances exactes de la mort de notre doge.

— À quoi bon enquêter ? hurla une voix anonyme depuis le fond de la salle. La garce dont vous parlez a été prise avec le potage empoisonné en main ! Dans la chambre du duc !

— C'est un élément, certes..., admit-il à contrecœur. Mais cela ne saurait être suffisant.

— Je ne sais pas ce qu'il vous faut de plus ?! Qu'on l'ait surprise en train de verser le poison ?

— S'il vous plaît ! tonna Leonardo Dandolo. S'il vous plaît ! Laissez le Seigneur Chiutto achever ce qu'il a à nous dire.

Nicola remercia son sauveur d'un plissement des yeux et de la bouche, puis reprit, aussi posé et solennel que lui permettait son émotion du moment :

— Justement, Messire. La ligne que vous venez de tracer est justement celle qui sépare les soupçons des preuves. Pour l'heure, nous avons des soupçons, indéniablement... mais nous n'avons aucune preuve que cette femme ait elle-même participé de manière active à l'empoisonnement dudit plat. Or, est-il raisonnable que la Quarantia siège et juge sur la foi de ces seules présomptions ?

Un murmure mi-outré, mi-concerné parcourut l'auditoire.

— Car cet aspect ne vous aura pas échappé : celle qu'on accuse est justement celle à qui Sa Grâce avait confié l'administration du Castelletto. Pourquoi diable aurait-elle souhaité la mort de celui à qui elle devait son ascension et sa prospérité ? Cela n'a aucun sens.

À voir leurs expressions, il venait de marquer des points.

— J'irai même plus loin, et je vous demande de vous interroger avec moi : qui peut avoir intérêt à un procès aussi expéditif ? Qui donc peut tirer un bénéfice de cette affaire ? Et par bénéfice, j'entends bien sûr un avantage « politique ».

Chacun comprenait de quoi il était question : l'élection imminente du successeur de Giovanni Dolfin.

À dire vrai, cela n'était que suppositions et conjectures. Et Nicola lui-même aurait bien été en peine de dire lequel de ces messieurs pouvait prospérer sur une disqualification de la duchesse du Castelletto. Le nouveau bordel public était une manne dont aucun dirigeant ne souhaiterait se priver. Et Chiara était de l'avis général la mieux placée pour en assurer la bonne marche.

Mais peu lui importaient les manœuvres électoralistes qui s'agitaient en coulisse. L'essentiel était pour lui de gagner du temps, et de semer assez de trouble dans l'esprit des conseillers, dont il tenait pour sûr que les magistrats de la Quarantia – aussi bien que les électeurs des Quarante et un – siégeaient parmi eux.

— Fort bien, intervint Dandolo, son visage austère biffé d'un rictus nerveux. Je propose que nous passions au vote séance tenante. Pour ou contre la composition d'une *zonta*, en vue d'enquêter sur le meurtre de notre bien-aimé doge.

Comme tous s'interrogeaient sur le mode de scrutin retenu, un instant de flottement gagna les travées. Par tradition, on procédait aux votes importants à bulletin secret.

Celui-ci méritait-il qu'on sacrifiât à un aussi laborieux protocole ?

— Je suggère que nous votions à main levée, trancha le maître de séance. Qui donc est *pour* la *zonta* proposée par le Seigneur Chiutto ?

Des bras se dressèrent, en nombre conséquent. Mais après une poignée de secondes, celle qu'on octroyait par coutume aux hésitants, il était clair que ceux-ci seraient minoritaires.

— Qui est contre ?

Une forêt de mains hostiles jaillit d'un coup à travers l'assemblée, comme si un seul et même levier les avait activées. Nicola ne put réprimer la sensation amère qui s'était emparée de lui : combien de ces pattes avaient-elles été graissées pour obtenir un tel résultat ?

— À la majorité, conclut Dandolo, sans émoi apparent, le projet de *zonta* est rejeté. La Quarantia aura donc toute latitude pour juger la suspecte sur la foi des éléments fournis par l'accusation.

Comprendre : par Pietro Dolfin…

*

Il n'y aurait donc ni répit ni indulgence. C'est devant un tribunal largement acquis à la cause de leurs ennemis que Chiara serait bientôt amenée à comparaître.

La perspective était si douloureuse, si injuste, qu'il fallut à Nicola de longues minutes pour recouvrer ses esprits au sortir du Grand Conseil fatal. Seul et titubant, il déambula un moment dans la galerie surplombant la *piazza* San Marco. Là même où Giovanni Dolfin l'avait abordé en début d'année et lui avait confié l'installation du Castelletto. Sans cette entrevue, il n'en serait sans doute pas là, à présent.

Son regard se perdit sur la place. À l'exaltation fiévreuse de la Sensa, ses étals de foire et ses spectacles improvisés, avait succédé l'animation ordinaire du cœur de la cité. De temps à autre, un cortège funèbre traversait le vaste espace public, en direction des appontements voisins et au-delà des îles-cimetières. Dépouille après dépouille, Venise se vidait de ses âmes comme on se vide de son sang.

— Nicola, trembla une voix dans son dos.

— Maître Gritti…

— Je suis désolé. Sincèrement.

Le vieil homme se sentait en partie responsable de l'échec de son protégé. C'est lui qui, en politique roué qu'il était, avait soufflé l'idée de cette action dilatoire à Nicola, alors qu'ils quittaient l'îlot mortuaire de Mazzorbo. Nicola ne s'était pas étendu sur les raisons personnelles qui motivaient sa défense de la prévenue ; et Gritti, aussi délicat et respectueux qu'à l'accoutumée, s'était bien gardé de l'interroger à ce sujet. Il s'était contenté d'un très général : « Tu n'y gagneras rien que du temps ; mais en matière judiciaire, le temps est plus précieux encore que l'argent ou les soutiens. Le temps est toujours ce qui permet à la vérité d'éclater. »

Ce que Nicola avait vu de providentiel dans cette manœuvre osée, c'était surtout, en cas de succès, le report du procès de Chiara *après* l'élection du prochain doge – lui ou un autre. Mais le Grand Conseil venait donc d'en décider autrement.

— Vous n'y êtes pour rien..., soupira Nicola. J'ai bien peur que certaines puissances actuellement à l'œuvre nous dépassent.

— Je le crains aussi. Nous pensions n'affronter qu'un jeune buffle autophage... Et il semblerait que nous ayons affaire à tout un troupeau.

D'habitude plutôt avare en démonstrations sensibles, Gritti se pencha alors sur son jeune homologue et l'étreignit en une brève accolade.

— Hum ! s'éclaircit-il la gorge pour dissiper la gêne. Tu n'as plus qu'une chose à faire : mener ta propre enquête.

Il s'y était déjà engagé auprès de Gina et, tout à sa manœuvre d'appareil, il avait perdu le fil de ses investigations. Le sage Gritti avait raison. Puisque le délai espéré lui était refusé, il devenait d'autant plus urgent de grossir le dossier de défense de Chiara, pour l'heure aussi vide qu'une *osteria* un soir de carême.

Après avoir pris un congé expéditif, Nicola sillonna les immenses couloirs du palais à la recherche du chemin menant aux cuisines. Il ne s'y était rendu qu'une fois ou deux par le passé, missionné par le doge en personne.

Mais le souvenir était lointain et flou, et rien ne ressemblait plus à un escalier qu'un autre, dans cette immensité faite logis.

Quand il finit par atteindre le ventre de la bâtisse, une servante le fit patienter dans une modeste réserve, un temps qui lui parut interminable, avant que n'apparaisse celui qu'il avait fait mander.

— Antonio Tassini, tendit-il une main encore humide. Cuisinier en chef du palais. Et vous êtes ?

— Nicola Chiutto. Membre du Grand Conseil et chevalier de l'ordre de San Marco.

Visiblement, l'ancien marmiton ne se souvenait pas de lui, maintenant qu'ils avaient tous deux pris du galon.

— Et que puis-je pour vous ?

— J'aurais quelques questions à vous poser à propos de la dernière soupe servie à Sa Grâce. Je suis un ami de Chiara d'Aragon.

Gina n'avait pas tari d'éloges sur les qualités culinaires de l'homme, qui s'était selon elle toujours montré très amical avec l'accusée, multipliant les faveurs et les cadeaux, du temps où cette dernière logeait au palais. Alors quelle mouche avait bien pu le piquer, pour afficher soudain ce visage hâve, où le malaise se lisait un peu plus à chaque expression ?

— Je..., bafouilla-t-il. J'ai déjà tout raconté au Seigneur Pietro.

— Je n'en doute pas. Mais j'aimerais vous entendre de mes propres oreilles.

— Eh bien... Il n'y a rien à en dire. J'ai préparé ma soupe comme d'habitude. Avec les mêmes ingrédients. Ni plus ni moins.

— Aucun ajout inhabituel ?

— Non, rien.

— Pas même un produit en apparence inoffensif ? De l'amande amère, du noyau d'abricot, des pépins d'orange ?

— Non, je vous dis, s'agaça le jeune homme chétif.

— Et cette soupe, vous dites que personne d'autre que vous n'est intervenu dans sa préparation ?

Un reflet hésitant passa dans le regard du maître queux.

— Si… généralement, c'est un marmiton qui la mouline et qui la passe avant qu'on la serve à Sa Seigneurie. Mais il ne touche pas à la composition. Ça lui est formellement interdit. Si j'en surprends un qui touche à mes plats sans mon aval, je le renvoie sur-le-champ.

— Même pour une simple soupe ?

— Il n'y a pas de *simple soupe*, répliqua Antonio, piqué au vif.

Comme pour lui donner raison, un fumet suave et entêtant, savant mélange d'herbes et d'épices, flottait désormais jusqu'à eux, supplantant les odeurs brutes de salaison qui saturaient jusque-là la pièce.

— Soit… Et ce jour-là, qui était le marmiton en question ?

— Gianni. Gianni Gamasco.

— Je pourrais le voir ?

— Oui, oui, opina-t-il sans enthousiasme.

Les deux mains arrimées au chambranle de la réserve, Antonio aboya son ordre en direction des cuisines.

— Gianni ! Gianni, tu peux venir ici, s'il te plaît ?

Quelques secondes passèrent, sans réponse. Comme le chef réitérait son appel, une voix de femme invisible lui répondit, depuis l'extrémité opposée du couloir :

— Il n'est pas là !

— Et il est où, alors ?

— *Demon' Pest' !* Qu'est-ce que j'en sais, moi ? Au trou du cul du diable, j'imagine ! On ne l'a pas vu depuis hier soir.

La peste soit du démon… et des marmitons empoisonneurs, songea Nicola face à la grimace impuissante d'Antonio. Il était évident qu'il n'apprendrait rien de plus ici.

*

Gianni Gamasco n'était pas facile à pister, dans ses déambulations à travers la ville. Non pas qu'il se méfiât particulièrement. Mais le jeune commis de cuisine aimait tant Venise qu'il s'était donné pour règle de ne jamais emprunter deux fois le même itinéraire pour rentrer du palais jusque chez lui, aux confins populaires de Santa Croce.

Ainsi découvrait-il chaque jour des recoins insoupçonnés. Parfois, il rêvait aussi d'une reconversion en gondolier, et il n'ignorait pas que cet office exigeait une connaissance parfaite du plan des rues et des canaux. Quelle qu'en fût la raison, son parcours variait sans cesse, au gré de son humeur et de ses découvertes : *calle* Arco, près du Rialto, cet étonnant haut-relief de tonneau au frontispice d'une maison ; dans l'église San Marziale, cette vierge miraculeuse qui, disait-on, guérissait sourds et aveugles depuis près d'un siècle ; ou encore, *calle* della Testa, l'effrayante tête accrochée à la façade de la maison du bourreau, et dans la bouche de laquelle un parchemin glissé annonçait les prochaines exécutions.

Ce soir-là comme tant d'autres, veille des obsèques du doge, Gianni était si absorbé par ses trouvailles qu'il ne prêta aucune attention à l'ombre qui le suivait dans la nuit. Il gambadait joyeusement, par les rues pavées ou boueuses, selon le prestige du lieu et de ses habitants. Lui-même en était surpris : il ne concevait pas la moindre culpabilité. Dolfin était à ses yeux un bien méchant homme, et il se félicitait plutôt d'avoir pris sa part dans la disparition du doge. À sa manière, il laisserait ainsi sa propre trace dans la cité, presque aussi indélébile que les vestiges de pierre qu'il affectionnait tant.

— Pssst....

Tandis qu'il franchissait un pont de pierres encore en construction, lequel enjamberait l'étroit *rio* della Crea une fois fini, il eût juré qu'on le hélait. Il se figea, plus surpris qu'apeuré. La rue était certes déserte, mais il était ici chez lui. Sa masure était située à deux pâtés de maisons de là seulement. Que pouvait-il lui arriver de fâcheux en un endroit si familier ?

Puis, alors qu'il reprenait son chemin, un sifflement arrêta à nouveau sa course. Ce qui suivit ne fut pour lui que brutalité et confusion. Gianni ne vit rien de la silhouette qui avait surgi dans son dos et qui, en une seule poussée, le propulsa à l'eau. Le souffle coupé, aveuglé par les gerbes que produisaient ses gestes désordonnés, il se noya en quelques instants, incapable qu'il était, comme la plupart des Vénitiens, de se maintenir à la surface. La masse liquide, à cet endroit si dense et si verte qu'on eût dit un répugnant potage, l'engloutit bientôt tout à fait. Lui et sa bourse anormalement pleine.

Lui et ses projets.

Jamais personne ne se souviendrait, en franchissant ce pont isolé, qu'ici était mort Gianni Gamasco, second marmiton au palais ducal et assassin de Giovanni Dolfin. Jamais personne ne verrait son corps englué de vase refluer vers la lumière. En quelques jours à peine, les profondeurs de la lagune l'auraient digéré, avec autant d'appétit que s'il était lui-même l'une de ses goûteuses préparations.

14

15 juillet

IL POSE UNE MAIN ÉPERDUE SUR LA POITRINE NUE, haute et pleine, aussi blanche qu'un spectre surgi dans la pénombre. Dès qu'elle l'a vu apparaître derrière la grille de sa geôle, elle a frémi, elle aussi. Ils se sont enlacés sans un mot. Nicola s'est dévêtu à son tour ; la touffeur qui règne ici est irrespirable. Le voilà collé à elle, picorant le cou et les épaules délicates de ses baisers aussi frais que des promesses de liberté. Il n'ose pas l'étreindre plus fort. Il a peur de la briser. Elle qu'il a connue si forte, il la découvre si fragile.

Quand il entre en elle, elle expire un soupir à peine audible. Ses seuls encouragements sont ces ongles qu'elle plante dans le dos de son amant. Elle l'exhorte à plus de hardiesse. Alors il la renverse sur le ballot de paille souillée qui sert de couche. Être si profondément fiché dans la chair aimée est une fulgurance. Pour elle aussi. Elle sourit, elle l'appelle, pour lui elle aimerait se découvrir encore plus béante encore qu'elle n'est. Au début, il s'interdit de bouger, puis imprime un mouvement de bascule léger, qui ne tarde pas à virer en grande embardée.

Les premiers râles se cognent aux murs sombres griffés par les générations de détenus. Mais chaque spasme qui les secoue les affranchit un peu plus du lieu sordide. Quand elle arrive, brutale et précoce, urgent besoin de se fondre l'un dans l'autre, leur jouissance les emporte par l'étroit soupirail de la cellule. Comme un vent coulis. À peine plus lourd qu'une bulle.

Puis leur cri de bonheur l'a fait exploser.

— Messieurs, je vous demande de vous lever pour l'honorable cour de la Quarantia !

L'injonction de l'appariteur tira brusquement Nicola de sa rêverie. Accrochée à sa soubreveste, une main blanche et fine lui intima de se redresser. Il obtempéra sans opposer de résistance, hagard et encore perclus de sensations fantômes. Alors seulement il se souvint où il était, et ce qui allait se jouer sous ses yeux.

Voisine de la salle du Grand Conseil, la pièce qui accueillait les audiences de la Quarantia était de dimensions très inférieures. En principe, les séances se tenaient à huis clos, et l'exiguïté du lieu ne constituait pas une entrave à la bonne marche de la justice. Pourtant, par un fait aussi surprenant qu'inédit, une foule de curieux avait ce jour-là été admise. Le tribunal débordait de monde, une dizaine de gardes refoulant d'autres badauds à l'entrée.

— Nicola, ça va ?

À ses côtés, la voix de Gina dénotait une inquiétude qu'il savait sincère. Un sourire blême fut la seule réponse dont il se sentit capable, à présent que les quarante magistrats en grand habit faisaient leur entrée. Juste derrière eux suivirent les deux *avogadors*, les procureurs chargés d'exposer les éléments de l'accusation, puis enfin l'unique contradicteur, le clerc Isaac Grazziani.

Prenant place sur son fauteuil disposé face à ceux des juges, à part des bancs de l'assistance, ce dernier adressa aux deux amis un hochement de tête encourageant. De taille moyenne et affecté d'un certain embonpoint, doté de moins de prestance que son cadet, il affichait néanmoins un aplomb où rien ne trahissait son statut de novice.

Quand Chiara pénétra enfin dans la salle, flanquée de deux gardes, décoiffée et vêtue d'une robe sans attrait, Gina s'agrippa au bras de son acolyte dans un mouvement réflexe. Le brouhaha qui flottait jusque-là sur l'auditoire tourna presque au tumulte, traversé de jurons et d'insultes. Mais le plus avancé des trois échevins qui étaient demeurés debout, en avant de la scène, claqua bruyamment des mains pour intimer le silence.

— Nous, *capi di Quarantia* réunis par la volonté du Petit Conseil de la République, déclarons cette séance ouverte.

Un murmure impatient accueillit cette annonce. L'atmosphère était étouffante. Un peu partout, dans les rangs des magistrats comme dans ceux de l'auditoire, on s'éventait à grands gestes. Malgré un climat dans l'ensemble hostile, Nicola nota la présence amicale, quelques rangs derrière eux, des Sieurs Gritti et Pétrarque. Leur sagesse pèserait pour peu dans la balance, hélas. Mais les savoir là le rassérénait malgré tout.

— Pietro…, souffla Gina à l'oreille de son voisin, fouillant à son tour l'assistance du regard.

— Eh bien quoi ?

— Il n'est pas là.

En effet, le fils cadet du défunt, celui-là même qui avait saisi l'instance judiciaire suprême, Pietro manquait à l'appel. Nicola haussa les épaules, fataliste, puis concentra toute son attention sur l'accusée, dont il cherchait vainement à accrocher le regard. Mais Chiara semblait épuisée. Ses yeux se perdaient dans la lumière dispensée par les hautes fenêtres, lesquelles donnaient à l'ouest, côté San Marco.

Cette fois sorti de sa torpeur, la mâchoire contractée, Nicola piaffait sur place. Dire qu'il ne pourrait en aucun cas intervenir. Qu'il lui faudrait assister à cette mascarade judiciaire sans prononcer le moindre mot en faveur de l'inculpée.

— La parole revient à l'*Avogador* Enrico Venier pour établir les chefs d'accusation.

Issu de l'une des plus vieilles familles de la noblesse vénitienne, le procureur qui se leva alors portait autant le poids des ans que celui de sa caste. Engoncé dans sa simarre d'apparat, il fit quelques pas en avant de l'estrade, dégagea sa gorge d'une petite toux préventive, et se lança dans ce qui ressemblait déjà à un réquisitoire.

— Messieurs les magistrats, citoyens de la République de Venise ici présents, il m'incombe donc de récapituler devant vous les faits reprochés à l'accusée, la dénommée Chiara d'Aragon, putain du Rialto faite administratrice du lieu-dit Castelletto par la volonté de feu Sa Grâce Giovanni Dolfin.

« On se demande lequel des deux se prostitue le plus ! » grinça Gina en sourdine, furieuse du portrait à charge qui venait d'être fait de son amie.

— Ainsi est-il établi que le 12 juillet de cette année 1361, à la nuit déjà tombée, ladite Chiara d'Aragon s'est introduite dans la chambre de Sa Seigneurie le doge, porteuse d'un bol de soupe dont l'analyse *a posteriori* a prouvé qu'il contenait une dose significative de cyanure.

D'une voix monocorde, le barbon poursuivit ainsi son récit accablant, n'omettant aucun des détails qui pouvait inciter les juges à la plus grande sévérité. Car les faits ainsi exposés, la culpabilité de Chiara ne faisait aucun doute : la soupe corrompue, la fiole de toxique identique retrouvée chez elle, le temps qu'elle avait passé seule dans la chambre du doge, sans compter les résultats de l'autopsie qui établissaient sans conteste aucun la mort par empoisonnement.

Toutefois, lorsqu'il fut question d'attribuer un mobile au geste fatal de la prévenue, l'*Avogador* se montra plus évasif.

— Quant aux motifs de ce geste sacrilège, ils sont assez faciles à imaginer. On peut supposer que, face au succès retentissant rencontré par le Castelletto depuis son ouverture, la dame d'Aragon a voulu contester les conditions financières de son mandat.

Quand un procureur était en panne d'explication, la vénalité constituait souvent un recours commode, et qui frappait avantageusement les esprits. De fait, comment ne pas projeter sur autrui le péché que chacun ou presque concevait en son sein ?

Sa diatribe achevée, Enrico Venier se tourna vers ses confrères les juges, impassibles et pour une part assoupis, pour les prendre à partie :

— Afin de corroborer ces dires, Messires peuvent viser à présent les documents sus-mentionnés…

Apparu comme par enchantement, un appariteur sillonnait en effet leurs travées, donnant à voir à qui s'en souciait les résultats de l'autopsie conduite par les médecins du palais.

— … Et je souhaiterais solliciter d'eux la présentation de plusieurs témoins clés dans cette affaire.

Le *capo di Quarantia* qui avait introduit l'audience, la lippe lourde et le regard intraitable, accéda à sa demande d'un branlement qui l'invitait à procéder au plus vite.

— Bien, dans ce cas, j'appelle à comparaître devant vous Primo Fulvini, garde du palais affecté à la surveillance du guet de la *piazza* San Marco.

Baff' le moustachu, visiblement assez fier de l'importance soudaine qui lui était conférée, expliqua en quelques mots brouillons comment l'accusée avait plus ou moins forcé son entrée au palais, usant de ruse, alors même qu'elle n'y était ni annoncée ni attendue.

Prenant sa place, un autre factionnaire, celui qui interdisait l'entrée dans la chambre ducale le soir du crime, expliqua pour sa part la manière ô combien insistante avec laquelle l'Aragonaise avait chipé le bol de soupe incriminé des mains du marmiton, avant de s'introduire seule dans la pièce.

— Pouvez-vous imaginer plus éloquents que ces récits ? appuya le procureur. C'est ce que je vous invite à constater par vous-mêmes avec notre troisième et dernier témoin…

La double porte donnant sur le couloir du Grand Conseil s'ouvrit soudain en grand. Un sourire suffisant accroché aux lèvres, corseté d'un plastron bleu ciel peu adapté aux circonstances tragiques, Pietro remontait l'allée centrale, paradant comme un coq.

— Le Seigneur Pietro Dolfin, fils cadet de feu Sa Grâce et le premier à être entré dans la chambre ducale après le drame.

La furie rousse planta si fort ses griffes dans le bras de Nicola, de rage contenue, que celui-ci eut du mal à réprimer un cri.

Parvenu au centre de la pièce, là où s'étaient succédé les orateurs précédents, Pietro balayait l'auditoire d'un œil fat. Il paraissait si sûr de son fait et de sa victoire. Mais tandis qu'il entamait sa fable, laquelle crucifiait un peu plus les derniers espoirs de la défense, un détail frappa Nicola : son ancien ami évitait de toute évidence de croiser le regard fébrile de l'accusée.

Pietro avait peu à raconter, en somme. Rien de ce qu'il narrait n'éclairait les faits d'une lumière nouvelle. Mais dans le but évident d'accabler Chiara, il brodait à l'envi, allant jusqu'à lui prêter des attitudes, évidemment suspectes, et qu'elle n'avait jamais eues.

Nicola adressa une moue désespérée à sa camarade d'infortune, muette de stupeur à ses côtés. Après un tel déballage, la tâche d'Isaac Grazziani paraissait tout bonnement impossible.

Pourtant, au signe que lui adressa le magistrat en chef, le clerc se posta à son tour face à la cour, sans rien manifester de son accablement. Sa détermination inentamée.

— Messires, comme vous j'ai écouté tout ce qui vient d'être dit avec la plus grande attention, et le plus grand respect pour les différents gentilshommes qui se sont exprimés. Toutefois, j'aimerais pointer certaines failles et certaines approximations dans l'histoire qui vient de nous être relatée. Laquelle, par bien des aspects, m'apparaît plus comme un conte destiné à valider la culpabilité préétablie de l'accusée, qu'à établir la stricte vérité des faits.

Il parlait bien, certes. Mais cela suffirait-il à infléchir le cours inflexible de la justice ? Sur les bancs, désormais aussi sages que des images pieuses, chacun retenait son souffle.

— Est-il normal et logique, par exemple, qu'aucune fiole contenant ledit poison n'ait été retrouvée sur place, au palais, ni dans la chambre du doge, ni aux abords de celle-ci ? Or, sans fiole, je vous le demande, comment aura-t-il été possible à la *signora* d'Aragon d'acheminer le liquide depuis sa maison, située au cœur du Castelletto, jusqu'ici ?

Un bruissement étonné parcourut le public.

— Est-il normal et logique, enchaîna-t-il, que sans cette preuve cruciale, seul élément matériel permettant d'établir qu'elle et elle seule a empoisonné la soupe du doge, l'accusée ait été aussitôt incarcérée ? Est-il normal et logique que Gianni Gamasco, le commis de cuisine qui a *et* préparé *et* porté ladite soupe jusqu'à la chambre ducale, demeure introuvable depuis bientôt deux jours ?

Cette fois, le murmure scandalisé enflait tant que le *capo di Quarantia* dut de nouveau claquer des mains pour ramener le calme.

— Mais surtout, et c'est probablement le plus important, est-il normal et logique qu'un aspect déterminant du rapport d'autopsie ait été sciemment occulté par l'accusation ?

— Seigneur Grazziani, veuillez être plus précis, je vous prie. Allusion n'est pas démonstration.

— Tout à fait, tout à fait... Je demanderai aux honorables membres de la Quarantia de se référer aux dernières lignes de conclusion des médecins. Ceux-ci y affirment en substance que l'empoisonnement de Sa Grâce, je cite, a été « graduel, fruit non pas d'une prise de substance unique, mais plutôt provoqué par des prises successives, et de nocivité individuelle assez faible, réparties sur plusieurs jours, voire plusieurs semaines ».

— Et qu'en déduisez-vous, s'il vous plaît ?

— Je n'en déduis rien, Votre Seigneurie. Je ne fais que constater ce que relèvent eux-mêmes les médecins : d'une part que ce n'est pas un seul bol de soupe infecté au cyanure qui a tué notre duc, mais l'ingestion répétée dans le temps de nourriture empoisonnée, une nourriture administrée *a priori* par un habitué du palais, et non par une visiteuse occasionnelle. Par exemple, un commis de cuisine. Ensuite, et en conséquence de ce qui précède, que le cyanure retrouvé chez l'accusée *n'est pas* la substance ayant entraîné la mort de Giovanni Dolfin.

Le vacarme reprit de plus belle, percé de lazzis et de cris peu amènes à l'égard des *avogadors*. D'un coup, l'espoir sembla avoir changé de camp. Assis dans un angle, entre les magistrats et l'assistance, Pietro fulminait.

— J'ajouterai pour finir, tenta-t-il de couvrir les éclats de voix ambiants, et les médecins du palais pourront le confirmer, ainsi que de très nombreux témoins présents lors des dernières fêtes de la Sensa, que Sa Grâce souffrait de violents maux de ventre depuis déjà de longues semaines. Deux ou trois mois au moins. Ce qui vient bien sûr entériner l'hypothèse d'une intoxication progressive.

Les lèvres contractées en une moue méprisante, Enrico Venier préparait déjà sa contre-attaque.

— En d'autres termes, conclut le Contradicteur Grazziani, on aurait cherché à piéger la partie défendante, qu'on ne s'y serait pas pris autrement.

Les Vénitiens présents, plus épris de justice que de bienséance, exprimèrent leur approbation à grand bruit. Mais aussitôt l'*avogador* en chef se présenta derechef devant les juges et reprit d'autorité la parole.

— Messires les magistrats ne manqueront pas de noter que cette thèse fantaisiste repose en grande partie sur les dires de l'accusée. Ainsi, il faudrait la croire quand elle dit qu'elle n'a pas introduit le cyanure dans les murs du palais. La croire encore quand elle prétend ne pas l'avoir versé dans la soupe mortelle. Dieu sait quelles autres contre-vérités du même tonneau on voudrait nous faire avaler !

Un silence circonspect était retombé sur la salle.

— Dieu sait surtout quelle foi il est possible d'accorder aux dires d'une telle femme. Je le rappelle : catin de vocation, matrone de profession, espionne à ses heures...

Indifférente au tableau qu'on brossait d'elle, Chiara ne quittait plus son amant des yeux. Lui se demandait à quel moment Pietro invoquerait les supposées menaces proférées par sa belle à l'encontre du doge. Mais, galvanisé par les propos de son représentant, le géant blond se montrait à nouveau confiant, promenant son regard azur sur les juges, comme pour mieux les hypnotiser.

— Si la cour m'y autorise, j'appellerai un dernier témoin à se produire devant elle.

— Faites, Seigneur Venier, faites, grommela le *capo* d'un ton las.

D'un signe discret aux appariteurs, l'*avogador* fit rouvrir l'huis principal. Dans l'entrebâillement, une fine silhouette féminine se profila. Et comme elle parcourait la courte distance séparant l'entrée de la tribune, le public effaré la dévisagea dans un calme incrédule. Partout on se poussait du coude, on se chuchotait à l'oreille, perplexe et néanmoins surexcité. Voilà que débarquait un sosie ! Pour un peu, on se serait cru à la foire. À quand les monstres ?

— La demoiselle Oriana Monti, présenta le procureur.

Nicola et Gina n'en croyaient pas leurs yeux. Que faisait donc ici cette traîtresse ? Qu'avait-elle à dire de pertinent s'agissant de la mort du doge ?

— *Signora* Monti, l'apostropha d'emblée Enrico Venier. Pouvez-nous dire quelle est votre activité, et en quelle qualité vous fréquentez l'accusée ?

— Je sers Chiara d'Aragon à son logis de la *calle* Rampani.

— Cela se situe en plein cœur du Castelletto, n'est-ce pas ?

— Oui, Mon Seigneur.

— Et néanmoins, vous affirmez ne pas vendre vos charmes pour le compte de votre maîtresse ?

— Non, Monseigneur ! Tout le monde peut vous le dire à San Bartolomeo, je suis une honnête fille.

— Nous n'en doutons pas, mon enfant, nous n'en doutons pas. Racontez-nous plutôt à quel spectacle vous avez assisté il y a peu, dans l'immeuble de la *calle* Rampani qu'occupe l'accusée.

— Eh bien…

Gina sentit tout son sang refluer d'un coup hors de sa poitrine, prête à imploser. Elle ne savait que trop bien de quelle scène il était question.

— N'ayez crainte. Vous pouvez parler librement. Vous n'êtes pas mise en cause.

— La dame qui habite avec la *signora* Chiara, mademoiselle Gina…

— Oui ? l'encouragea-t-il.

— … Je l'ai surprise au lit avec un homme. Un homme juif.

— Que nous comprenions bien : vous nous parlez de la surintendante du Castelletto, laquelle est hébergée depuis plusieurs mois chez l'inculpée, dans le périmètre réglementé ?

— Oui…, susurra la félonne. C'est bien ça.

— Cette personne est-elle présente dans ce tribunal à l'instant où nous parlons ?

— Oui.

— Pouvez-vous la désigner ?

Alors, dans la stupeur générale, Oriana pointa du doigt la jeune femme à la crinière de feu, désormais aussi livide que son accusatrice.

— Si nous résumons donc ces faits nouveaux, jubilait Venier, nous avons donc une ex-catin qui enfreint les règles les plus élémentaires du Castelletto, qui plus est avec un israélite, et ce dans la maison même de la matrone en chef ! Et ce sont ces femmes-là que nous devrions croire sur parole !

Le *capo di Quarantia* masquait difficilement son embarras. Il ne s'attendait certes pas à de pareils rebondissements. Lui qui espérait un procès propre et expéditif, voilà que les événements prenaient une tournure fort contraire à ses désirs.

Néanmoins, il ne se départit pas de sa réserve et, adressant un geste explicite aux gardes postés de part et d'autre de la salle, il ordonna qu'on appréhende la fautive :

— *Signora* Gina, ou quelle que soit votre identité réelle, à partir de maintenant et jusqu'à production d'une preuve contradictoire, vous êtes inculpée d'infraction aggravée aux règles du Castelletto, et vous serez jugée par cette même cour, dès la fin de cette séance.

— C'est moi ! hurla Chiara.

Les curieux amassés sur les bancs ne savaient plus où donner de l'oreille et de la tête. Vraiment, cette représentation était mille fois plus palpitante que les pantomimes qu'on donnait au Carnaval.

— Oriana ment. C'est moi qu'elle a surprise avec ce juif !

Pétrifié, Isaac Grazziani ne savait plus quelle argutie opposer. Car cet homme qu'on épinglait à présent au titre de sa seule confession, cet homme était son frère. Il suffisait que cela se sût, et toute sa stratégie de défense serait pulvérisée comme un baril de poudre.

Quant à Pietro Dolfin, il ne contenait l'hilarité qui le gagnait qu'au prix de grimaces et de contorsions incessantes.

— *Signora*, répliqua l'*avogador*, sûr de sa victoire, votre sens du sacrifice vous honore, mais je pense que personne ici ne sera dupe de votre manœuvre.

À ces mots, le *capo* réitéra son ordre.

— Gardes !

Et, malgré le réflexe protecteur de Nicola qui enveloppa son amie de toute son envergure, les soldats ne tardèrent pas à arracher Gina de son siège, l'entraînant vers le cachot où elle attendrait son propre procès.

— Messire, se risqua Grazziani, recouvrant son ardeur. Il est un fait que l'accusée ne souhaitait pas voir évoqué en public. Mais devant l'urgence, et le sort qui la menace, je me vois contraint de le soumettre à votre sagacité.

— Un élément nouveau ? s'étonna Enrico Venier. Et peut-on savoir pourquoi vous ne l'avez pas produit plus tôt ?

— Comme je l'ai dit, c'est un sujet délicat, et qui n'aurait pas dû interférer dans les débats.

Même le maître de la cour semblait prendre goût à ce trépidant théâtre.

— Je vous en prie, Seigneur Grazziani. Parlez avant que je ne demande à la cour de procéder au vote.

En quelques mots choisis, presque poignants, le clerc ranima le souvenir de Luiza d'Aragon, la mère de Chiara, et de ses amours clandestines avec Giovanni Dolfin. Puis, extrayant d'une musette en cuir un parchemin roulé, il avança jusqu'au pupitre du *capo*, et tendit le document à ce dernier.

— Comme vous pouvez le constater par vous-même, cette lettre originale de la main de Giovanni Dolfin certifie la filiation naturelle de l'accusée, Chiara d'Aragon, avec le défunt doge.

— *Bugi' !* brailla Pietro en pur Vénitien. *Sciocchezz' !* Ce ne sont que des balivernes ! Cette catin n'est pas ma sœur !

Indifférent aux invectives de l'héritier, le magistrat suprême passa le manuscrit à son confrère de l'accusation, lequel parcourut le texte à la venvole.

— Si tant est que ce document soit authentique, il ne prouve absolument rien. La dénommée Luiza d'Aragon a tenté de faire chanter le Sieur Dolfin, voilà en revanche qui est avéré. La belle affaire… Peut-être même l'accusée a-t-elle cherché à son tour à extorquer quelque avantage du duc en se fondant sur ce torchon. Et peut-être celui-ci a-t-il payé de sa vie son refus de se soumettre à cette infamie. Pour ma part, je ne vois là que des raisons supplémentaires au geste criminel de la prévenue, et non pas des motifs de la disculper.

La rhétorique était imparable. Isaac Grazziani avait atteint manifestement ses limites de pénaliste. Sur l'instant, à bout de forces et d'arguments, il ne sut qu'objecter à l'évidente mauvaise foi de cette tirade.

Après quelques secondes interdites, le *capo* se releva de son fauteuil, grave et somme toute heureux d'en finir. Toisant ses trente-neuf confrères, il les invita alors à se prononcer un à un et à haute voix sur le sort qu'ils souhaitaient réserver à l'ange blond.

Plus aucun autre son n'était perceptible dans toute la pièce.

Chacun était suspendu aux lèvres qui prononçaient les mots terribles, selon les cas mots de mort ou mots de vie.

À la quinzième sentence fatale, le visage de Nicola se décomposa. À la vingt et unième, qui démarquait la majorité et scellait le destin de Chiara, il sauta à bas de son tabouret et quitta la salle en courant, voilant le flot de larmes derrière ses mains tremblantes. Incapable d'en entendre plus.

15

En début de soirée, le même jour…

« VA POURRIR EN ENFER, putain à juif ! »

Le premier crachat vola dès le début du parcours.

La tête rasée, sa crinière rousse réduite à l'état d'un paillasson clairsemé, Gina avançait sous les cris et les invectives. Ses pieds nus foulaient la crasse des *mercerie*, et on ne l'avait recouverte que d'une pauvre chemise rapiécée qui dissimulait difficilement ses formes généreuses.

— À chaque fois que tu baises avec l'un d'entre eux, tu tues notre Christ ! la harangua une drôlesse défigurée par la vérole.

D'autres jurons s'abattirent sur la jeune femme hébétée. Titubante. Parmi ceux qui la maltraitaient de la sorte, sans doute se trouvait-il certains de ses anciens clients, affamés de chair un jour, prêts à lapider celle-ci le jour suivant.

Elle crut reconnaître plus d'un visage. Que leur avait-elle donc fait pour mériter pareille haine ?

— Place, faites place !

La grappe de soldats qui l'accompagnaient faisait respecter juste assez d'ordre pour permettre au cortège peccamineux de progresser parmi la foule des badauds. Mais aucun d'entre eux ne paraissait soucieux de protéger la condamnée des horions et des projectiles divers qui pleuvaient désormais de toutes parts. Des éclats de pavé. Des fruits ou des légumes gâtés. Et même des excréments qu'ils avaient dû chaparder dans le seau des *smerdarioli* du quartier.

Ainsi en avait décidé la Quarantia : pour peine de ses rapports charnels iniques avec un israélite, Gina serait soumise à ce chemin de la honte, où la vindicte populaire remplaçait les coups de fouet.

Dissimulé sous un chapeau à large bord, quidam au milieu de la cohue hurlante, un homme pleurait. Incapable du moindre mot, ni du moindre geste. Le défilé houleux s'éloignait déjà en direction du couchant, quand une main se posa sur son épaule.

— Mauro..., souffla Nicola sur un ton qu'il voulait amical. Vous ne devriez pas rester là.

Le médecin se retourna et reconnut le conseiller. Dissuadé par son frère, Mauro Grazziani s'était tenu à l'écart des débats. Mais aussitôt le verdict tombé, Isaac l'avait prévenu du sort funeste qui attendait Gina. Les autorités n'avaient pas traîné, pour une fois : aussitôt jugée, aussitôt punie. Livrée aux chiens.

Nicola entraîna son compère d'infortune dans une rue adjacente, l'étroite *calle* Stagneri, où ils poussèrent la porte d'une modeste *furatola*. Là, et sans qu'ils aient rien demandé, on servit à chacun une chopine d'un vin aigre, que Mauro vida d'un coup.

— Pourquoi vous faites ça pour moi ? glapit-il.

— Si moi je vous ai identifié aussi facilement, l'un de ces manants n'aurait pas tardé à le faire aussi. Et vous pouvez deviner avec quelles conséquences.

— Merci...

L'homme au nez busqué accepta la gratitude de son compagnon d'un mouvement de tête humble, d'un sourire accablé.

— J'ai aussi appris pour…, reprit Mauro avec maladresse. Pour votre dame. Je suis vraiment désolé. C'est une bonne personne.

— Hum… Il semblerait hélas qu'être bon dans cette ville conduise presque toujours sur le mauvais chemin.

Le praticien ne trouva rien à redire à cela. Il piqua plutôt du nez dans sa chope vide, qu'une accorte serveuse se fit un devoir de remplir aussitôt, sans y avoir été priée.

— Il vous reste quand même un espoir, finit-il par murmurer.

— Comment ça ?

— Mon frère m'a dit que vous étiez parti avant l'énoncé de la sentence. Il a certes perdu la partie, mais il a malgré tout obtenu un petit sursis concernant l'exécution.

— Combien de temps ? s'enquit Nicola avec fièvre.

— Cinq jours… Ce n'est pas grand-chose. Mais cela la fixe tout de même *après* l'élection du nouveau doge.

On en revenait toujours là. Au plan improbable de Vaselli. Le dogat, puis la grâce.

Nicola était pourtant certain de n'en avoir touché nul mot au clerc en droit. Celui-ci avait agi donc de sa propre initiative, habité par Dieu sait quelle intuition. Le délai obtenu était dérisoire. Mais qui sait… ? Les propos de Maître Gritti lui revinrent : « Le temps est toujours ce qui permet à la vérité d'éclater. »

À la vérité, ou tout au moins à son apparence, songeat-il entre deux gorgées de frioul. Quelques mots bien tournés pouvaient tant faire. Et le verdict injuste qui avait condamné Chiara à la peine suprême n'exprimait pas autre chose : d'un côté, il y avait la parole des puissants, précise et sûre de son fait ; de l'autre, il y avait la voix du peuple, dont l'apparent désordre la vouait aux gémonies.

*

« Vous voulez que *moi* j'intervienne en faveur de votre élection ? »

La surprise du diplomate était totale. Obtenir audience de Pétrarque, hors du palais, et à une heure déjà aussi avancée, n'avait pas été chose facile. Mais Nicola y avait employé ses maigres réserves pécuniaires, soudoyant Baff' le moustachu et ses sbires à cet effet.

À présent assis dans le fauteuil où s'était installée Gina quelques jours auparavant, le poète florentin affichait un étonnement aux accents sincères.

— Votre crédit est immense à Venise, Messire, le flattait son hôte. Vous ne l'ignorez pas.

— Enfin Nicola, vous n'ignorez pas non plus que je représente le pire ennemi de votre République ! Vous-même, si ma mémoire ne me fait pas défaut, vous avez voté en faveur de la guerre contre Gênes.

Un choix conformiste, contraire à ses convictions profondes, et que Nicola regrettait amèrement.

— Et quand je vous ai sollicité pour tenter une ambassade de la dernière chance, le moins que l'on puisse dire est que vous n'avez pas brillé par votre zèle en faveur de la paix. Nous connaissons vous et moi le résultat : à l'heure où nous parlons, nos deux armadas s'affrontent.

Les faits étaient rappelés sans brutalité, mais avec cette fermeté bonhomme si coutumière des négociateurs.

Le chevalier Chiutto pensa d'ailleurs que depuis le blanc-seing donné par le Conseil de guerre à Lorenzo Celsi, deux mois auparavant, les nouvelles de ce dernier se faisaient bien rares.

Où en étaient donc les galères vénitiennes dans leur opposition contre la flotte génoise ? Comment expliquer ce silence, là où l'écho assourdissant produit par les canons et le fracas des armes aurait dû leur revenir ?

— J'en suis désolé, s'amenda Nicola. La seule chose que je peux vous promettre, c'est de mettre un terme à ce conflit stupide si je suis élu. Une bonne fois pour toutes, et avec votre concours, si vous le voulez bien.

— J'en prends bonne note, approuva le vieil homme. Et cela plaide bien sûr en votre faveur. Pourtant, je le répète : vous surestimez mon influence sur les édiles de votre bonne cité. Si je fais campagne pour vous, au mieux m'écoutera-t-on avec politesse. Mais sur le fond, je crains que l'intervention d'un agent « ennemi » dans la tambouille des Quarante et un ne se retourne contre vous.

L'argument n'était pas sans fondement. Et Nicola ploya l'échine sous le poids de l'évidence.

— Permettez-moi de vous poser cette question, Nicola : pourquoi tenez-vous tant à être élu ? Je sais reconnaître une ambition quand j'en vois une. Et je ne doute pas que vous ayez toutes les qualités requises par la fonction. Mais quelque chose dans votre attitude me dit qu'il y a là une urgence qui dépasse largement les cabrioles de votre orgueil.

« Les cabrioles de l'orgueil », voilà le genre de formule élégante où l'on reconnaissait l'écrivain derrière le politique.

— Je..., bredouilla-t-il, soudain submergé par l'émotion.

— Oubliez le diplomate. Vous pouvez me parler comme à un ami.

Était-ce vrai ? Pouvait-il se fier au poète ? Après tout, celui-ci avait assisté à cette parodie de justice qu'avait été le procès de Chiara. Lui que Nicola croyait empathique et intègre, serait-il sensible à son récit ?

Il n'eut pas le temps de se poser la question que déjà sa confession avait jailli, presque malgré lui, flot ininterrompu d'anecdotes et de souvenirs. Certains étaient magnifiques ; beaucoup étaient cuisants. Pêle-mêle surgirent ce jour de janvier où un certain mouchoir de batiste était tombé au pied de Chiara, leur toute première étreinte dans la soupente de celle qui n'était encore qu'une catin magnifique, ainsi que tous les événements qui en avaient découlé.

Pétrarque écoutait ce récit échevelé avec attention, un sourire léger accroché à ses lèvres, jusqu'à ce que Nicola en vienne au sinistre épilogue de cette histoire.

— Conquérir le pouvoir par passion amoureuse..., commenta l'ambassadeur *mezza voce*, ému à son tour. C'est probablement le plus noble des motifs. Moi-même, voyez-vous, j'ai beaucoup écrit pour des femmes ; et si vous me voyez devant vous aujourd'hui... c'est aussi parce que mes poèmes n'ont pas toujours obtenu la récompense escomptée.

Une mélancolie complice avait envahi le vaste *portego* de la maison épiscopale. Les deux hommes échangèrent quelques regards embués de trouble et de pudeur. Ils en avaient trop dit l'un et l'autre, et pourtant ils appréciaient manifestement ces instants d'émoi partagé.

Généreux, Pétrarque proposa d'écrire l'éloge funèbre de Chiara, ode à Venise et à la beauté de ses femmes. Un texte qui, selon lui, la ferait vivre à jamais dans la légende, si ce n'était dans les bras de son amant. Mais Nicola déclina poliment l'offre. Il n'était pas prêt à entendre de telles paroles, même formulées par l'une des plus grandes plumes de son temps.

Il ne le serait jamais.

*

La nuit était tombée depuis un bon moment déjà quand ses pas le ramenèrent jusqu'à la *piazza* San Marco. Habituellement, à une heure aussi tardive, et hors des périodes de fêtes, la place était déserte. Mais ce soir-là, une rumeur insistante courait les *mazegni*, ces petits pavés typiques. Une annonce serait faite au balcon du palais avant que ne sonne la *marangana* de la nuit. Et qui disait annonce, disait d'ordinaire sang et larmes, toutes ces choses que la populace aime tant voir couler chez les autres.

Quand Pétrarque était reparti de la *calle* Zocco, non sans lui avoir donné une accolade chaleureuse, presque paternelle, Nicola n'avait pu se résoudre à se claquemurer dans son malheur. Il avait d'abord erré un moment au gré des ruelles, emporté par l'absurdité de ce charmant labyrinthe qu'est Venise. Ce soir-là, la ville était surtout empuantie par les cadavres qui la jonchaient à chaque coin de rue. Les autorités s'efforçaient de minimiser l'ampleur de la pandémie, mais partout des amoncellements de cadavres pulvérisés de soufre, en attente d'une crémation prochaine, rappelaient sa violence.

Il se fit la promesse, si par extraordinaire il parvenait un jour au sommet de la République, de prendre toutes les mesures nécessaires pour qu'à l'injustice de la maladie, qui frappait en priorité les plus pauvres, ne s'en ajoutent pas d'autres. Il bannirait par exemple la « taxe sur les décès » instaurée une première fois en 1348, impôt ô combien inique et inégalitaire, qui frappait les bourses en sus des corps et des âmes.

Il se garda bien, cependant, de mentionner de telles audaces politiques à tous les gentilshommes qu'il visita alors. En moins de trois heures, il frappa à autant de portes qu'il connaissait de citoyens influents, conseillers, magistrats, ou simples patriciens susceptibles d'avoir l'oreille d'éminences supérieures. Partout il fut reçu avec obligeance. Partout on lui offrit un verre, qu'il refusa. Partout il réclama un soutien que, sans le lui nier tout à fait, on déplaçait sur plus influent que soi. « Allez donc voir plutôt… » Et il allait donc plutôt voir, désespéré et pourtant si tenace.

À la fin de sa tournée, c'est à peine s'il avait acquis autant de votes qu'il avait de doigts. Seul Maître Gritti, fidèle parmi les fidèles et désigné au corps électoral, paraissait en mesure de tenir sa parole. Tous les autres, y compris ceux qui semblaient pencher en sa faveur, restaient à la merci de plus grands prédateurs que lui. Les Pietro Dolfin et autre Leonardo Dandolo. De leur nom, et de leur or.

— Peuple de Venise ! marmotta la silhouette qui se dessinait dans la galerie du palais.

Encadré par les deux colonnes roses, les seules de cette teinte, l'homme qui venait de prendre la parole se distinguait à peine dans l'obscurité. Ce qui était certain, à le voir ainsi courbé sur la balustrade, c'est qu'il n'était plus tout jeune.

« Plus fort ! » hurla à son intention un quidam en contrebas.

— Peuple de Venise ! reprit-il plus distinctement. En ma qualité de doyen du Grand Conseil...

Nicola venait de reconnaître la voix de Maître Gritti. Son vieil ami. Et désormais son principal soutien. Ironie des circonstances, c'est au vieil homme que revenait le triste privilège de proclamer les condamnations à mort. Mais ce devait lui être un tel fardeau, qu'il n'avait pas trouvé le cœur d'en avertir Nicola, quand celui-ci l'avait visité quelques heures auparavant.

Il se souvint de ce jour – pas si lointain – où le sage conseiller avait inventé le nom de Castelletto. S'ils avaient su tous deux, où ce projet allait les mener...

— ... C'est à moi qu'incombe de vous annoncer la triste nouvelle.

Selon le protocole des condamnations, chaque sentence de peine capitale devait en effet être proclamée entre ces deux pylônes de couleur sang lavé.

— La dénommée Chiara d'Aragon, convaincue de complot et d'acte criminel contre feu notre doge bien-aimé, Giovanni Dolfin, a été promise à la mort par l'honorable cour de la Quarantia.

Par-delà le chevrotement, dont le vieil homme était coutumier, Nicola pouvait entendre l'émotion de son protecteur. Elle était presque palpable dans la nuit. Il l'imaginait accueillir sa mission avec effroi, et néanmoins avec cette docilité des grands serviteurs de l'État. Après tout, avait dû se dire Gritti, quitte à ce quelqu'un annonce la mort de cette pauvresse, autant que ce fût une voix amie.

Le cœur de Nicola battait à tout rompre. Autour de lui, la même foule qui avait conspué Gina quelques heures plus tôt se réjouissait pour sa part du spectacle promis. Une bonne exécution, il n'en fallait guère plus, bien souvent, pour rassurer les mortels et désamorcer les frondes.

Faire oublier d'autres dépouilles.

— Son exécution aura lieu d'ici cinq jours. Le vingtième du mois de juillet. Ici même. Entre les deux colonnes de la *piazzetta*, comme le veut notre tradition. La mort…

Le barbon marqua une pause, occasion pour la populace d'entonner sifflets et railleries – on entendit même un bêlement –, puis reprit, la gorge aussi étreinte que si l'on avait passé la corde à son propre cou :

— … la mort lui sera donnée par pendaison.

Une clameur réjouie accueillit la nouvelle, comme s'il était question d'ajouter un second carnaval au calendrier.

Immobile, ballotté par la presse qui déjà s'égaillait, Nicola regarda le philosophe disparaître dans l'ombre du palais ducal.

« Cinq jours », se répétait-il en lui-même, entre l'anathème et l'exhortation.

Ce qu'il ne put voir, au même moment, au fronton d'une maison commune de la petite *calle* della Testa, c'était la main épaisse d'un homme glissant un minuscule parchemin dans la tête de pierre rivée à son mur.

La main et le logis du bourreau.

Le jour et l'heure de la prochaine exécution.

16

16 juillet au matin

LA PLUPART DES VISITEURS ÉTRANGERS s'émerveillaient de la beauté et de la singularité des paysages de Venise. Certains n'avaient pas de mots assez emphatiques pour qualifier le lustre de ses églises, ou la pureté évanescente des perspectives offertes sur la lagune. D'autres bafouillaient presque à l'évocation vibrante des palais plantés de part et d'autre du Grand canal.

Mais ce qu'aucun de ces esthètes de passage ne savait, c'est que pour les Vénitiens eux-mêmes, Venise était une prison. Magnifique, flamboyante, et plus encore que ça, mais néanmoins un cachot sans issue. Quitter Venise était presque impossible, dès lors qu'on y était né. Hormis certains négociants, et les marins aussi, bien sûr, rares étaient ceux qui parvenaient à s'arracher au pouvoir magnétique de la Sérénissime. Même les voyageurs de retour confessaient bien souvent qu'à l'autre bout du monde, ils ressentaient encore sa présence enveloppante. Leurs rêves étaient peuplés de ses *rii* et de ses *calle.* Comme un sein maternel étoufferait son engeance d'un trop-plein d'amour.

Chiara exécutée, Nicola demeurerait-il dans la cité responsable de son malheur ? Il en doutait. Il irait probablement vivre sa captivité ailleurs. D'ici là, certaines tâches ingrates lui incombaient, qui le retenaient dans la cité lacustre. Déposer sa candidature au dogat, officielle et néanmoins sans espoir, l'avait occupé une partie de la matinée, entre paperasseries inutiles et attente humiliante au guichet du palais.

Annoncer la condamnation de l'Aragonaise à Angela ne promettait pas d'être plus plaisant, ni plus facile.

— Mon Seigneur ?

La jeune femme à l'entrée de l'*osteria Pulcin'*, sans doute une fille du Castelletto réquisitionnée pour assister Angela, opposa son buste généreux à l'intrusion de ce bel inconnu tout de noir vêtu.

— Nicola Chiutto, chevalier de San Marco... Je suis un ami d'Angela.

Comme ce titre était commode ! Partout où il allait, huis et oreilles s'ouvraient comme par enchantement. Si les circonstances avaient été plus heureuses, il n'aurait pas boudé son plaisir.

— Nicola ?

De l'intérieur de la maison décrépie, un timbre d'homme l'interpella.

— Entrez ! intima la voix sans nom.

Mais aussitôt eut-il pénétré dans l'établissement modeste qu'il reconnut le visage avenant et tanné du médecin juif. Décidément, Venise conspirait à croiser leurs chemins.

La veille, il avait laissé le praticien défait par la douleur, plus mal en point encore que ses patients. Et voilà que son œil vif brillait à nouveau de cette passion reconnaissable entre mille, celle des hommes amoureux de leur pratique. Le front en sueur, les mains gantées, Mauro Grazziani s'affairait aux fourneaux. Venait-il suppléer la maîtresse de maison en cuisine ? Si tel était le cas, il avait décidé de faire fuir ce qu'il restait de clientèle à Angela, à en juger par l'odeur effroyable qui s'échappait des casseroles fumantes.

— Si je peux me permettre, Mauro, n'abandonnez pas la médecine pour la cuisine…

Aucun des deux n'avait le cœur à plaisanter, mais Grazziani eut l'intelligence de prendre la remarque pour ce qu'elle était vraiment : un signe de solidarité. L'élégance d'un désespoir que la situation – tragique – les amenait à partager.

Il élargit son sourire nimbé de vapeurs pestilentielles et rétorqua :

— En l'espèce, et n'en déplaise à la délicatesse de votre nez, les deux sciences sont intimement liées.

— C'est-à-dire ? s'étonna Nicola, piqué par la curiosité.

D'un geste vague, le carabin désigna la variété des pots et des herbes disposés sur le plan de travail.

— Avez-vous déjà entendu parler de la thériaque de Venise ?

— Oui… Mais c'est une légende, non ?

— Pas pour ma famille, répliqua Mauro, le regard habité et le front fier. Nous nous transmettons la recette depuis des générations.

Nicola fronça un nez empli de scepticisme, qui incita son interlocuteur à redoubler de conviction dans l'article de sa tambouille malodorante.

— Je sais ce qu'on dit de la thériaque ici ou là. Mais moi je ne vous parle pas d'une sorte de remède universel comme en vendent les camelots du Rialto. Notre recette est au contraire la plus ciblée des préparations. Elle ne traite certes qu'un seul mal… mais celui qu'elle attaque, elle le soigne totalement !

Sa foi était belle à voir.

— Et ces ingrédients, il est difficile de se les procurer ?

— Rien qui ne puisse être acheté dans une bonne pharmacie en ville. Personnellement, je me fournis à la Tête d'Or.

La principale officine du Rialto. Signe qu'on dénichait le meilleur comme le pire dans le fameux quartier marchand.

— Mauro… Ne le prenez pas mal, risqua Nicola. Mais si votre décoction est si vertueuse, pourquoi ne l'avez-vous pas administrée au Sieur Mosca ?

— Votre question est tout à fait pertinente. La thériaque n'est efficiente que sur un stade précoce d'infection par le principe malin de la peste. Quand j'ai pris Alvaro en charge, il avait malheureusement investi tout son organisme... Je le dis et je le répète : la thériaque est efficace, mais à certaines conditions seulement. Ça n'a rien d'une potion magique.

Nicola n'eut pas besoin de plus de détails pour comprendre ce qui avait tué le vieux *capisestiere* : son humilité. À se vouloir si peu dérangeant, si discret, Mosca s'était lui-même condamné. Rendu incurable par excès d'attentisme.

Quant au commerce que Grazziani aurait pu faire de son précieux sirop, aucun discours n'était non plus nécessaire pour justifier qu'il y renonçât. Qui aurait accepté pareil traitement de la main d'un juif ?

Il pouvait déjà s'estimer heureux que les patients guéris par ses soins ne le dénoncent pas après coup.

Suivant l'apprenti sorcier à l'étage, dont les mains étaient chargées d'un plein bol de sa mixture providentielle, Nicola découvrit Angela dans un état bien moins critique que ce qu'il avait imaginé. Amaigrie, certes. Pâle à faire pâlir un fantôme. Et les yeux pourtant éclairés d'une lueur encourageante, sans rapport avec la flamme vacillante qui s'éteignait dans le regard des mourants. Sa voix elle-même semblait avoir déjà repris en consistance et en vigueur.

— Nicola ! s'exclama-t-elle à mi-voix, à l'entrée des deux hommes dans sa chambrette.

Le médecin fit mine d'être vexé – après tout, c'est à lui qu'elle devait sa survie – et s'employa aussitôt à lui donner la becquée, chaque cuillerée débordant du mélange verdâtre. Entre deux grimaces nauséeuses, elle trouva la force d'exprimer toute sa joie. À sa manière, généreuse et rustre.

— Tu aurais mieux fait d'attendre ma mort pour venir. Au moins aurais-je été présentable...

— C'est vrai, approuva Nicola d'un sourire. Mais qui m'houspillerait, alors, si tu n'étais plus de ce monde ?

À force de fréquenter la mansarde au dernier étage, une complicité presque filiale s'était nouée entre le conseiller et l'ex-mérétrice, faite de piques lancées comme autant de fleurs sur un char de la Sensa.

— Oh, je fais confiance à Chiara, ria-t-elle, secouée par une toux grasse. Je ne lui léguerai peut-être pas grand-chose, mais ça au moins je pense le lui avoir transmis !

Les deux hommes échangèrent un regard embarrassé, tous deux figés dans un silence éloquent.

— Eh bien quoi ? enchaîna-t-elle avec verve. Ne me dites pas que son gros ventre l'a amollie ?

— Angela…

Nicola se posa au bord de la paillasse où gisait la malade. Saisissant une main chenue, il plongea son regard sombre dans les yeux de vieux chien résigné, lourds d'interrogations, qu'écarquillait la balafrée.

Une trémulation à peine perceptible, puis de plus en plus marquée, affectait la voix de l'ancien prêtre. Lui qui avait accompagné tant de fidèles vers la mort, béni tant de corps voués à la poussière, voilà qu'il se sentait démuni au moment d'affranchir cette survivante. Des événements chaotiques des jours précédents, il ne restitua que l'essentiel, tremblant et atone, en un récit aussi peu exaltant qu'un sermon.

Quand il eut fini, Angela affichait un calme étrange. Elle redoutait un tel instant, mais depuis toujours, depuis l'hiver 1348 et un certain plongeon dans le Grand canal, elle s'y était préparée. Comme l'automne se prépare sans en avoir l'air au retour des frimas. Il était dit que le destin de Chiara n'aurait rien d'ordinaire ; et dans l'exceptionnel germaient certes de grands bonheurs, mais aussi des malheurs abyssaux.

— Tu n'as aucune chance, conclut-elle du haut de son expérience, quand il eut évoqué le projet de Vaselli. Venise ne s'est jamais donnée à un novice, et je ne vois pas pourquoi elle changerait de doctrine aujourd'hui. Même pour tes beaux yeux.

Grave, presque recueilli, il écoutait le propos de la vieille catin comme il eût prêté l'oreille aux dires d'un Gritti. Avec attention et respect.

— Je pourrais peut-être tenter de soudoyer le bourreau…, suggéra-t-il.

— Gaspari ? Aucune chance. La couleur qui séduit cet homme-là n'est pas celle de l'argent…

Nicola leva un sourcil interrogateur.

— … c'est celle de la peur, compléta Grazziani d'un ton las. La peur qui blanchit le visage de ses victimes.

Le chevalier en déduisit que le médecin avait déjà dû être appelé au pied de tel gibet ou de telle potence, pour constater le décès de condamnés.

— Ce que tu peux faire, en revanche, reprit Angela, c'est empêcher Pietro de succéder à son père.

— Et quand bien même ? En quoi cela favorisera la grâce de Chiara ?

— Il ne t'a pas échappé que tous les candidats aux dogats sont des ennemis de longue date des Dolfin. Les Gradenigo, les Dandolo, les Contarini… Tous ceux que Giovanni Dolfin avait enfermés vivants en les nommant au Petit Conseil. Ils trépignent de prendre enfin leur tour. Et s'ils peuvent humilier un Dolfin au passage, leur victoire n'en sera que plus douce.

— Les ennemis de mes ennemis…, intervint Mauro, avec un sourire entendu.

La pestiférée paraissait tellement à son aise dans ces intrigues de palais ! On eût juré qu'elle avait soufflé toute sa vie durant à l'oreille des princes, plutôt qu'à celles des putains. Il faut croire que les manigances d'alcôves et d'antichambres possédaient certaines caractéristiques universelles.

— C'est exactement ça ! approuva-t-elle, triomphante. Favorise donc l'élection de l'un d'entre eux. Fais-en ton débiteur. Et il est fort à parier qu'il aura à cœur d'accéder à ta requête le moment venu.

— Il ne nous reste que quatre jours…, souffla Nicola.

— Crois-moi : c'est bien plus qu'il n'en faut pour faire ou défaire un duc !

*

« Je peux vous céder les dix votes réunis sur mon nom. » Telle était la promesse que Nicola répéta à au moins trois reprises cet après-midi-là, dans les Cà les plus influentes de la ville. « Avec ceux qui vous sont déjà acquis », arguait-il, « vous atteindrez sans difficulté la majorité. Le dogat est à vous. »

Le moins que l'on puisse dire, c'est qu'il fut accueilli aussi fraîchement que l'atmosphère y était pesante – juillet écrasait tout de sa touffeur. Pour ces animaux politiques, un pareil désistement de dernière minute ne pouvait être que suspect. Certains y voyaient une manœuvre de leurs adversaires, peut-être même un piège tendu par Pietro Dolfin lui-même ; d'autres l'aveu d'une faiblesse qui n'augurait rien de bon s'agissant du report des votes annoncés.

Dans tous les cas, miser leur élection sur les élucubrations d'un conseiller tout juste élu, sans aucune parenté prestigieuse, devait leur paraître un pari trop risqué. Aucun ne refusa l'offre à proprement parler ; mais aucun ne l'accepta non plus, évoquant la possibilité d'un accord de dernière minute en cas de ballottage. Ces drôles s'y connaissaient infiniment mieux que lui en matière de négociations. Ce n'est pas pour rien que leurs familles trônaient depuis des générations entières sur leur tas d'or et sur leurs titres.

Comme il s'apprêtait à quitter Leonardo Dandolo, le dernier de ses hôtes, et ce faisant son ultime espoir déçu, l'homme au menton en galoche le retint par le bras. Le geste se voulait amical, mais la pression imprimée sur son biceps laissait présumer d'autres intentions :

— Seigneur Chiutto… De vous à moi : c'est pour elle que vous vous démenez ainsi, n'est-ce pas ? Pour cette femme, l'Aragonaise ?

— Je…, bafouilla-t-il.

Comment ce diable d'homme avait-il eu vent de leur liaison ? Tout Venise bruissait-elle déjà de leurs soupirs passés ?

— Vous faites de moi Votre Grâce... et aussitôt élu, je vous accorde sa grâce, c'est bien votre plan ?

— Ce n'est pas du tout ce que vous...

— Si je peux me permettre un petit conseil, le coupa-t-il. Ne mélangez jamais vos amours et la politique.

Au mot près, c'était l'exact opposé de ce que lui avait prescrit Pétrarque. Preuve qu'il n'y avait pas qu'une vérité en la matière.

— Elles sont comme l'eau et l'huile. L'huile des affaires l'emportera toujours. Et l'eau de vos idylles en sortira invariablement troublée. On ne fait jamais de bonne sauce avec ces deux ingrédients-là. Il faut choisir, Nicola : c'est l'un... ou l'autre.

*

Les étals et les spectacles de la Sensa avaient replié leurs tréteaux depuis longtemps, déjà. Pourtant les Vénitiens restaient nombreux à traîner leurs braies chaque soir *piazza* San Marco. La place, l'une des plus largement ouvertes sur la lagune, offrait le soir une petite brise bien agréable en ce temps de chaleur. Ici ou là, quelques vendeurs à la sauvette vendaient aux badauds des pêches en gelée ou des riz à l'orange en guise de rafraîchissements. On parlait par petits cercles, on commentait les nouvelles du jour, on spéculait sur l'issue de tel duel ou sur le résultat des élections à venir – aucune date précise n'avait été fixée pour le scrutin, mais le bruit courait que celui-ci n'était plus qu'une question de jours, désormais, peut-être même d'heures. Les habitués des *ridotti,* les maisons de jeu, se faisaient fort de relayer les dernières cotes en vigueur. Pour l'heure, Leonardo Dandolo paraissait tenir la corde, assez loin devant ses concurrents.

— Et ce Chiutto, là, tu sais qui c'est, toi ? s'interrogeait un porteur d'eau.

— C'était pas le confesseur de ce cochon de Dolfin ?
— Eh bien, en voilà un qu'il a dû épuiser à la tâche !
— Pas comme sa femme !

Les rires fusaient. L'atmosphère était gaie et légère, en dépit de l'ombre noire que portait sur eux la haute potence en cours d'édification, pile entre les deux colonnes de la *piazzetta.*

Aux *ciacole* sur le défunt doge et sur son successeur vinrent bientôt se mêler d'autres rumeurs. Plusieurs quidams circulaient en effet d'un groupe à l'autre, le verbe haut et le ton assuré. Tous propageaient le même message, qu'ils prétendaient tenir de source sûre : la flotte du *commodore* Lorenzi Celsi avait taillé en pièces l'armada génoise. Venise était sauvée. Venise allait renaître. Grâce à cette victoire retentissante, le blocus partiel de la cité devait déjà être levé, et, sous peu, d'aucuns n'en doutaient, des vivres aussi frais que savoureux afflueraient à nouveau vers le Rialto. Et ce miracle, Venise le devait au vaillant capitaine de sa flotte.

En retrait de la presse, Basile observait avec satisfaction le ballet de ses agents. Dans sa bourse, il lui restait encore de quoi en payer autant. Il n'en coûtait pas si cher, en fin de compte, de répandre la bonne parole. Quel temps aurait donc gagné le Christ, quels sacrifices auraient économisés ses disciples, songea-t-il, s'ils avaient bénéficié d'une pareille publicité !

Celsi n'était certes pas le Seigneur tout-puissant, mais, à ce rythme-là, il ne tarderait pas à convertir toute la ville à sa cause. Une victoire claironnée. Du prestige acquis à bon compte. Un héros fabriqué en une soirée à peine. C'en était presque trop facile. Déjà, de lèvres en lèvres, l'affranchi pouvait lire la marche inexorable de la gloire ducale. Celsi, Celsi, Celsi... le nom bourdonnait comme un insecte entêté, piquant l'imaginaire de chacun, anesthésiant le jugement de tous ou presque.

Le géant noir était impatient d'entendre la mise à jour des cotes, et la direction prise par les derniers paris. Impatient et par avance ravi pour son nouveau maître.

17

16 juillet dans la soirée…

QUI AVAIT DÉCIDÉ DE PRÉCIPITER AINSI LE SCRUTIN ? Probablement le Petit Conseil, que la mesure prise par Pietro Dolfin, interdisant l'accès du palais ducal aux divers candidats, avait quelque peu alarmé. Le souvenir de la conjuration de Marino Falier était encore vivace, et aucun des augustes magistrats ne voulait prendre le risque d'un autre coup d'État. « Venise se donne à celui qui la veut le plus », prétendait un adage populaire. Mais quand ce violent désir passait par les armes, l'affaire était tout autre, et il se trouvait toujours assez de défenseurs de cette démocratie si fragile pour se dresser et la défendre.

La nuit était déjà tombée entièrement sur la ville quand chacun des postulants au pouvoir suprême reçut un message frappé du sceau de la République, lequel le convoquait séance tenante.

Fermée à tout public depuis le début des travaux, la salle du Conseil des Dix, bien qu'inachevée, avait été requise pour l'occasion. Chacun des entrants peinait à retenir ses cris extasiés à la vue de ce décor où dominaient d'imposantes dorures. Vraiment, le lieu serait à la hauteur de l'événement.

— Si seulement la sagesse de notre nouveau prince pouvait briller autant que ces plafonds..., soupira Maître Gritti.

Le vieux philosophe, qui prenait sa place parmi les quarante et un électeurs, cachait mal son inquiétude à ses confrères. Ce conclave ne lui disait rien qui vaille. La guerre, la peste, et à présent le meurtre du doge... Trop d'ingrédients viciés composaient cette mixture pour qu'elle produisît à la fin un fumet plaisant.

Quand Nicola pénétra à son tour dans la pièce, il avisa aussitôt son vieil ami, auquel il adressa un bref salut de la tête. Et dire que son salut et celui de Chiara, reposait en partie sur les frêles épaules de ce barbon...

Sur l'indication d'un garde, Nicola gagna l'un des bancs où étaient déjà installés la plupart de ses compétiteurs : Leonardo Dandolo, bien sûr, mais aussi Pietro Gradenigo et Andrea Contarini. Ne manquait plus que Pietro Dolfin, lequel fit bientôt une entrée aussi tapageuse qu'à son accoutumée.

— Quelle splendeur ! s'exclama-t-il à voix haute. J'ai bon espoir que Venise rende un jour tout ce qu'elle doit à cette famille !

Il parlait de la sienne, bien sûr. Quant au jour en question, il espérait manifestement que ce fût celui-là même, et celui de son élection.

Boudant ostensiblement la place vacante à la gauche de Nicola, le géant blond gagna l'autre extrémité du banc et s'affala bruyamment, aussi satisfait de lui qu'un volatile en pleine pavane.

Quelques robes noires retardataires pressèrent le pas jusqu'à leurs fauteuils respectifs, et enfin on put fermer la large double porte ouvragée. La séance allait commencer.

Leonardo Dandolo ayant abandonné son rôle de président du Petit Conseil pour celui de candidat, il était suppléé pour l'occasion par l'un de ses pairs, le Sieur Alberto Ziani, drôle de petit homme à la face de grenouille.

— Mes Seigneurs, coassa ce dernier, dont le timbre concordait parfaitement avec son faciès. Aucun d'entre vous n'ignore la gravité des circonstances qui nous réunissent ici ce soir. Un complot odieux nous a privés de Sa Grâce Giovanni Dolfin, et nous voici assemblés, encore accablés par le chagrin et la colère, pour désigner son successeur.

Dans un long préliminaire purement protocolaire, il rappela le détail de la fastidieuse procédure qui avait débouché sur le choix des quarante et un électeurs. D'abord tirés au sort au nombre de neuf, parmi les membres du Grand Conseil et par la main innocente d'un enfant de dix ans, appelé le *ballotino,* lequel avait remis à chacun une boule d'or, les neuf avaient ensuite désigné quarante-cinq éminents magistrats, qui avaient à leur tour choisi lesdits Quarante et un. Conçu pour éviter toute collusion familiale et tout clientélisme, ce processus complexe n'avait plus été remis en cause depuis près d'un siècle, et déjà douze élections successives, y compris celle de Giovanni Dolfin.

— Je vous rappellerai pour finir que chaque tour de vote s'effectuera publiquement et à voix haute, et que nous procéderons à autant de tours qu'il en faudra pour dégager une majorité de vingt-cinq bulletins sur un seul nom.

— Je gage qu'il n'en faudra pas beaucoup, souffla Andrea Contarini à l'oreille de Nicola, résigné semble-t-il à la victoire éclair de l'un des deux favoris.

Sur leur droite, Dandolo et Dolfin paraissaient l'un et l'autre assez sûrs de leur fait, décochant aux électeurs impassibles d'engageants sourires.

— Et maintenant, reprit Ziani sur son ton de batracien, chacun des cinq candidats va dire une brève allocution, afin d'exposer son projet pour notre République.

On commença par le premier de la rangée en partant de l'extérieur, et chacun s'en tint en effet à quelques minutes. Pietro Dolfin ânonna un discours ricanant et confus sur les travaux d'embellissement du palais qu'il s'engageait à poursuivre. Andrea Contarini insista pesamment sur les dispositions douanières qu'il faudrait renforcer de toute urgence pour protéger le négoce vénitien, en particulier celui des étoffes et des armes. Pietro Gradenigo, courageux, mit pour sa part l'emphase sur les mesures prophylactiques à prendre pour tuer dans l'œuf de futures épidémies de peste. Quant à Leonardo Dandolo, il s'employa pour l'essentiel à rappeler en quoi sa famille, déjà trois fois investie du dogat au cours des soixante-dix dernières années, était d'évidence la mieux armée pour diriger la République, dans l'ordre et la prospérité.

Quand vint enfin le tour de Nicola, certains magistrats ne masquèrent pas leur impatience, bâillant à tout rompre. À leurs yeux, la prestation de ce prétendant dépourvu de la moindre chance de victoire était clairement du temps perdu.

— Chers Seigneurs et amis, se lança-t-il, la voix tremblante d'émotion. Je n'ignore pas comme ma jeunesse et mon inexpérience, au regard des états de service de mes éminents concurrents, peuvent jouer en ma défaveur. Néanmoins, je crois pouvoir apporter à cette cité une chose qu'aucun autre ne peut lui donner : son intégrité. Sous mon dogat, j'en fais ici la promesse, il en sera fini de la corruption et des intrigues qui gangrènent notre vie politique depuis trop longtemps.

Un murmure agacé parcourut le banc des candidats, comme la tribune où siégeaient les Quarante et un. Pour qui se prenait ce petit prêtre défroqué ? De quel droit venait-il leur donner on ne sait quelle leçon de probité ?

— Sous mon dogat, il n'y aura plus de complots en coulisse ni de poison dans les soupes.

À l'évocation du drame récent, certains membres de l'assemblée considérèrent le verre de citronnade qu'on leur avait servi avec défiance et le déposèrent à leurs pieds avec une moue dégoûtée.

— Sous mon dogat, on n'emprisonnera plus les faibles au prétexte qu'ils sont faibles, pour couvrir les turpitudes des puissants. La justice sera la même pour tous et en toutes circonstances.

Cette remarque, qui contestait directement la légitimité des décisions de la Quarantia, provoqua cette fois un début de bronca.

— Seigneur Chiutto, couina Ziana, je me permets de vous rappeler que le meurtre de notre regretté doge relève d'une affaire d'ordre privé, et d'un acte isolé, comme l'a établi le tribunal compétent. De même que la culpabilité de la prévenue a été révélée sans ambivalence.

Rien n'était plus faux ; mais Nicola se voyait mal relancer le débat à ce sujet.

— Je vous prierai donc de ne pas mêler la destinée de notre glorieuse République à ce qui n'est, en fin de compte, qu'un regrettable fait divers. Si vous avez d'autres choses à dire sur la gestion de notre cité, nous vous écoutons. Mais si vous en avez fini, je vous prie de vous retirer, pour que nous puissions procéder au vote.

Nicola bredouilla une excuse, adressa un dernier regard implorant à la dizaine d'électeurs qui s'étaient engagés à le soutenir, puis regagna sa place, tel un écolier qu'on a gourmandé pour son insolence.

À la demande du conseiller à face de crapaud, un appariteur équipé comme un scribe monta alors sur la tribune, et se posta pile en face des Quarante et un, déposant son écritoire, son encrier et sa plume sur un pupitre à hauteur de poitrine.

— Aux Seigneurs électeurs, je demande donc et à présent d'énoncer à voix haute et intelligible celui des candidats auquel ils souhaitent attribuer leur vote.

Sans surprise, les premiers suffrages se portèrent tous sur les noms attendus, une tendance assez nette se dégageant en faveur du candidat de la tradition et de la sécurité, Leonardo Dandolo, l'homme du sérail. Celui-ci avait donc raison : le report des voix hypothétiquement promises à Nicola lui serait inutile.

À l'extrémité extérieure du banc, Pietro Dolfin avait perdu en grande partie de sa superbe. La face rubiconde et les yeux immobiles, il fulminait en silence.

Mais soudain, un événement pour le moins déconcertant sidéra l'assemblée, et suspendit un instant le vote :

— Lorenzo Celsi, avait énoncé l'un des magistrats électeurs.

Alberto Ziani se dressa sur ses petites pattes, roulant des yeux effarés, comme prêt à bondir sur une mouche :

— Pardonnez-moi, Mon Seigneur, mais pouvez-vous nous répéter votre choix ?

— Lorenzo Celsi.

— Mais, mais, mais..., bafouilla le maître de séance. Le Sieur Celsi ne figure pas parmi les candidats enregistrés près le Petit Conseil. Vous ne pouvez pas voter pour un homme qui n'a pas officiellement postulé.

— C'est pourtant bien mon choix.

Quelques rires nerveux fusèrent, plus amusés encore par l'évidente panique qui s'était emparée de Ziani que par l'incongruité de la situation. L'intéressé cherchait vainement un soutien parmi ses confrères, à qui d'entre eux pourrait le sortir de cette ornière constitutionnelle. Mais aucune autorité ne s'exprimant de manière spontanée, il ordonna au greffier de consigner ce vote dissident en marge du registre, et de ne pas le valider jusqu'à nouvel ordre.

— Lorenzo Celsi, clama l'électeur suivant quand vint son tour.

Au comble de la confusion, le crapaud en chef prit néanmoins sur lui et finit par s'égosiller :

— Si c'est une plaisanterie, sachez qu'elle est de très mauvais goût...

— Ce n'est pas une plaisanterie, le coupa-t-on tout net. Le Seigneur Celsi vient de nous prouver qu'il était le seul à même de rétablir la puissance et la grandeur de notre

République. Pour ma part, je ne veux pas d'autre doge que lui. Et si vous refusez mon vote en sa faveur, je peux d'ores et déjà vous annoncer que je refuserai pour ma part d'exprimer mon suffrage lors d'un prochain tour éventuel.

Un vent approbateur souffla sur les rangées d'hommes en noir. Et six des sept votants suivants se rallièrent eux aussi au panache glorieux du commandant de la flotte. Bien qu'absent de la salle, et même de Venise, le *commodore* Celsi totalisait déjà autant de voix que Dandolo.

Ce n'était plus un caprice, c'était une véritable mutinerie électorale !

Maître Gritti se leva alors, chancelant et pourtant nimbé de cette aura qu'une telle assemblée reconnaît à son doyen. Il lui revenait de s'exprimer.

— Mon vote va à Nicola Chiutto, chevrota-t-il, sous l'œil reconnaissant de son protégé. Mais je saisis l'occasion qui m'est donnée de parler, pour mettre mes confrères en garde. « La guerre nourrit la guerre », prétend un proverbe français. Et Dieu sait que ce peuple-là s'y connaît en tentations belliqueuses. Je vous enjoins donc de ne pas sombrer dans le même travers. En élisant un soldat, vous vous exposez à ne plus entendre que le bruit des bottes. Et à ne plus chanter que des hymnes militaires, quand bien même vous préférez les cantiques.

Quelques hochements entendus accueillirent sa diatribe, mais dans l'ensemble on haussa plutôt sourcils et épaules. Les temps n'étaient plus à la raison. Ils étaient livrés à la peur. Et celui qui prétendait étouffer celle-ci sous son glaive, fût-ce au prix du sang et de plus d'effrois encore, séduisait déjà les plus pacifiques d'entre eux.

Le votant suivant, assez sûr de son choix pour tenir tête aux précédents orateurs, prétendit défier ceux-ci sur leur propre terrain :

— Je me permets à mon tour de commenter mon suffrage, et de répondre au Sieur Chiutto que le Seigneur Celsi n'appartient pas lui non plus à ces *case viecche* dont il récuse les pratiques douteuses. Lui aussi est un homme neuf. Un homme solide, et honnête. Mais, contrairement au chevalier Chiutto, dont le principal titre de gloire est d'avoir parqué des catins dans une poignée de *volte,* Lorenzo Celsi est un homme qui vient de nous démontrer sa bravoure. Et de quelle manière ! Enfin, puisque l'honorable Maître Gritti aime les citations, je m'autoriserai à lui remettre celle-ci en mémoire, dont l'histoire de la Rome ancienne nous a prouvé qu'on pouvait en faire un usage assez profitable : « *Si vis pacem, para bellum.* » Si tu veux la paix... prépare donc la guerre !

La rhétorique était certes spécieuse, mais assez convaincante malgré tout pour soulever un tonnerre d'applaudissements. Dès lors, la suite du scrutin prit l'apparence d'un plébiscite en faveur du capitaine du golfe. Hormis quelques électeurs fidèles à leur promesse initiale, des débiteurs de Dandolo pour l'essentiel, tous se rangèrent comme un seul homme derrière le nom de Celsi.

— Monsieur le greffier, intervint un Ziani livide, dès le dernier vote exprimé. Voulez-vous nous communiquer les résultats de ce premier tour, je vous prie ?

— Andrea Contarini : deux voix. Pietro Gradenigo : trois voix. Pietro Dolfin et Nicola Chiutto : une voix chacun. Leonardo Dandolo : neuf voix...

Même les moins doués en arithmétique avaient déjà procédé au calcul dans leur tête. Ils n'en revenaient pas. Certains demeurèrent incrédules jusqu'à ce que l'appariteur confirme de sa voix de stentor :

— ... Et enfin Lorenzo Celsi, non inscrit au registre des candidats : vingt-cinq voix.

La stricte majorité requise.

Si l'on arrêtait là le scrutin, Lorenzo Celsi sortirait donc vainqueur d'un combat qu'il n'avait même pas mené. Quel talent ! Quel *poter'*, eût-on dit avec l'accent vénitien. Voilà qui donnait raison à ses partisans. Un homme capable d'un tel prodige ne pouvait que tirer la République vers le haut.

Le crapaud ulcéré, pris une nouvelle fois au dépourvu, se tourna alors vers le patriarche du corps électoral, et s'adressa à lui comme le noyé réclame une bouée :

— Maître Gritti, vous êtes le doyen de cette assemblée et le plus expérimenté des Quarante et un : que préconisez-vous en un cas aussi… aussi inhabituel ?

— Eh bien, le minimum me paraît de procéder à un deuxième tour. Et même plusieurs autres tours si le Seigneur Celsi devait repasser sous la majorité à l'issue de celui-ci.

— Bien, très bien ! approuva Ziani, manifestement libéré d'un poids.

Mais la deuxième salve fut aussi la seconde, car suivant l'enthousiasme moutonnier qui s'était emparé de leurs confrères, quatre autres votants reportèrent leur choix sur Celsi. Pietro Dolfin achevait même le scrutin avec une humiliante absence de voix. L'électeur craintif qui l'avait désigné lors du premier tour s'était sans doute dit qu'il n'y avait désormais plus rien à redouter du fils dément de Giovanni Dolfin.

— C'est une forfaiture ! C'est un vol ! hurla l'intéressé, soudain dressé de toute son imposante stature.

— Seigneur Dolfin ! bêla Ziani. Seigneur Dolfin ! Je vous en prie, gardez votre calme !

Les autres concurrents défaits étaient partagés entre la stupéfaction et une rage sourde. Leonardo Dandolo, celui qui pouvait le plus légitimement se sentir dépossédé d'une victoire que tous lui prédisaient quelques jours auparavant, opposait au verdict une impassibilité de statue. Son visage sévère pétrifié par la sentence.

Comme Pietro Dolfin quittait la salle du Conseil dans un fracas de talons et d'injures, Nicola interrogea du regard son plus proche voisin, Contarini : « Vous comprenez ce qu'il s'est passé, vous ? »

— Depuis que l'annonce de la victoire de Celsi face aux Génois s'est propagée, Venise ne parle plus que de ça, se contenta d'analyser le jeune aristocrate sur un ton fataliste. Que voulez-vous : certaines périodes réclament leur héros. Et il semblerait que la providence vienne de nous en donner un.

— C'est absurde ! feula Nicola en sourdine. Celsi n'est même pas rentré à Venise. Aucun de ses vaisseaux n'a été vu à l'arsenal. Comment peut-on seulement attester de sa victoire ?

La providence, vraiment ?

Nicola avait bien du mal à croire à une conjonction d'événements aussi fortuite. Et aussi heureuse pour le doge nouvellement élu. D'abord le silence assourdissant de Celsi durant ses deux mois de campagne en mer, dont personne ne semblait avoir reçu d'écho. Puis cette soudaine gloire claironnée sans preuve et dans tout Venise, quelques heures seulement avant le vote des Quarante et un… Pouvait-on imaginer coïncidence plus propice ?

Le plus surprenant était sans doute la crédulité des magistrats, dont aucun ne paraissait avoir été dérangé par ce conte trop bien écrit pour être le fruit du seul hasard. Cette chanson de geste exemplaire, que la rumeur publique avait fait enfler à leurs oreilles tout l'après-midi et toute la soirée durant, s'était imposée à eux jusqu'à les détourner le moment venu de leur choix initial, comme le pirate s'empare d'un navire marchand mal défendu.

— Mes Seigneurs, déclara alors Ziani, un voile consterné jeté sur son coassement ordinaire. En vertu de votre vote souverain, je déclare donc le Sieur Lorenzo Celsi, capitaine du golfe et commandant de la flotte, élu cinquante-huitième doge de la République de Venise.

Vint alors à Nicola une idée bien sombre, et qu'il se garda de partager avec son interlocuteur. Et si Pietro avait organisé l'élimination de son père avec le concours de Celsi ? Et si le jeune Dolfin, ce chien fou et ambitieux, s'était fait doubler sur le fil par son flamboyant complice ?

Car la furie de Pietro – il connaissait assez l'animal pour le percevoir – n'était pas seulement celle d'un perdant, même aussi mauvais joueur que lui. Elle exprimait de toute évidence un sentiment plus douloureux encore que celui qui accompagne la défaite. Celui de l'homme qui se sait dupé. Spolié de privilèges qu'il croyait à jamais acquis.

Cet épisode inattendu disait la fin d'une époque. Peut-être même d'un monde. Et pour lui, la fin de ses ultimes espoirs pour Chiara.

18

19 juillet 1361

LES DEUX PREMIERS JOURS, Chiara avait cru mourir de soif. Sa gorge desséchée désormais incapable d'émettre le moindre son. Sa langue gonflée collée à son palais comme un phoque échoué sur une plage de galets brûlants. Naïvement, elle pensait que cette douleur serait la pire épreuve qu'elle aurait à endurer dans sa geôle des *piombi*. Il faut dire que ses gardes ajoutaient une dose de cruauté à la rigueur extrême du lieu, la forçant à avaler d'un seul coup l'unique godet d'eau journalier, généralement quand elle en ressentait le moins le besoin, aux heures les plus fraîches :

— Allez ! Bois plus vite ! On ne va pas passer la nuit ici !

Dès le troisième jour de détention, elle comprit que cette torture n'était qu'une des nombreuses vexations destinées à détruire son esprit en même temps que son corps. Car la chaleur infernale cuisait tout discernement et toute volonté, en plus de rôtir les chairs.

Elle pleura notamment à chaudes larmes quand, dans une aube déjà étouffante, elle constata que ses cheveux blonds si soignés restaient dans ses poings tremblants, par touffes entières. Elle mourrait honnie, avilie, et plus que tout elle mourrait laide, elle dont la vie tout entière avait célébré la beauté. Ce n'est pas que son futur qu'on amputait ; mais aussi son passé qu'on niait de la sorte. Elle serait la reine déchue d'un royaume qui n'avait jamais existé.

Autour du cinquième jour, elle perdit partiellement la vue, son cachot disparaissant dans la brume cotonneuse qu'appliquaient sur toute chose ses yeux chassieux. Elle pouvait sentir la taie blanche qui occultait peu à peu ses iris verts. C'était sans doute mieux, au fond. Ainsi évitait-elle le spectacle des plaques rouges et des veines saillantes qui marbraient à présent sa peau. Ainsi échappait-elle aux rondeurs de son ventre, et aux pensées affligées que sa vue eût fait naître en elle.

Le lendemain, elle était incapable de situer le jour de la semaine, ni d'évaluer le nombre de jours écoulés depuis son emprisonnement. Comme tous à Venise, elle connaissait ces récits de condamnés devenus fous bien avant leur exécution. Ceux d'entre eux qui en avaient trouvé le moyen avaient préféré mettre fin à leurs jours par eux-mêmes, plutôt que de supporter une heure de plus de ce régime inhumain.

On atteignait déjà la semaine de captivité quand son geôlier, qu'elle n'avait plus vu depuis deux jours lui semblait-il, revint la visiter. Depuis le tapis de paille souillée où elle gisait sur le flanc, il lui parut immense, profilé dans le cadre de la porte minuscule – il fallait se courber du tiers ou de la moitié de sa hauteur, selon sa taille, pour passer par un tel réduit.

— Profite bien de tes dernières heures, *puttan'* ! La Quarantia a décidé de te pendre demain soir.

— Demain…, parvint-elle tout juste à bredouiller.

Ses sentiments, ce brouet devenu immangeable, exhalaient aussi bien les parfums du soulagement que ceux de la peur. Enfin son calvaire cesserait. Mais pour trouver quoi ?

Pour rejoindre qui ?

Paierait-elle pour ses si nombreux péchés, comme le lui avait maintes fois promis l'Église, ou reconnaîtrait-on à sa décharge les instants de bonheur pur qu'elle avait apportés à tant et tant d'hommes ?

Avoir détourné un prêtre de son sacerdoce ne jouerait certainement pas en sa faveur, songea-t-elle.

— Le nouveau doge a confirmé la décision des juges, ajouta le garde.

— ... nouveau doge ?

— Ah, se gaussa-t-il. Au moins celui-là, tu ne pourras pas prétendre que c'est ton père !

Comme elle se recroquevillait sur sa paillasse puante – son lit lui servait aussi bien de couche que de latrine –, l'homme fit un pas à l'intérieur de la fournaise, et déposa un plein broc d'eau sur le sol.

— Mais tu vois, le Seigneur Celsi n'est pas un monstre, lui lança-t-il en désignant le présent inespéré. Regarde un peu ce qu'il te fait livrer.

Chiara se rua comme une bête sur la jarre en terre cuite. Son avidité était telle qu'elle renversa une bonne moitié du contenu, et lapa l'eau épandue dans la poussière, avant de boire à même le goulot ce qui restait dans le contenant.

— Doucement, doucement..., intimait le cerbère, comme on modère l'empressement instinctif de son animal. Tu vas tout gâcher !

Parlait-il de l'eau, ou du plaisir qu'il prenait à humilier la détenue ?

Pour la première fois depuis des jours, l'intérieur de sa bouche et de sa gorge lui semblait être une matière vivante, mobile, et non plus cette pierre inerte plongée dans un four, à la minéralité obtuse.

Après une minute de ce traitement bienfaisant, elle parvint à prononcer quelques mots à la suite :

— Tu as bien dit que le nouveau duc était... le Sieur Celsi ?

— Lui-même ! Le commandant de notre flotte.

— ... !

— Enfin notre cité va être conduite par un homme qui n'a peur de rien !

Un homme qui ose tout, en effet. Elle revit le *condottiere* vêtu de blanc et d'or l'entreprendre sans vergogne, lors des cérémonies de la Sensa. Quelle ironie… En quelques semaines, son soupirant avait tout gagné, et elle avait tout perdu.

Elle crut que sa fin approchait avant l'heure prévue quand, délirante, elle fut certaine de voir le beau visage sévère de Nicola à la place du garde penché sur elle. Son amant sortit de sous sa simarre l'un de ses petits carrés de batiste et tamponna de son mouchoir la face suppliciée. Car dans ce tableau iconoclaste qui inversait les rôles de l'épisode évangélique, c'est elle qui se sacrifiait pour eux, et lui qui capturait à jamais l'image de sa maîtresse sur l'étoffe blanche. Lui qui figeait pour toujours la vraie icône, l'ultime représentation de leur amour.

Où se trouvait donc son sauveur ? Pourquoi l'avait-il abandonnée à son sort ? Sa passion pour elle n'avait-elle été qu'une tocade qui n'attendrait pas le troisième chant du coq pour la renier ?

Elle remisa les images bibliques, cruelles et inutiles et se recroquevilla plus encore sur les lattes du plancher. Tremblante et vaincue. Une unique larme perlant bientôt sur le sol, aussitôt bue par la saleté.

*

« Gina ! » s'exclama Nicola en entrant dans la pièce.

Allongée sous un drap fin et immaculé, la jeune femme reposait, écrasée par une infinie langueur, le regard évadé à travers l'entrebâillement de la fenêtre. En dépit des soins dispensés par Mauro, son hôte et son médecin, la peau diaphane conservait les marques bleutées imprimées par les divers projectiles.

Toutefois, une âme charitable avait couvert son crâne rasé d'un linge du même blanc, de telle sorte qu'on eût dit une Orientale enturbannée plutôt qu'une catin livrée à la haine populaire.

— Gina, je suis…, murmura-t-il en s'asseyant au bord du lit. Je suis désolé.

Le logis des Grazziani était modeste, sans excès de décoration ou d'ameublement. De certains détails, tels ces vases de couleurs vives ou ces tapis aux savantes arabesques, il émanait pourtant une impression chaleureuse, presque familière. On s'y sentait accueilli au premier coup d'œil.

— Tu n'y es pour rien, finit par répondre la rousse sans cheveux, d'une voix sans vie.

— Je ne parlais pas que de toi, hélas…

— Chiara ? s'enquit-elle.

Il approuva, les yeux clos et le front résigné, dans une attitude qui disait l'imminence de l'instant tant redouté.

— Cette fois, je crois vraiment avoir tout tenté…

— Y compris te faire élire doge ? trouva-t-elle la force d'une pique.

Nicola se souvint de leur accrochage à ce sujet. Avec le recul, il devait admettre qu'elle n'avait pas tort. Sans doute s'était-il plus laissé conduire par son orgueil que par sa raison. Sans doute y avait-il mieux à faire pour sortir Chiara de cet enfer que de vulgaires manœuvres politiciennes. Mais à présent, il était trop tard. Et le temps si compté se dressait, minute après minute, comme un ennemi de plus.

— Même ça oui…, admit-il. Avec le « succès » que l'on sait.

— Celsi n'est pas encore rentré à Venise ?

— Pas à ma connaissance. D'après ce que m'a dit Maître Gritti, et les informations qu'ont les Quarante et un, il ne sera pas là avant plusieurs jours.

Trop tard, bien trop tard, déplorèrent-ils de concert dans un échange de regards muets.

— Mais il a peut-être déjà un représentant que tu pourrais rencontrer ? insista l'alitée.

Discret et affairé, Mauro était entré dans la chambre sans un mot. Piochant dans un bol de petites portions d'un onguent couleur moutarde, il appliquait celui-ci sur les diverses plaies de la malade. Quand il dut aborder certaines zones plus intimes, amené pour cela à découvrir la poitrine et le ventre de Gina, il interrogea sa bien-aimée d'un regard. L'autorisait-elle à la dévêtir en présence d'un tiers ? Mais celle-ci acquiesça sans hésiter. Depuis longtemps, la pudeur ne la concernait plus. Quant à son amant juif, elle lui avait déjà donné bien plus que ce corps ; il ne saurait être jaloux.

— Non. En tout cas personne d'officiel. Je me suis rendu à la Cà Celsi pas plus tard qu'hier. Et il semblerait qu'aucun de ses proches ne soit habilité à parler en son nom. Je te le dis : on n'a jamais vu un doge aussi peu entouré. Cet homme n'est pas un prince, c'est un spectre !

— Tu as demandé à parler à sa femme ?

— Maria Celsi est morte il y a deux mois. Au tout début de l'épidémie. Juste avant la Sensa.

— Hum… il doit encore porter le deuil, alors ?

Il aurait dû, oui, et pourtant Nicola se remémora la haute silhouette d'or et de blanc vêtue, telle qu'elle lui était apparue lors des fiançailles maritimes de feu Giovanni Dolfin. Maintenant qu'il y repensait, ce jour-là Celsi venait tout juste de perdre son épouse, et néanmoins il paradait dans ses plus beaux habits. Quel étrange chrétien était-ce là ?

— Ce que j'ai aperçu dans l'*androne* de son palais ressemblait plutôt aux préparatifs d'une fête.

— Je vois…, soupira-t-elle.

Sa tâche accomplie, Grazziani s'assit à son tour sur le côté opposé du lit. Prenant la main de Gina, il dévisagea leur visiteur, la mine contrite et le regard embué.

— Mon frère m'a demandé d'implorer une fois de plus votre pardon.

— Mon pardon ?

— Il est désolé de n'avoir pu faire plus pour elle…

— Votre frère a fait tout ce qui était en son pouvoir, Mauro. Il n'y a rien que je puisse lui reprocher. Ou qu'il ne doive se reprocher à lui-même. Les risques qu'Isaac et vous-même avez pris pour nous sont déjà immenses !

Le médecin négligea le compliment d'un sourire empreint d'humilité.

— Il s'est tout de même renseigné auprès de ses confrères pénalistes au sujet d'un appel. Mais il semblerait que la gravité des faits reprochés interdise toute procédure révisant le verdict.

— Je comprends...

— En revanche, poursuivit Mauro, Gina a raison. Si vous pouviez entrer en contact avec l'un des lieutenants de Celsi...

— Eh bien... ?

— Rien n'est moins sûr. Mais Isaac pense qu'il y a une carte symbolique à jouer.

— Symbolique ? Qu'est-ce que vous entendez par là ?

— On avance ici en terrain inconnu. Comme vous le savez, le cas de figure est pour le moins inédit. Mais aux yeux d'un duc nouvellement élu, assister à l'exécution de l'assassin de son prédécesseur devrait en principe constituer une sorte d'obligation morale et protocolaire.

— Une manière pour lui de s'inscrire dans la continuité de la République, si tu préfères, ajouta Gina avec une ferveur retrouvée. Et de se faire bien voir des différentes institutions au début de son mandat.

— Je... je sais que c'est difficile pour vous à entendre, Nicola. Mais si vous pouviez convaincre l'entourage de Celsi qu'il est important pour celui-ci d'être présent à l'exécution de Chiara, politiquement s'entend, vous pourriez gagner quelques jours de répit supplémentaire. Jusqu'à ce que le capitaine soit de retour parmi nous, et que vous puissiez lui réclamer sa grâce en personne.

— Vous pensez que la Quarantia accepterait un nouveau sursis ?

— Si le nouveau doge ou l'un de ses émissaires le réclame, je ne vois pas pourquoi ces messieurs leur refuseraient cette faveur.

L'idée était bonne. Elle ne résolvait rien, bien sûr. Et comble de la cruauté, elle faisait de Nicola le promoteur d'une exécution qui lui arrachait par avance le cœur.

Mais elle permettait en effet de repousser l'échéance une nouvelle fois. Comme les filets trop lâches de certains pêcheurs débutants, elle était un espoir jeté dans l'immensité de la lagune.

Restait à déterminer qui serait le pêcheur en question…

*

« Je vous ai déjà répondu : personne n'est autorisé à parler ou négocier au nom du Seigneur Celsi pour l'instant. Ce sont les ordres que nous avons reçus. »

Le valet, un bossu aussi tordu qu'un sarment de vigne, reçut Nicola avec la même affabilité que lors de sa première visite. S'ajoutait cette fois-ci au faciès peu amène un rictus agacé qui prouva au chevalier qu'il ne devait pas être le seul à solliciter la Cà Celsi, depuis l'annonce de l'élection.

— C'est une affaire d'une extrême importance et d'une extrême urgence ! plaida Nicola avec flamme.

— Je n'en doute pas, Mon Seigneur. Mais ni l'importance ni l'urgence n'ont jamais fait avancer les vaisseaux plus vite.

Il essuya l'insolence du drôle sans tiquer, et tenta de prendre son vis-à-vis sous un autre angle :

— Dix ducats pour toi si tu me donnes un contact valable.

— Non, vraiment, je vous assu…

— Cinquante ! Cinquante ducats !

— Vous m'en donneriez mille que je ne pourrais pas inventer ce qui n'existe pas ! Il n'y a présentement que des domestiques dans cette maison. Le seul gentilhomme que nous ayons vu ici depuis deux mois est celui qui est venu nous apporter nos consignes.

— Quand ça ? le pressa Nicola.

— Hier.
— Et où est-il ?
— Dame, il est reparti aussi vite qu'il était venu.
— Tu connais son nom ?
— Il n'a rien dit. Je sais juste que c'était un soldat que le Seigneur Celsi a envoyé en estafette sur la terre ferme. J'imagine qu'il est retourné à la rencontre de la flotte.

Restait bien l'Arsenal. À Venise, tout militaire digne de ce nom, *a fortiori* aussi gradé que Celsi, y avait ses habitudes, ses familiers, pourrait-on dire son clan. Depuis les commissions qui s'y étaient réunies pour organiser le Castelletto, Nicola ne craignait plus de s'y aventurer.

Mais à quoi bon ? Le culte du secret et de la solidarité des frères d'armes prévaudrait probablement. Quand bien même l'un des soldats qu'il croiserait serait un proche de Celsi, sans doute se méfierait-il comme de la peste elle-même d'un vulgaire conseiller venu mettre le nez dans leurs affaires.

Par acquit de conscience, Nicola arpenta malgré tout les quais une bonne partie de la journée. Les appontements déserts confirmaient les échos obtenus par Gritti : la flotte vénitienne croisait encore quelque part dans le golfe. Et comme il s'y attendait, les rares marins rencontrés ne lui opposèrent que méfiance et réponses évasives. Aucun ne savait prédire l'heure exacte du retour tant attendu. Et pas un n'avait ouï-dire d'une éventuelle ambassade envoyée en avant de l'armada triomphale. Décidément, l'esprit de corps protégeait mieux Celsi que toutes les armures.

De guerre lasse, à la nuit tombante, le chevalier Chiutto traîna son désespoir dans les *furatole* illégales qui servaient leur vin aigre aux abords des quais de la *Fondamenta nuova*. Les meilleurs tuyaux circulaient parfois dans ce genre d'établissements, d'ivrogne à ivrogne, mêlés aux rumeurs fantaisistes. Mais il était dit que ce soir-là tout lui résisterait. Même les plus avinés et les plus bavards des clients semblaient éprouver une réticence – à moins que ce ne fût une simple prudence – à évoquer le nom de Lorenzo Celsi, ou l'identité de ses proches.

— Ouh là, c'est du grand seigneur, ça ! finit par lâcher un buveur avachi sur son godet de gros rouge. Fréquentent pas trop ce genre de gargotes, ces oiseaux-là !

— Mais il n'a pas des subordonnés, des lieutenants blessés lors d'une précédente campagne… n'importe quel marin qui serait resté au port ?

— Tu parles ! Même avec une jambe en moins, ses hommes se battraient pour prendre la mer à ses côtés.

Un meneur d'hommes, c'était certain. Mais aussi un stratège si avisé qu'il ne laissait derrière lui ni traces ni témoins. Voilà ce qu'entendait Nicola dans les borborygmes du soulard.

Quand il ressortit enfin du bouge malodorant, ébloui par une lune éclatante, Nicola ne sentit la présence du colosse qu'une fois la main géante abattue sur son épaule.

— Seigneur Chiutto…

« Basile ! » Nicola retint son cri.

Il n'avait donc pas rêvé, quand il avait aperçu l'affranchi au cimetière de Mazzorbo, lors des obsèques du défunt doge.

— Que me veux-tu ? répliqua-t-il, son timbre altéré par la peur.

— Moi personnellement, rien. Mais mon maître apprécierait que nous débattions vous et moi de certaines choses… Si vous en avez fini avec le vin mauvais.

— Ton maître ? Je te croyais libéré de l'esclavage…

L'hercule noir éclata de rire dans la nuit relative.

— *Padre* Chiutto ! Vous savez mieux que moi qu'on sert toujours un maître ou un autre. Le tout, c'est d'être en mesure de le choisir. Vous ne croyez pas ?

Voilà que l'espion se faisait philosophe. Et le pire, c'est que Nicola souscrivait presque à cette idée-là. Pour les uns, le seul maître sur Terre comme au ciel était Dieu, et lui-même avait longtemps appartenu à ce camp-ci. Pour d'autres, comme ces pauvres hères qu'il venait de quitter, le joug auquel ils se soumettaient de bonne grâce naissait des produits de la vigne. Pour d'autres encore, il se nichait dans les richesses ou dans le con des femmes, l'une de ces ivresses sans but et sans fin.

— Et alors ? À qui as-tu confié ton âme, ces temps-ci ?

— Mon âme, je ne sais pas encore. Commençons déjà par mes modestes talents... Au moins tant que le Seigneur Celsi s'en montrera satisfait.

Il avait couru Venise tout le jour à la recherche d'un agent du doge, sans succès. Et voilà que la solution surgissait soudain. Inattendue. Aussi haute qu'une maison et aussi menaçante qu'un taureau. C'était donc pour le compte de Celsi que Basile œuvrait dans l'ombre.

Nicola repensa à l'animal mythique décrit par Maître Gritti. Et, dans un mouvement réflexe, il recula d'un pas pour esquiver son souffle.

— Vous n'avez rien à craindre, poursuivit Basile, dont le pommeau cuivré de la dague luisait à sa ceinture.

— Qu'est-ce qui me le prouve ?

Le regard d'ébène fouillait l'obscurité, cherchant à soutenir celui de son vis-à-vis. Sa voix ténébreuse prenait des accents accommodants, presque amicaux.

— Réfléchissez, Mon Seigneur : viendrais-je vous offrir la vie de l'Aragonaise, si c'était pour prendre aussitôt la vôtre ?

19

19 juillet 1361

Le vent de l'Arsenal, ce souffle humide venu de la mer et qui ne trouvait aucun obstacle sur les quais pour ralentir sa course folle, les avait poussés en dehors du périmètre surveillé par les gardes ducaux.

— Je préférerais éviter que d'autres yeux nous entendent, indiqua Basile.

Nicola avait relevé le lapsus, mais il le prêta à l'heure tardive et à la fatigue qui n'épargnait sans doute pas son compagnon, n'en déplaise à ce corps démesuré. Après quelques minutes de marche aux confins du *sestier* de Castello, ils débouchèrent sur la petite *calle* Santa Anna, toute proche du canal San Pietro. Au bout de la venelle, on pouvait voir se dessiner l'ombre monumentale de la basilique voisine, et devant lui l'immeuble de l'évêché, dans le cercle parfait de la lune. Nicola songea que Vaselli ne s'était plus manifesté depuis l'élection du nouveau doge, trois jours auparavant. L'échec de son poulain avait dû décevoir l'éminence mais, connaissant ce bon Fortunato, il était probable que le prélat préparait déjà la cour qu'il ferait à Celsi, et la façon dont il obtiendrait de ce dernier le concours attendu à ses projets de papauté.

Ainsi était l'évêque de Castello, toujours prompt à sauter sur un meilleur cheval, ou juste une monture plus fraîche.

— Voilà, on y est, gronda l'affranchi en désignant la fenêtre encore éclairée d'une petite *osteria*. Au moins ici, tous les espions sont à ma solde.

Difficile à confirmer, car aucun des clients assoupis ne releva le nez à leur entrée. Aussitôt qu'ils furent attablés, une hôtesse hors d'âge leur apporta un pichet de vin, deux godets, et un bol de pignons de pin pour accompagner leur libation nocturne.

— Il ne te reste pas quelques sardines ? réclama Basile.

— Si, mais frites. Et elles sont d'hier.

— Ça ira très bien, approuva-t-il, l'œil allumé par la gourmandise.

Comme il entamait sa collation impromptue, le géant entreprit de relater les exploits maritimes de son nouvel employeur. À l'écouter, aucune victoire navale n'avait été plus glorieuse, ni aucun raid en haute mer plus foudroyant. L'art de la manœuvre et de l'arraisonnement développé par Celsi était tel qu'en quelques bordées seulement ses vaisseaux étaient parvenus à encercler la flotte génoise, et à obtenir de celle-ci une reddition complète.

Selon lui, cette opération éclair avait à elle seule rebattu des cartes devenues très défavorables aux Vénitiens depuis la tristement célèbre paix de Zadar. Certes, ils n'avaient pas récupéré leurs positions en Dalmatie. Mais en dénouant l'étau génois sur le golfe, ils s'étaient rouvert – durablement, l'espérait-il – les routes commerciales bloquées par leurs ennemis héréditaires depuis de trop longues années. Grâce à ce coup d'éclat, Celsi venait d'assurer à Venise une prospérité nouvelle, et de réaffirmer une influence sur la péninsule italienne que Giovanni Dolfin avait compromise par sa politique étrangère ô combien hasardeuse.

— Fort bien…, finit par répliquer Nicola, lassé par ce qui s'apparentait à un discours au Grand Conseil. Et dans ce cas, comment expliques-tu que notre armada se soit absentée plus de deux longs mois ? Et comment justifies-tu le silence du Seigneur Celsi durant tout ce temps ? Le Conseil de guerre qui a validé son ordre de mission n'a reçu d'autres rapports que quelques lignes sur l'état de la mer et le moral des équipages... Étonnant pour une expédition menée tambour battant, et qui plus est si triomphale. Tu ne trouves pas ?

Pour la première fois, il lut un trouble léger dans les yeux injectés de sang de l'agent. Mais pour éviter que ne se prolonge un contact visuel qui virerait à l'aveu, celui-ci plongea son regard et ses mains dans le panier de fritures grasses à souhait.

— Vous n'êtes peut-être pas rompu aux tactiques militaires, Seigneur Chiutto. Mais permettez-moi de vous apprendre une chose sur l'art de la guerre : moins vous communiquez, et moins vous risquez de voir vos messages tomber entre les mains de l'ennemi. Si le *commodore* Celsi a été si peu disert durant les quelques semaines de son équipée, c'est justement pour éviter que son plan et ses positions ne soient éventés.

— Hum, soit..., s'impatienta Nicola. J'imagine que tu ne m'as pas amené ici pour parler stratégie. Viens-en au fait, je te prie.

Mais de nouveau l'ancien esclave se perdit en digressions plus ou moins expertes sur les équilibres stratégiques dans la région, évitant soigneusement d'évoquer le rôle joué par Celsi dans les affaires internes de la République.

— Et l'élection-surprise de ton maître au dogat, j'imagine que c'est aussi un heureux coup de la providence ?

La provocation semblait être le seul moyen de faire sortir Basile de son discours trop bien appris.

— Je dirais plutôt une juste récompense pour le service rendu à la nation...

Frappant du poing sur les planches disjointes de la table, Nicola renversa la corbeille de sardines sur le sol et défia le colosse, presque nez à nez.

— Ose me dire que Celsi ne s'est pas servi de Pietro Dolfin pour précipiter une nouvelle élection ?!

— Si c'est d'être un fin politique que vous reprochez à mon maître, il plaide coupable...

— Ton maître a participé à l'élimination de Giovanni Dolfin, et tu le sais très bien ! bluffa Nicola.

Les autres clients, jusque-là indifférents à ces deux convives un peu bruyants, les gratifièrent d'une œillade agacée, puis retournèrent prudemment à leur godet. Basile, lui, qui avait ramassé ses friandises éparpillées sur le sol, affichait un calme inentamé.

— Enfin... Je veux bien croire à n'importe quelle fable. Mais, *padre*, comment peut-on raisonnablement soupçonner de meurtre un homme qui n'était pas présent au moment des faits ? Quand Sa Grâce s'est éteinte, le Seigneur Celsi croisait déjà à plusieurs dizaines de milles nautiques de Venise. Soyons sérieux.

L'affranchi était roué, et Nicola comprit qu'il n'obtiendrait de lui aucun aveu, même partiel. Rien que pour cela, il admirait Celsi : le capitaine avait une expérience publique certes limitée, mais au moins savait-il bien s'entourer. Basile avait orchestré cette cabale de main de maître.

Mais que venait donc faire Chiara dans leurs plans ? Pourquoi négocier l'absolution de celle qu'ils avaient choisie pour bouc émissaire ? Il serait tellement plus simple pour eux, à présent, de laisser la justice et Gaspari le bourreau faire leur œuvre !

— Tu disais vouloir m'offrir la vie de Chiara, reprit Nicola, le front brûlant et la gorge nouée. Je t'écoute. Parle.

Son interlocuteur élargit son sourire immaculé. Il était évident que tout ce qui avait précédé, tout ce charabia dilatoire, tous ces mensonges éhontés n'avaient eu pour fonction que de mettre Nicola dans l'état le moins favorable à une négociation équitable. Désormais, il serait prêt à accepter l'inacceptable, voilà ce qu'accréditait l'expression presque réjouie de Basile.

— Vous n'êtes pas sans savoir que Lorenzo Celsi, notre nouveau doge, a eu la douleur de perdre sa femme, il y a quelques mois.

L'espion l'avait-il suivi jusqu'à la porte de la Cà Celsi ? Probablement.

— Or, poursuivit-il, le duc en exercice ne saurait être dépourvu d'une épouse légitime. Il en va de son statut et de sa réputation.

L'image du porc Vaselli ahanant sur ce pauvre Lago traversa Nicola une seconde. Mais l'évêque, condamné au célibat par l'Église, n'avait guère d'autres choix que ce genre d'expédients abominables. Celsi, lui, s'il voulait tenir son rang et étouffer les *ciacole*, ne pouvait s'abîmer dans le célibat.

Déjà, le dessein épouvantable s'esquissait. Nicola se redressa sur son tabouret, la nuque raidie, et les poings contractés sur le plateau poisseux de la table. Un autre tableau se substitua aux turpitudes de Vaselli. Il revit Chiara dans cette robe qu'il lui avait offerte, le jour de la Sensa, divine apparition sur le quai San Marco. Le manège de Celsi, paradant dans sa simarre blanche, bourdonnant autour de sa maîtresse comme l'insecte fasciné par le miel, ne lui avait pas échappé.

— C'est hors de question, trancha Nicola d'un ton lugubre, avant même que les termes du marché ne lui soient exposés.

— Attendez que je…

— Vous pouvez dire à votre capitaine qu'il n'aura jamais cette femme, le coupa-t-il.

Le chevalier s'était levé, sa soubreveste boutonnée d'une main sur sa poitrine gonflée de colère. Prêt à quitter l'auberge endormie.

Basile s'attendait bien sûr à une telle réaction. Mais il avait cru malgré tout Nicola assez sensé pour écouter les détails de la transaction, avant de se draper dans un pareil sursaut indigné.

— Si je peux me permettre, rattrapa-t-il l'outragé de sa voix d'outre-tombe : vous vous dites épris, mais moi je vois surtout de l'orgueil dans le choix que vous faites pour elle.

— De l'orgueil ? tonna Nicola depuis le pas de la porte.

— Parfaitement. De l'orgueil. Vous préférez sacrifier celle sur qui vous prétendez avoir des droits, plutôt que de la voir confiée aux soins d'un autre. Et c'est un amour bien étrange, celui qui ne passe que par la possession. N'est-ce pas, *padre* ?

Se jetant sur la brute encore attablée, Nicola saisit Basile au col. Et étrangla le cou de buffle de toutes ses forces.

— Je t'interdis de juger mes sentiments ! Tu m'entends ? Je t'inter... !

Mais, dégainant sa dague d'un geste aussi rapide que furtif, l'espion en avait planté la pointe sur le bois du petit guéridon. Pile entre le pouce et l'index de son agresseur. Stupéfiant de force et de précision.

Le coup était si spectaculaire, si effrayant aussi, que Nicola relâcha juste assez son étreinte pour permettre à son adversaire de grommeler :

— Ne vous avisez plus de me menacer, Seigneur Chiutto. Croyez-moi, il vous en cuirait.

L'intéressé recula d'un pas, impressionné par la résistance et l'aplomb de l'hercule.

— Quant à notre petite affaire, je crois que vous n'avez pas bien compris la nature de la proposition. Rien n'y est négociable. C'est à prendre ou à laisser. Mon maître exigera le report de l'exécution après son retour et graciera l'Aragonaise dès sa prise de fonction. Moyennant quoi, il l'épousera aussitôt entré au palais ducal.

Nicola blêmit un peu plus encore, chancelant sous le poids de l'annonce. Vraiment, tout avait été prévu. Les préparatifs festifs entrevus à la Cà Celsi prenaient un tout autre sens : on n'y célébrerait pas le retour du maître, mais ses épousailles !

Un haut-le-cœur le saisit, la colère mêlée aux relents de friture froide.

— Ou bien... je me ferai un plaisir d'apprécier une nouvelle fois les talents du Sieur Gaspari, conclut Basile. Et ce dès demain soir.

— Pourquoi... pourquoi elle ? glapit Nicola pour toute réponse. Un homme tel que lui peut avoir toutes celles qu'il souhaite ! Pourquoi épouserait-il une ancienne catin ?

— Quand vous apprendrez à mieux connaître le Seigneur Celsi, un aspect de sa personnalité ne pourra vous échapper. En toutes choses, il recherche toujours la plus belle. Son esthétique est quasiment… religieuse. Et la perfection du corps est à ses yeux la plus convaincante des vertus. Cela devrait vous parler, non ? Ne me dites pas que c'est la pureté de son âme qui vous a séduit ?

Ce n'était donc que cela… Chiara serait le vivant trophée de sa gloire nouvelle. La plus belle fleur de Venise à épingler à son plus beau plastron doré. C'était si puéril. Si dérisoire. Quant à lui, il avait d'emblée tout aimé de Chiara, et pas seulement les atours ravissants, la statuaire de chair idéale que chacun pouvait apprécier. Son amour pour elle était tel, qu'il absolvait le passé de la jeune femme sans rien dénier ou oublier.

— Et moi ? Qu'attends-tu de moi ?

Après tout, Basile aurait pu aussi bien soumettre son marché inique à la seule personne directement concernée. À Chiara elle-même. Pourquoi lui demander en prime sa bénédiction, à lui, l'amant caché ?

— Oh ça, c'est très simple : je veux que vous vous engagiez par écrit à renoncer à tous droits sur cette femme, ainsi que sur un quelconque enfant qu'elle concevrait.

L'évocation d'une grossesse hypothétique réveilla en lui un espoir. Il reprit une attitude plus convenable, de nouveau plus chevalier que simple abbé. Il toisa le maître chanteur de son regard de jais.

— Alors j'ai bien peur pour toi que notre accord ne soit caduc avant que d'être signé.

— Qu'est-ce que vous… ?

— Chiara est enceinte, lâcha Nicola. De moi.

Voilà qui n'était manifestement pas prévu dans son plan pourtant aussi finement composé qu'un motet. Basile accusa le coup d'un silence réfléchi, puis, bien décidé à ne pas lâcher sa proie, il rétorqua :

— Hum… C'est en effet contrariant. Mais de nos jours, ce genre de désagréments se corrige. Je connais au moins dix mégères à Santa Croce qui vous le font passer pour vingt ducats.

— Parce que tu penses vraiment que le Seigneur Celsi acceptera de s'afficher au bras d'une catin engrossée par un autre ? Même purgée ?

— J'ai dit qu'il était amateur de belles choses. Je n'ai pas dit qu'il exigeait d'en être le premier propriétaire. Et puis, qu'est-ce que le passé d'un trésor quand on le possède au présent ? Vous devriez savoir ça, mon père : on ne jette pas le Saint Graal parce qu'il est fêlé.

Cette fois, il se trouvait presque à bout d'arguments.

— On parle tout de même d'une régicide, dénigra-t-il Chiara pour tenter d'en gommer l'attrait. Drôle de timbale pour un prince !

— Il n'y a pas de faute qui ne se lave, ce n'est pas à moi de vous l'apprendre. Et puis, le Seigneur Celsi aura beau jeu d'attribuer le geste de sa nouvelle épouse aux manœuvres corrompues des Dolfin. Aux infamies d'un temps révolu. Je gage qu'il saura faire d'elle l'exemple même de la rédemption de notre cité. Et aussi, celui de sa miséricorde.

Le discours était rodé. Les contre-feux possibles éteints avant même d'avoir été allumés. Il n'y avait plus de ripostes ni d'issues envisageables.

Anticipant la capitulation de son interlocuteur, Basile tendit un bras en direction du tabouret vide, l'invitant à prendre place pour signer le contrat annoncé, déjà établi jusque dans ses moindres détails. De son plastron de cuir, le négociateur défourailla en effet un parchemin roulé, au creux duquel reposaient une plume et une minuscule fiole d'encre noire.

Au moment d'apposer sa griffe, et malgré la peine qui s'abattait sur lui telle une vague immense, Nicola sut gré à Basile de ne pas lui tenir ce discours convenu, lénifiant, que n'importe qui à sa place lui eût infligé. L'affranchi ne lui promit pas qu'il retrouverait l'amour. Il ne lui vanta pas les mille femmes sublimes qu'on pouvait croiser à Venise et dont il ne tarderait pas à s'éprendre pour panser ses plaies. Il ne fit rien pour adoucir la peine ou minimiser le malheur qui perlait à cet instant au coin des yeux bruns du conseiller.

Qui sait : peut-être Basile prenait-il plaisir à le voir souffrir ainsi ? Qui connaissait assez cet homme pour le savoir ?

20

20 juillet

« BAISE-MOI MIEUX QUE ÇA ! Je veux jouir de ce jour comme jamais, tu m'entends ? »

Lucia chevauchait Sandro depuis de longues minutes, infatigable roulis de ses fesses sur le bas-ventre de son amant. Sous elle, le ruffian ahanait un plaisir contraint, déjà exténué par l'intransigeante fringale dont il était l'objet. Depuis l'annonce du verdict condamnant l'Aragonaise, la matrone se montrait insatiable, confondant dans un même élan son triomphe et l'exaltation de ses sens. Sa revanche était totale. Chiara bientôt exécutée, Gina châtiée, le vieux Dolfin renvoyé vers son Créateur, tous ceux qui l'avaient doublée, trahie ou déçue, en payaient à présent le prix fort. Et cela valait bien quelques paires d'extases.

— Plus vite ! ordonna-t-elle dans un souffle rauque.

Mais malgré la tension que Lombardo tentait de donner à ses reins, il était patent que celui-ci n'en pouvait plus. Parfois, Lucia regrettait presque ces artefacts masculins que d'anciens clients lui avaient offerts, olisbos orientaux faits de pierre ou de bois poli. Quand son partenaire était occupé, ou tout simplement plus en état de la satisfaire, il lui arrivait encore de s'empaler sur leur vigueur éternelle. Elle, la femme de granit, n'aimait rien tant que leur virilité de pierre.

Soudain, à la faveur d'un infime basculement de son bassin sur le membre érigé, un spasme s'empara de son ventre. Parti du pubis, il irradiait peu à peu toute sa chair sèche, tendue comme la corde d'un arc, prête à se rompre. Plusieurs coups la transpercèrent, et bientôt un râle incontrôlable, cri de bête suppliciée, s'échappa de sa bouche entrouverte.

— Tu me tues… tu me TUES !

S'écroulant de concert, ils demeurèrent ainsi un temps incertain, le corps décharné de Lucia encore secoué par moments de petites répliques orgasmiques. En un sens, tout cela était trop de bonheur pour la Nigra. Le goût de la vengeance était si doux qu'elle en défaillait presque, lorsqu'elle ressassait en pensée ses récents succès. On n'est jamais préparé à voir ses rêves les plus fous exaucés, pas même quand on s'y emploie par les moyens les plus abjects.

Son seul regret était de n'avoir pu assister au procès de son ancienne gagneuse, une consigne de Pietro Dolfin qu'elle avait respectée non sans amertume. Mais la perspective de l'exécution imminente, spectacle dont elle se délectait par avance, pansait sans peine cette légère frustration.

Lucia se releva alors de la méridienne froissée par leurs ébats, simple couche installée au sommet de sa *volte* de la rue du Paradis. Le paradis, elle y était presque. Dorénavant, plus rien ne viendrait s'interposer entre elle et lui. Chiara morte, elle serait de toute évidence la mieux placée pour succéder à la maudite princesse blonde à la tête du Castelletto. Ses gains astronomiques des derniers mois plaidaient pour elle. De toutes les matrones, elle était à la fois la plus performante et la plus redoutée.

Nue, la poitrine et le ventre luisants de fluides divers, elle fit quelques pas jusqu'au bord de l'*altana*. De là, elle dominait tout le quartier. *Son* quartier. Elle ne concevait aucune pudeur. San Matteo pouvait bien admirer son corps victorieux dans toute sa splendeur. De son côté, elle fouillait du regard le grouillement de la populace qui s'agitait en contrebas. La plupart des femmes étaient ses filles ; et la plupart des hommes leurs clients. Cette fourmilière était son bien exclusif, et cette seule idée suffisait à l'emplir d'un sentiment de plénitude supérieur aux plaisirs de la chair.

Ici ou là, elle devinait pourtant un corps inanimé, percé de taches sanglantes, que les passants en quête de sensations faisaient mine de ne pas voir. Quelques heures plus tôt, les Seigneurs de la nuit avaient maté sans merci un début de révolte. Comme elle le redoutait, l'annonce de l'exécution prochaine de leur duchesse avait provoqué quelques remous chez les pensionnaires du Castelletto. Mais quelques coups de dagues ordonnés par le Seigneur Dona y avaient remis bon ordre.

— Dis-moi, ce n'est pas la Florentine que je vois là-bas ? lança-t-elle à son amant qui venait de la rejoindre.

La maquerelle désigna une catin sans vie à l'extrémité de la ruelle, étendue de tout son long sur le pavé crasseux.

— Isabella ?

— Oui… Celle qui a remporté la course.

— Tu as raison. Je reconnais ses jambes.

Lucia grimaça à l'allusion intime et choisit d'effacer l'image de son factotum dans les bras de la putain par un trait ironique.

— Eh bien, ce sera plus difficile de cavaler, maintenant ! ponctua-t-elle sa saillie d'un rire aigre.

Poursuivant l'inspection de son cheptel, elle posa bientôt les yeux sur un visage identifiable entre tous.

— Non mais regarde-moi cette idiote ! Elle n'a pas même délacé sa *cipriana* !

— Tu parles de laquelle ? demanda Sandro, collé au dos de sa maîtresse.

Elle tendit le bras vers une silhouette rencognée dans le renfoncement d'une porte close, et qui paraissait en effet plus rechercher la discrétion que le prochain client, son décolleté dûment fermé envoyant un message d'indisponibilité sans équivoque.

— Là ! Oriana !

— Quelle petite…

— Va la voir, le coupa Lucia.

— Maintenant ?

« Dans cet appareil-là ? » semblait dire son regard étonné.

— Oui, maintenant ! Passe tes braies, et va dire à cette garce que soit elle ouvre boutique immédiatement, soit je rappelle les trois ladres qui l'ont bousculée l'autre fois. Et cette fois, ils ne feront pas semblant.

Le sosie de Chiara avait été bien mal payé de ses services. Elle qui pensait obtenir gratitude et subsides pour le prix de sa comédie, elle s'était vue jetée sur le pavé du Castelletto aussitôt après son accablant témoignage devant la Quarantia. Sa ressemblance si frappante avec l'Aragonaise était une aubaine dont la matrone n'entendait pas se priver. Et puis, qu'aurait-elle pu faire d'autre de cette gourde ? L'employer à son service personnel, comme l'avait rêvé un temps la jeune femme ? Plutôt mourir, avait songé Lucia, que d'avoir un double de Chiara constamment sous les yeux. Plutôt crever que d'entretenir dans le confort cette constante injure à son autorité.

Mais, même aussi affriolante, Oriana n'attirerait aucun homme si elle y mettait autant de mauvaise volonté. Bien que jetée du jour au lendemain sur le pavé, elle avait suivi le parcours rituel de toutes les nouvelles catins.

Blondir ses cheveux au citron et à l'alun.

Enduire sa peau souple des onguents les plus doux.

Raser ses poils là où ils pourraient incommoder ces messieurs.

Nettoyer au mieux ses parties intimes par des lavements répétés, imbibés de sauge et de thym.

Piquer ses joues de rouge, rehausser ses lèvres de rose, affiner ses sourcils et attacher enfin sa chevelure pour dégager sa gorge et sa nuque.

Apprendre enfin toutes les poses, postures et mimiques engageantes, les formules suaves et les mots vendeurs pour attraper les clients de passage dans ses rets.

La mort dans l'âme et néanmoins contrainte, Sophia lui avait transmis tout son savoir. Voir ce double de Chiara jeté à son tour en pâture à la concupiscence brute des hommes lui était une blessure supplémentaire. Mais au moins, pendant ce temps, elle n'allait pas traîner sur la *piazzetta* pour regarder le bourreau Gaspari dresser le gibet à travers ses larmes.

Quelques instants après l'ordre reçu, Sandro sermonnait vertement la débutante. Arrachant le cordon de son corsage d'un geste brutal, il déballait ses seins ronds comme on expose des melons sur l'étal. Ainsi apprêtée, il la poussa en pleine lumière, au beau milieu de la ruelle, là où les badauds évaluaient la marchandise.

L'effet fut immédiat. Un gros homme au nez bouffi et rouge s'arrêta et manifesta bruyamment son intérêt. Sous l'œil implacable de Sandro, Oriana repartit bras dessus bras dessous avec celui qui serait sans doute son premier client. Plus tard dans la journée, elle ne le savait pas encore, après plusieurs passes plus avilissantes les unes que les autres, elle écarterait de nouveau les cuisses. Mais celui qui la besognerait alors ne serait pas tout à fait un inconnu. Il s'agirait du butor au manteau rapiécé, celui qui avait simulé son viol deux mois plus tôt.

— Cette fois c'est pour de bon, *cagna* ! Avoue que tu attendais ce moment, toi aussi !

Et la chienne en question gémirait comme un vulgaire cabot sous les coups de boutoir de son maître. Ivre de douleur et d'humiliation.

— Dis-le que tu le voulais, *Gemella* ! Dis-le !

La jumelle, le surnom resterait. Sous peu, elle serait connue de tous les habitués du Castelletto sous ce patronyme commercial, Oriana la *Gemella*, sans que les touristes ou les clients occasionnels sachent bientôt plus à quelle autre beauté vénitienne elle ressemblait tant.

Par malheur pour elle, la *Gemella* ne bénéficierait d'aucun des privilèges de son double. Elle connaîtrait même l'une des pires périodes du bordel public. Depuis l'ouverture du *numerus clausus* par Dona, la quantité de putains à l'intérieur de l'enceinte surveillée avait en effet explosé. Comme l'avait imaginé Gina, les filles s'entassaient désormais à plusieurs par chambre, parfois par lit, tas de chairs empilées et profanées, telles des poules en cage, prêtes au plumage. Il arrivait même que les clients se les passent sans leur demander leur avis, comme on offre un plat à son voisin. « Tiens, veux-tu goûter la mienne, elle est plutôt savoureuse ? »

« Alors, elle a compris la leçon ? » s'enquit Lucia quand son sbire remonta à ses côtés sur l'*altana*.

— Je crois, oui…

— Tu as intérêt à être sûr. Sinon c'est à toi que je fais échancrer sa *cipriana*.

Le trait d'humour avait été lancé sans un sourire, et il laissa Sandro circonspect. Les plaisanteries de sa patronne recélaient toujours une part de vérité, et son égal pesant de méchanceté. Qui sait ce qu'elle ferait de lui, le jour où elle se lasserait de leurs étreintes ? Le livrerait-elle à l'appétit infâme de ces sodomites dont les rangs grossissaient de jour en jour ?

À son tour rhabillée, elle l'enjoignit de la suivre trois étages plus bas. Depuis quelques semaines, Lucia Nigra avait transformé le rez-de-chaussée de son domicile en *ridotto*, l'un de ces petits tripots clandestins qui pullulaient dans la cité. Après un passage aux tables de jeu, les clients pouvaient choisir avec quelle fille ils finiraient la soirée, célébrant selon le cas leurs gains ou noyant leurs pertes dans l'oubli offert par leurs sens extasiés. Cette formule *tutto in uno* rencontrait un vif succès.

Attablé en plein centre de la salle principale, une plantureuse créature sur chaque genou, Filippo Dona achevait une partie de cartes où ses compétiteurs paraissaient faire tous leurs efforts pour perdre avec humilité et naturel. L'une des femmes accrochées à lui était nommée l'*Elefante*, en référence à sa corpulence, bien sûr, mais aussi, murmurait-on, pour la largeur et l'élasticité de son sexe.

— Seigneur Dona ! s'exclama Lucia, de toute son hideuse denture. Quel plaisir de vous avoir en ma modeste demeure !

— *'Giorno*, Lucia. Ta maison est peut-être modeste, mais je dois avouer qu'on sait s'y divertir.

Manière pour lui de renouveler l'accord en vertu duquel il fermait les yeux sur sa nouvelle activité, celle-ci illicite. En contrepartie, il avait bien sûr table, nourriture et surtout filles ouvertes dans l'établissement. Cela ajouté à sa part sur les revenus vertigineux générés par les catins de Lucia, Dona ne pouvait que se féliciter de leur bonne entente.

— Vous me faites trop d'honneur, flagorna-t-elle.

— Hum ! grogna-t-il. Si notre honneur était en question, il y a longtemps que nous aurions dû en faire le deuil toi et moi. Mais parle-moi plutôt de ce qui te tracasse.

Lucia abandonna son rictus patelin et reprit le sombre faciès qu'elle arborait en toutes occasions.

— Sans commander à Votre Seigneurie, j'aurais besoin que vos hommes effectuent une nouvelle battue en dehors des limites du Castelletto.

— Encore une battue ? s'offusqua le colosse barbu. Nous en avons conduit au moins une dizaine depuis que le quartier a été bouclé ! Si des putains traînaient encore au-dehors, crois-moi, nous le saurions. Ou alors, c'est que la peste les a emportées.

— Je ne pensais pas aux fuyardes en général... Mais à une fille en particulier.

— Une fille ? Quelle fille ?

— Gina.

À la mention de ce prénom, un éclat étrange alluma le regard de l'officier. Il n'avait jamais caché son attrait pour la bouillonnante rousse. Ses tête-à-tête mensuels avec la surintendante du Castelletto, bien que chastes, constituaient pour lui une divine récréation. Ainsi, lorsqu'il avait dû diligenter le châtiment infligé à Gina, il s'était arrangé pour qu'un autre de ses confrères en assure le commandement, et s'était tenu à l'écart du dégradant cortège.

— Que lui veux-tu ? Il me semble que la drôlesse a déjà eu son compte...

— Vous avez entendu comme moi le verdict de la Quarantia. Cette fille est une chienne à juifs. Une graine de sédition. Ni vous ni moi ne pouvons nous permettre de laisser un tel poison courir nos rues. Il faut la tenir de près. L'empêcher de nuire. Au minimum, savoir où elle se trouve à tout instant.

Dona approuva d'un hochement de tête assombri.

— Soit. Je vais envoyer quelques patrouilles supplémentaires près des fonderies.

— Elle peut aussi bien s'être terrée en dehors du quartier juif, insista la harpie.

— Nous verrons, nous verrons...

Il mit fin au sujet d'un mouvement de gant agacé. Toujours pleine d'à-propos, Lucia ne laissa pas cet instant de malaise se prolonger, et bondit aussitôt sur un terrain plus consensuel.

— J'imagine que nous aurons le plaisir de voir Mon Seigneur ce soir sur la *piazetta* ?

— Évidemment. Quand le devoir se confond avec le plaisir... comment résister !

Il partit d'un rire tonitruant, rire d'ogre qui figea le geste et l'expression des joueurs environnants. Sans doute, tous seraient également présents pour assister à l'exécution de la régicide. Mais, parce qu'on n'est jamais trop prudent, le plus loin possible du Seigneur de la nuit.

La nuit tombait presque quand Alberto Ziani, *il rospo* pour les mauvaises langues vénitiennes, apparut au balcon de la galerie plongeant sur la *piazza* San Marco. Vêtu de sa simarre des grands jours, frappée des armes de sa Cà et ourlée d'argent, il s'avança jusqu'à toucher la balustrade orientale du palais, encadré par deux gardes ducaux.

Après trois brefs coups de corne destinés à attirer l'attention de la cohue déjà amassée – on n'était plus qu'à une petite heure de l'exécution –, il risqua sa voix coassante dans le charivari ambiant, mélange de *lazzis* impatients et de sifflets exaspérés.

— Peuple de Venise.

« Retourne dans ta mare ! », « Trouve-toi une grenouille et tu chanteras plus fort », fusèrent entre autres quolibets pour accueillir sa première tentative.

— Je suis au regret…

« C'est ta mère, qui doit en avoir, des regrets ! »

— Je suis au regret de vous annoncer que l'exécution prévue ce soir est ajournée *sine die*, sur décision de Sa Grâce le doge Lorenzo Celsi.

Le tapage et les cris de dépit redoublèrent à cette annonce, si bien qu'il fallut plusieurs nouvelles salves d'olifant pour imposer un semblant de calme.

— De plus amples précisions, ainsi qu'une éventuelle nouvelle date, vous seront communiquées ultérieurement, ici même.

La clameur déçue enfla jusqu'à virer au grondement. Certains tapaient sur des tabourets ou autres tambours improvisés pour manifester leur colère. Le peuple de Venise réclamait justice, et voilà qu'on la lui escamotait sans plus de motifs qu'un charabia confus. Craintif, Ziani se retira dans l'ombre du couloir proche, sans assortir son discours de l'habituelle adresse conclusive.

La déconvenue n'allait pas jusqu'au désamour à l'égard du doge nouvellement élu. Celsi bénéficiait encore de l'état de grâce qui l'avait porté au sommet du pouvoir.

Mais, dans les commentaires amers qui s'échangeaient alors dans la foule, certains s'étonnaient que la première décision du nouveau duc fût ce revirement aussi inattendu qu'impopulaire.

Au pied de l'échafaud, avachi et boudeur, Vincenzo Gaspari ne dissimulait pas lui non plus son désarroi. De mémoire de bourreau, il n'avait jamais ni vu ni connu ça. Son maître ès exécutions lui avait bien rapporté des retards passés, dont les plus lourds n'avaient pas excédé quelques heures. Mais de là à soustraire purement et simplement le condamné juste avant la mise à mort ? Jamais. Il se sentait comme un chat auquel on aurait brusquement volé la souris qui gisait entre ses griffes. Démuni, frustré… inutile.

Même le mannequin de paille utilisé pour ses ultimes réglages, ballottant bêtement au bout de la corde, paraissait dépité. Personne ne viendrait le remplacer. Personne ne mourrait à sa suite, dans les lueurs du soleil qui agonisait à l'horizon.

21

25 juillet

Les premiers badauds avaient campé sur le quai de la *riva* degli Schiavoni dès l'aube, vite rejoints par une foule certes moins matutinale, mais tout aussi empressée. Pour éviter la même mésaventure fâcheuse que lors de la Sensa, le Petit Conseil avait décidé le doublement du cordon militaire habituellement prévu lors de tels rassemblements. L'accueil que Venise réservait à Lorenzo Celsi ne serait pas entaché par une nouvelle catastrophe, c'était dit. Seule la joie aurait droit de cité ce jour-là.

— *Guardar' !* Regardez ! hurlèrent des dizaines, puis bientôt des centaines de voix enthousiastes.

Lorsque les voiles immenses hachèrent enfin l'horizon de leurs rectangles blancs, des vivats commencèrent à s'élever, qui gonflèrent progressivement jusqu'à la fin des manœuvres d'appontage, trois longs quarts d'heure plus tard. Les vaisseaux étaient si nombreux qu'on ne pouvait les compter. Partie dans la plus grande discrétion, presque en catimini, l'armada du capitaine du golfe revenait dans la lumière éclatante du triomphe. Aux premières rumeurs dûment répandues par Basile et ses agents étaient venus s'ajouter des récits épiques que n'aurait pas reniés Homère. À les entendre, Celsi avait défait la flotte génoise à lui seul, en quelques virements de bord et autant d'éperonnages audacieux.

À l'excitation et à la fierté des Vénitiens agglutinés se mêlait une bonne dose de curiosité. Aussi glorieux fut-il en ce jour, Celsi demeurait une énigme pour la plupart de ses concitoyens. Qui pouvait prétendre connaître vraiment le nouveau doge ? Qui pouvait se réclamer de ses proches, mieux encore de ses amis ?

Le bâtiment de tête, celui du *commodore*, accosta au débarcadère de San Zaccaria bien avant le reste de l'escadre, tel un grand oiseau de toile suivi de sa nuée d'oisillons. Manifestement, des consignes avaient touché terre avant lui car, à l'instant précis où le duc mit le pied sur la passerelle tendue entre son navire et le quai, une véritable mitraille de fleurs blanches s'envola dans la lumière du matin, et retomba en pluie sur le héros et sa suite. Voilà, c'était fait, le sauveur de Venise foulait à nouveau son sol. La communion sacrée entre la République et son plus éminent représentant allait pouvoir débuter.

Petite silhouette ratatinée et perdue dans la mêlée, Maître Gritti fut probablement le seul à noter le détail qui lui tirait cette moue chagrine :

— Regarde cette badine dans sa main droite..., souffla-t-il à l'oreille de Nicola.

— Eh bien ? C'est une canne de capitaine...

— S'agissant d'un duc, j'appellerais plutôt cela un sceptre, maugréa le patriarche.

Or, étant donné le soin apporté à son arrivée, il était peu probable que la présence dudit bâton dans le poing de Celsi fût fortuite. Lorenzo Celsi ne se présentait pas devant son peuple qu'en homme providentiel, il revenait chez lui en roi. Le symbole contenu dans cette vulgaire baguette était lourd de sens, et un esprit aussi aiguisé que celui du vieux conseiller le voyait bien, lui qui ne se laissait pas éblouir par le faste déployé.

Plusieurs trompettes de la garde entonnèrent alors une marche triomphale, qui couvrit un instant le babil des deux amis. À la faveur de cet intermède, au cours duquel Celsi fut accueilli par Leonardo Dandolo en personne, un employé du palais fondit sur Nicola.

— Seigneur Chiutto, hurla le jeune homme dans sa livrée d'appariteur. Je vous cherchais. Vos domestiques m'ont dit que je pourrais vous trouver céans.

— Qu'y a-t-il de si urgent ?

— Le Sieur Pétrarque m'envoie vous annoncer son départ.

— Quand ça ? s'étrangla Nicola.

— Dès ce soir. Il vous fait dire aussi qu'il n'aura pas le loisir de vous faire ses adieux lui-même, et qu'il s'en excuse. À la place, il vous adresse ce poème.

Le messager tendit un pli puis s'éclipsa aussitôt après. La missive reprenait à peu de choses près l'un des sonnets les plus célèbres de l'écrivain florentin :

Béni soit le jour, bénis le mois, l'année
Et la saison, et le moment et l'heure, et la minute
Béni soit le pays, et la place où j'ai fait rencontre
De cette âme si belle qu'elle m'a captivé.

Le reste filait la métaphore amoureuse avec grâce et bonhomie, laissant grande ouverte la porte à de futures retrouvailles. À défaut d'être originaux, les vers ainsi choisis étaient pleins d'attention. Nicola, qui reconnaissait là la délicatesse de l'ambassadeur, passa le rectangle de parchemin à Gritti, lequel approuva son contenu d'un hochement ému.

Le départ précipité de Pétrarque pouvait se comprendre. Gênes défaite, sa mission sanctionnée par un échec, il n'avait plus sa place dans la Sérénissime. Mais les deux complices n'eurent pas besoin de se consulter pour y voir autre chose qu'une retraite stratégique : un désaveu. En négligeant les festivités célébrant le nouveau duc, le diplomate exprimait toute sa défiance envers Celsi, et envers la direction que celui-ci donnerait à l'avenir à la politique vénitienne.

*

Plus intime, la fête qui attendait le doge au palais n'en était pas moins grandiose. Les convives triés sur le volet avaient tous été invités à se présenter vêtus de blanc de la tête aux pieds, et les récalcitrants sévèrement refoulés au guichet de la garde par Baff' et ses homologues. Si bien que le parterre de notabilités réunies dans la cour principale, intégralement parée de fleurs immaculées, aveuglait plus encore que le soleil désormais à son zénith. Depuis la galerie orientale, perché quelques mètres au-dessus des courtisans, Lorenzo Celsi ne se lassait pas des honneurs qui lui étaient rendus. Les Dandolo, les Venier, les Morsonini, toutes les grandes Cà et leurs plus dignes représentants étaient là, à sa botte. Blancs comme la peur elle-même.

— Merci, lança-t-il au géant tapi dans l'ombre, quelques pas en retrait. Ton organisation est en tous points parfaite.

— C'est moi qui vous remercie, Votre Grâce, de la confiance que vous m'avez accordée.

— Il faut avouer que tu es plus connu pour tes intrigues que pour tes banquets…

— Je le sais, acquiesça Basile. Et j'espère que la noce prévue à votre domicile saura elle aussi vous satisfaire.

— Si elle chatoie autant, dit-il en désignant l'assemblée couleur albâtre, je n'en doute pas.

Et comme l'espion entamait l'énumération des mets rares qu'il avait fait importer des quatre coins du monde pour l'occasion, des truffes de France jusqu'aux museaux de requin chinois, les uns plus extravagants que les autres, le duc abrégea ce fastidieux inventaire d'un mouvement de main agacé.

— Parle-moi plutôt de Chiutto… As-tu eu vent de lui depuis votre petit arrangement ?

— Non. Et je doute que Votre Grâce entende encore parler de ce Sieur à l'avenir.

— A-t-il quitté Venise ?

— Je ne crois pas. En tout cas, pas encore. Mais Monseigneur Vaselli a promis de s'y employer. Il l'a entretenu à cet effet dès hier.

— Hum..., grogna l'homme au profil d'empereur romain. Je me méfie de ce porc en dentelle comme de ma première chaude-pisse.

— Moi aussi. Mais l'évêque de Castello est aussi léger dans ses choix que pesant dans son corps.

— Que veux-tu dire ?

— Qu'il ira toujours dans le sens du pouvoir.

Et le pouvoir, sans doute pour de longues et mémorables années, c'était lui, Lorenzo Celsi, et personne d'autre.

— Soit. Rappelle tout de même à Vaselli que nous saurons mettre un frein à son avancement s'il ne nous débarrasse pas de ce poids avec discrétion.

Basile courba l'échine et approuva de sa voix caverneuse.

— Comme il plaira à Votre Seigneurie.

Discrétion, dans la bouche du duc, cela signifiait sans effusion de sang. Et la recommandation valait autant pour son factotum que pour l'évêque débauché. Pourquoi épargner l'ex-confesseur de Dolfin ? Pourquoi s'encombrer d'un tel témoin et ne pas l'amputer d'un coup de lame ? L'affranchi n'osa poser la question. Il excipa que, derrière ce masque impassible et ces grands yeux délavés qui le fixaient à l'instant présent, demeurait le fond d'humanité qui l'avait lui-même abandonné depuis si longtemps.

— À ce propos, reprit enfin Celsi. Maintenant que tu as prouvé toute ta valeur... Que dirais-tu d'un poste de conseiller privé du duc ?

Et pas plus que Basile n'avait su lire en son maître, le doge ne perçut le rosissement d'orgueil qui empourpra alors la peau noire de son obligé, lequel accepta l'offre d'un hochement silencieux.

*

Quand la foule s'égailla enfin sur le quai et dans les rues alentour, il ne resta plus autour des bittes d'amarrage de San Zaccaria que quelques grappes d'affamés, qui se demandaient quels reliefs ils pourraient glaner sur les lourds paquetages qu'on débarquait alors. Mais plusieurs dizaines de gardes étaient demeurés dans les parages pour y mettre bon ordre, repoussant les miséreux comme de vulgaires volées de moineaux.

À distance des passerelles et du va-et-vient hypnotique des portefaix, Nicola observait le manège des pique-assiettes qui attendaient vainement la chute de tel pain rassis ou de tel drap rapiécé. Sa vie aussi était en lambeaux. Elle ne valait guère plus désormais que celles des gueux qui tournoyaient devant lui. Que lui restait-il ? Ses titres, son mandat de conseiller, sa demeure… La belle affaire ! Il aurait tout troqué sans hésiter contre une heure avec Chiara. Mais toutes ses demandes de visite avaient bien évidemment été repoussées, sans explication ni ménagement. Sa seule satisfaction, deux jours plus tôt, fut d'assister au démontage du gibet sur la *piazzetta.* Alors seulement il avait annoncé à Gina ce qui apparaissait comme une bonne nouvelle : Chiara était graciée.

— Graciée ! s'était exclamée la jeune femme au turban, sous l'œil aimant de Mauro Grazziani. Mais comment est-ce possible ?

— C'est une pratique assez courante, avait brodé Nicola. Quand un doge entre en fonction, il lui tient généralement à cœur de se montrer magnanime. La grâce accordée aux condamnés à mort est sa manière à lui de faire bonne figure devant ses administrés. Commencer son dogat par une exécution n'aide pas vraiment à devenir populaire.

— Mais quand sera-t-elle libérée, alors ?

Il n'avait pas trouvé le courage de lui avouer son odieux marchandage avec Basile. Il n'en avait juste pas trouvé la force. À la place, il exagérait son allégresse et noyait ses révélations dans un flou rassurant :

— Je ne sais pas… Dans l'immédiat, il semblerait qu'elle soit cantonnée au palais. J'imagine qu'ils gardent un œil sur elle quelque temps avant de la libérer pour de bon.

— C'est bien elle, ça, avait ri Gina : de l'échafaud au baldaquin ! Quelle princesse !

Et Nicola s'était esclaffé avec eux, rire de soulagement et d'effroi, lente déflagration intérieure sous le masque hilare.

La veille, il avait accueilli la visite de Fortunato Vaselli, chez lui, *calle* Zocco, avec moins d'égards et d'aménité. Comme cela était prévisible, l'évêque avait tourné casaque à peine l'élection de Celsi fut-elle officialisée. Mais pour tous les Vaselli de la Terre, il n'était jamais question de versatilité ou de trahison, juste de…

— … réalisme politique, Nicola. Tu ne peux pas prétendre sauver ta peau en prenant éternellement le pouvoir à revers. Grand Dieu, il faut t'adapter !

À ces mots, il sembla que le nez bouffi de son ancien mentor s'était allumé d'une rougeur nouvelle, soudain rubicond, comme un fanal dans la nuit de la lagune et de ses brumes politiques. Il est vrai que l'évêque de Castello ne perdait jamais le cap, à savoir celui de ses intérêts.

— Tu devrais d'ailleurs prendre un peu de distance avec tout cela, au moins un temps…

— De distance ? se raidit Nicola.

— Oui. Sans me vanter, je pense même que j'ai pour toi une opportunité en or… Si tu es assez malin pour t'en saisir.

— … !?

Il perdait l'amour de sa vie et Vaselli lui parlait plan de carrière…

— Évidemment, il te faudra quitter Venise.

— Pour aller où ? demanda-t-il d'une voix blanche.

— Tu n'as jamais voyagé en France, n'est-ce pas ?

Évasif à souhait, le gros homme en robe ecclésiastique lui avait alors dépeint ce qui ressemblait plus à une vague promesse qu'à une position assurée, ajoutant à son tableau approximatif l'indécente description des plaisirs incomparables offerts par les femmes transalpines. En un mot, Vaselli lui vendait du vent. Un vent d'intrigues et de stupre, quand il n'aspirait encore qu'à la pureté de son amour.

Après de longues minutes à observer le ballet des porteurs et de leurs vibrionnants parasites, étonnante farandole rythmée par la musique des ordres et le piaillement des mouettes, Nicola nota un détail qui lui avait jusqu'ici échappé. Une majorité de ballots de matériels et de victuailles revenaient certes éventrés et refaits à la va-vite, mais un nombre conséquent d'entre eux paraissaient aussi intacts qu'au moment de leur transbordement initial, deux mois plus tôt. Comment expliquer qu'une telle armada ait si peu puisé dans ses réserves ? Comment justifier qu'un pareil contingent revienne avec d'aussi abondants surplus ?

Le chevalier s'attacha ensuite à l'apparence des vaisseaux proprement dits, et là encore la fraîcheur manifeste des peintures et des cordages, l'intégrité sans accroc des voiles, une impression générale de virginité le surprirent. Mieux, aucun ne semblait porter le moindre impact ni la moindre trace des récents combats héroïques qu'ils avaient livrés. Pas un choc, pas même une éraflure, rien que du bois lissé par l'écume et sans accroc.

Basile avait raison sur un point au moins : Nicola n'y connaissait rien en art militaire. Mais il lui restait toutefois assez de raison pour s'étonner qu'une flotte victorieuse ait pu traverser la mitraille ennemie sans en porter la moindre cicatrice, aussi parfaite et immaculée à son retour que la tunique de leur capitaine !

À la faveur d'une manœuvre de pliage des immenses voiles, laquelle accapara l'essentiel des hommes de bord durant de longues minutes, il réussit à se glisser sur le pont d'une petite caraque à deux châteaux, aussi miraculeusement épargnée par les injures de la bataille que les autres esquifs.

Le bâtiment portait cinq canons de chaque côté, ce qui constituait une artillerie plutôt notable pour un si faible tonnage. Se penchant sur la gueule menaçante de l'une des pièces de fonte, Nicola ferma les yeux et tenta d'oublier les parfums d'iode, de bois mouillé et de poisson pourri qui l'enveloppaient de toutes parts. Une large inspiration lui apporta la confirmation qu'il attendait : aucune odeur de poudre. Ce canon était aussi pur et innocent que l'enfant qui venait de naître.

Il n'avait jamais servi.

— Je vous y fourre la tête tout de suite, ou j'attends de lui avoir allumé le *culo* ?

La voix rauque qui l'interpellait n'avait rien d'amical. Petit, mais aussi affûté qu'une arbalète, l'homme à demi édenté le toisait d'un air suspicieux. Son assurance et les galons de son uniforme ne laissaient aucun doute quant à sa fonction à bord, il ne pouvait s'agir que du capitaine.

— Excusez-moi, j'étais juste curieux..., bredouilla Nicola.

— Et qui vous a autorisé à monter sur mon vaisseau, je vous prie ?

Le terme était un peu emphatique pour une caraque aussi modeste.

— Je suis le chevalier Chiutto, membre du Grand Conseil et du Conseil de guerre. On m'a chargé de vérifier l'état de nos bâtiments victorieux. Vos canons n'en font pas officiellement partie, mais comme je le disais, je suis curieux de nature.

L'improvisation était ingénieuse, le ton aussi avenant que possible, mais sa petite comédie ne parut pas convaincre son interlocuteur, qui d'un doigt tendu lui indiqua la passerelle de sortie.

— On ne m'a rien annoncé de tel, grommela le marin. Donc vous reviendrez faire votre inspection quand j'en aurai été informé. Sans offense, Mon Seigneur.

Le gradé mal embouché avait achevé sa diatribe sur une petite courbette déférente, afin de ménager sa hiérarchie si toutefois cette histoire de contrôle s'avérait.

— Bien sûr, bien sûr… Je comprends.

Mais durant son débarquement et tout le long de sa marche sur le quai, Nicola sentit sur lui le regard pesant de l'officier. Il était repéré, et sans doute son signalement ne tarderait pas à circuler parmi les autres équipages. Il n'était plus question pour lui de revenir mener son enquête dans le coin…

*

« Scarlatti ? Ou peut-être Carbelo ? »

— C'est pas vraiment la même chose ! le railla sans vergogne l'ouvrier éméché. Dans tous les cas, j'ai jamais entendu ce nom-là à l'arsenal.

Nicola se fendit malgré tout de la chopine de vin convenue, et passa à la *furatole* suivante, sans plus de succès. Depuis deux heures déjà il écumait l'une après l'autre les gargotes du quartier des constructions navales, à la recherche de cet *arsenalotto* bon vivant dont lui avait parlé Gina, fidèle client des temps anciens. Bien sûr, il était hors de question de partager pour l'instant ses soupçons avec mademoiselle la surintendante. Il lui faudrait retrouver ce sbire, et avant cela son nom, par ses propres moyens. En jouant sur le sentiment que celui-ci portait à l'accorte rousse, il espérait bien lui extorquer quelque expertise.

Quand il eut fait le tour de toutes les auberges connues, Nicola traversa le *sestier* de San Marco et laissa ses pas le porter là où, selon son souvenir, Gina avait rencontré le fameux artisan cordier. À San Matteo. En plein Castelletto.

Au poste d'entrée oriental, à l'angle des rues Galeazza et San Giovanni, le contrôle des hommes entrants était plus sévère que jamais. Un garde patibulaire observa son nez busqué sous tous les angles, manifestement obsédé par l'idée qu'un tel appendice ne pouvait être que d'ascendance juive. Il fallut sa broche de l'ordre de San Marco, ainsi que l'intervention d'un factionnaire que le chevalier avait déjà croisé, pour qu'enfin il fût autorisé à pénétrer dans le quartier des plaisirs.

Ce dernier avait bien changé depuis sa dernière incursion, et pas vraiment pour le meilleur, loin s'en fallait. Les filles y étaient plus nombreuses que jamais, par endroits aussi entassées que les sardines un jour de marché. Sur ordre de leur ruffian, il n'en doutait pas, elles ne reculaient désormais devant aucune provocation pour appâter le chaland. Certaines se promenaient aux trois quarts nues. Il aperçut même l'une d'entre elles, beauté défraîchie réduite aux pires extrémités, adossée à un mur, jambes fléchies et cuisses disjointes, écartant pour qui voulait les lèvres de son sexe afin d'en exposer les charmes flétris.

Enfin, dans un bouge clandestin sans nom ni enseigne, on lui désigna un malheureux vautré à même sa table, au milieu des taches de vin et des restes de seiches farcies. Gianni Scarabello, tel était le nom de l'homme qu'il cherchait avec tant d'espoirs. Il secoua l'épaule de l'ivrogne assoupi, qui ne renvoya d'abord qu'un grognement contrarié, puis redressa enfin une figure mâchée par les excès.

— Tu veux quoi, toi ?

— Vous êtes bien Gianni Scarabello, le cordier ?

— Ça dépend pour quoi...

— Je viens de la part de Gina.

La face avinée s'éclaira d'un sourire candide, presque un sourire d'enfant.

— Oh, Gina ! Ma petite fleur du Frioul ! Comment elle va ?

— Très bien, mentit Nicola. Elle m'a chargé de vous poser quelques questions.

— Si j'en croque toujours pour elle ? borborygma-t-il. La réponse est oui, trois fois oui !

— Non... il s'agit d'un sujet un peu plus technique. Elle a besoin de vos compétences d'*arsenalotto.*

Le sac à vin se redressa d'un coup, le regard fier et le torse exagérément bombé.

— Feu, mon amiral. Je vous écoute.

Nicola lui relata alors tout ce qu'il avait observé d'étrange le jour même *riva* degli Schiavoni, sans omettre aucun détail. Scarabello écoutait les yeux mi-clos, partagé entre l'attention requise et l'irrépressible envie de s'écrouler dans sa vinasse. Après un long silence incertain, où il fut impossible de dire de quel côté il allait verser, il exposa ce qui suit :

— Je répare des bâtiments qui reviennent de campagne depuis vingt ans. Et, si ce que vous me dites là est exact, je peux vous garantir que ces caraques n'ont jamais pris part au moindre combat. En tout cas, certainement pas au cours des deux mois passés.

— Vous êtes sûr ? Votre spécialité, ce sont plus les cordages que les coques ou les canons, non ?

Piqué par la remarque, l'homme semblait à peu près sorti de son ébriété.

— C'est vrai… Mais à quoi croyez-vous qu'on les fixe, nos cordes ?

Il parlait presque normalement, et paraissait à nouveau doué de tout son jugement.

— Si je vous suis bien, reprit Nicola avec gravité, l'armada qui vient de rentrer au port n'a pas livré bataille depuis son départ de Venise ?

— Une fois de plus, il faudrait que j'aille constater moi-même sur place. Mais si je m'en tiens à votre description, non, en effet. Ou alors, ce serait le premier accrochage naval des cinquante dernières années…

Depuis qu'on embarquait des pièces d'artillerie légère à bord des navires de guerre, comprit d'instinct Nicola.

— … où pas un seul coup de canon n'aurait été tiré. Vous je ne sais pas, mais moi j'ai du mal à y croire. Surtout s'agissant des Génois. Ce n'est pas vraiment le genre à fuir sans combattre. Surtout pas face à leur pire adversaire, et encore moins après des mois de provocation et d'intimidation dans les eaux du golfe.

L'animal avait raison. Cela n'avait aucun sens. À moins… À moins que l'héroïque équipée de Celsi ne fût qu'un conte et que sa route sur les flots agités n'ait jamais croisé celle de son ennemi héréditaire. À moins que sa présente légende n'ait été forgée de toutes pièces sur cette imposture, dans le seul but de préparer son succès électoral !

Tout s'éclairait à présent.

Le nouveau doge avait volé son titre, dupé les Vénitiens, trompé une nation tout entière, et il brûlait à Nicola de le hurler. Ici, au milieu des soiffards, on le prendrait pour un fou, l'un d'entre eux, à qui le mauvais vin serait monté à la tête. Il lui fallait un interlocuteur valable. Un homme qui saurait quoi faire de cette cuisante nouvelle.

Et comme il ressortait du tripot infâme, la musique des vers lus le matin même lui revint aux oreilles : « Béni soit le pays, et la place où j'ai fait rencontre, de cette âme si belle qu'elle m'a captivé. »

Pétrarque ! L'ambassadeur n'avait peut-être pas encore quitté la lagune. Tout n'était peut-être pas perdu.

22

Le même jour, en fin d'après midi

SON CORPS ENDOLORI. Rougi.

Comme mâché par un monstre invisible.

Sa chair mortifiée par les privations.

Son ventre distendu par les mois de grossesse et que la prison semblait avoir gonflé plus encore sous l'effet de la chaleur accablante.

Chiara ne se reconnaissait plus. Sa seule consolation, dans cette touffeur démente qui comprimait sa tête et son âme dans un seul étau, c'était l'absence de miroir ou de toute surface réfléchissante. Ainsi n'avait-elle pas à contempler sa déchéance. La ressentir était déjà un assez douloureux supplice.

Le pire instant de la journée, c'était celui-ci, passé la troisième heure de l'après-midi, quand le soleil frappait le toit plombé comme un tambour, jusqu'à en faire vibrer les lames. Assourdissant concert de chaleur muette. L'air se raréfiait, chaque goulée brûlait la langue, la gorge, l'œsophage, et pour finir la poitrine tout entière. Ou plutôt ce qu'il restait de ces organes, soumis depuis trop longtemps à de tels outrages.

Lorsque Guido le page était entré dans sa cellule, le bras lesté d'une robe, celle-là même qu'il lui avait fournie six mois plus tôt lors de sa première visite au palais, elle avait cru d'abord à une humiliation de plus.

— *Santa madon' !* Que t'ont-ils fait !

Mais l'émotion du domestique paraissait sincère. Sous ses manières précieuses, sous ses affèteries de chat efféminé et superficiel, Guido ne manquait pas de cœur. À sa façon, elle s'en souvenait, il avait favorisé ses rencontres clandestines avec Nicola, du temps de sa réclusion dans les appartements ducaux.

À la pensée de ces jours troublés, et qui aujourd'hui lui semblaient presque bénis, elle ne sut réprimer ses larmes. Tout était si simple quand elle n'était qu'une catin ordinaire ! Que n'était-elle restée à négocier sa beauté contre quelques deniers, comme sa mère avant elle ! Quelle chimère cruelle avait-elle poursuivie, et qui l'avait conduite à la fin dans cette nasse ?

Effondrée dans les bras du valet, elle s'épancha sans retenue. Des bribes de mots arides tentèrent de franchir ses lèvres et s'évaporèrent aussitôt dans l'atmosphère brûlante.

Que voulait-elle lui dire ? C'est à peine si elle le savait elle-même.

— Ne dis rien, *bella*…, murmura Guido tout en la berçant. Ne dis rien. Je suis là.

Jamais il ne prendrait le risque de se dresser face à ses maîtres, mais lui apporter du réconfort, ça il le pouvait. Il la cajolait comme on dorlote un enfant. Après quelques minutes de ce traitement, et aussi quelques gouttes de la gourde que son sauveur portait à la ceinture, elle put susurrer quelques mots malaisés. Comme un maigre filet d'eau coulant entre les roches de sa souffrance.

Déjà quelques jours plus tôt, on avait joué avec ses nerfs. Un garde lui avait annoncé sans fioriture le report de son exécution. Sans explication aucune. Chaque jour qui avait suivi s'était étiré comme une longue torture supplémentaire. Viendrait-on la chercher, et, par-dessus tout, quand ça ?

— On ne t'a donc rien dit ? s'étonna Guido.

— Dit quoi ?

— Le doge, le nouveau doge… Le Seigneur Celsi…

C'était donc vrai !

— Il t'a graciée, Chiara ! Graciée !

Un haut-le-cœur la saisit. Un peu de bile translucide coula à travers ses lèvres parcheminées. Elle qui n'avalait plus que misère et tristesse depuis de si longs jours, voilà qu'on lui donnait un mets bien trop abondant et trop doux pour ses viscères atrophiés.

Elle peinait encore à concevoir le miracle qu'on venait de lui révéler, quand des pas lourds se firent entendre dans les couloirs des *piombi*. Les pas d'un homme pressé.

Le cri succéda de peu au fracas de la porte.

— Qu'est-ce que tu fiches là ?!

Pietro se tenait sur le seuil de la cellule, gigantesque apparition dans le cadre de format réduit. Sa silhouette obstruait le peu de lumière autorisée à cheminer jusque-là. Sans doute les gardes qu'il soudoyait depuis des mois l'avaient-ils laissé monter ici.

— Tu m'entends ? beugla-t-il à l'adresse de son valet. Décampe d'ici sur-le-champ ! Tu n'as rien à faire ici !

Après un ultime regard compassionnel adressé à la prisonnière, Guido obtempéra comme le chien qu'on renvoie à sa niche. Il était bien placé pour savoir que les irruptions de son maître ne présageaient rien de bon.

Et de fait, l'huis tout juste refermé Pietro se jeta sur sa proie. Peu lui importait la décrépitude de sa victime, sa saleté, ou sa beauté fanée par les conditions inhumaines de sa détention. Il mordait déjà le cou décharné et les épaules creuses, bête affamée de cette chair qu'il avait déjà tant et tant dévorée.

— Arrête ! Par pitié… Arrête !

Sourd aux suppliques de la détenue, le géant blond cherchait à présent son chemin sous l'unique jupon qu'elle avait conservé sur elle. Avec une joie de gamin surexcité, il constata qu'elle ne portait plus rien d'autre en dessous, ni braies ni culottes, et se dit que décidément cette fournaise avait du bon.

— Il t'aura autant qu'il le veut demain... Mais aujourd'hui, tu es encore à moi ! Tu comprends ça ? À moi, ma petite *putan'* !

Ainsi était Pietro Dolfin. Trop faible pour affronter Celsi sur le terrain politique ou sur celui des armes, il n'avait trouvé que le corps dévasté de la promise du doge pour assouvir sa vengeance.

Dans la panique qui s'était emparée d'elle, Chiara n'entendait rien d'autre que sa peur. Elle ne capta pas ce « il » énigmatique qui la destinait de toute évidence à un autre.

Mais comme un pan d'étoffe souillée s'effaçait sur son ventre, la rondeur outrageuse de ses formes jaillit aux yeux de son agresseur. Un bedon de cinq mois ou presque, plein et tendu comme une outre. Un instant, la vue de la vie qui germait en elle pétrifia les gestes de Pietro. Puis un odieux calcul dut naître dans son esprit tourmenté, car il reprit ses assauts avec une rage décuplée. L'aubaine était trop belle. Peu lui importait qui pouvait être le père de cet enfant. En la faisant sienne dans cet état, c'est bien Celsi qu'il punirait doublement.

Vraiment, le viol était une arme redoutable !

— Tu ne peux pas faire ça ! hurla Chiara dans un ultime élan de résistance. Pense à ton père ! Pense à *notre* père, Pietro !

La semonce eut l'effet inverse de celui escompté, l'assaillant redoublant de violence, son sexe dressé désormais aux portes de sa félicité.

Car il n'était bien question que de cela, en somme : prendre sa revanche sur ce père qui l'avait toujours méprisé, traité comme un vulgaire gamin, lui donnant un jour cette fille pour jouet, la lui reprenant au gré de ses intrigues de palais. Miettes de jouissance, restes de pouvoir et dont sous peu – la plupart des Dolfin avaient déjà quitté le palais pour la Cà familiale – il serait définitivement privé.

Comme sa sœur se débattait avec une vigueur désespérée, coups de griffe et de pied en tous sens, il arracha d'une main la dague qui pendait à sa taille, et en darda la pointe juste sous la panse grosse des œuvres d'un autre.

— Encore un geste et je vous transperce tous les deux ! grogna-t-il, désormais sûr de sa victoire.

Puis ses yeux s'écarquillèrent soudain. Divine stupéfaction. Il en arrondit la bouche. Il en lâcha son arme. Une main immense le soulevait et l'éloignait peu à peu de son butin incestueux. On eût dit l'un de ces appareils munis de poulies qu'employaient les ouvriers de l'arsenal pour mâter les bateaux. La force qui l'arrachait à elle était telle qu'il lui était vain de lutter. Incrédule, Pietro se laissait à présent ballotter comme un simple colis qu'on déplace d'une cale à un quai. Parfaitement impuissant.

La manœuvre providentielle s'accompagna bientôt d'un grondement reconnaissable entre mille. Scandé comme une sentence céleste.

— On ne touche pas... aux affaires... du duc ! C'est bien compris ?

La voix de Basile !

Jamais Chiara n'avait été aussi heureuse de voir l'espion. Enfin pour ce qu'elle devinait de l'ombre colossale qui obscurcissait son réduit...

*

« Je veux autant de filles que tu en as de disponibles. »

— Mon Seigneur ne sera pas déçu. Nous venons d'acquérir quelques spécimens du meilleur choix. Des Vénitiennes, mais aussi plusieurs étrangères, vous verrez ça, de toutes les teintes de cheveux et de peau. Il y a notamment cette petite garce, celle qu'on appelle la *Gemella*, je gage qu'elle...

— Tu peux garder ton article pour tes clients du Castelletto, Sandro. Avec moi, contente-toi de les fournir propres et à l'heure dite.

— Comme il plaira à Sa Seigneurie, courba-t-il l'échine avec servilité.

Aussitôt replié dans ses appartements, vexé comme un chiot qu'on calotte, Pietro avait réclamé sans délai les services du ruffian de Lucia Nigra. Noyer son dépit dans des bras frais. Déverser sa colère entre des cuisses inédites. Il ne connaissait aucun autre exutoire et les circonstances présentes, qui le voyaient humilié comme jamais, n'étaient pas près de changer ses tristes habitudes.

— Dois-je tout de même convier vos invités ordinaires à se joindre à vous ?

— Non… Non, ce soir, je les veux pour moi seul.

Il parlait de l'assortiment de charmes dont il venait de passer commande comme on choisit ses pâtisseries.

— Très bien, approuva Lombardo.

Durant les quelques heures précédant la livraison, Pietro Dolfin avait tourné dans sa chambre tel un fauve en cage. Rasant les murs. Brisant d'un coup de patte telle statuette ou tel vase précieux de Chine qu'il envoyait promener sans ménagement sur le sol marqueté.

Quand, soudain, deux coups brefs à sa porte… « Déjà ? »

La mine apeurée d'un laquais se glissa dans l'entrebâillement.

— Le chevalier Chiutto demande à voir Votre Seigneurie.

— Chiutto ? s'étrangla Pietro. Nicola Chiutto ?

— Lui-même.

— Mais où est-il ?

— Ici…, bredouilla le valet après un bref coup d'œil par-dessus son épaule. À quelques pas de moi.

Contenant sa rage, les mâchoires contractées, il fit signe de laisser le visiteur accéder à son antre. En prévision de l'orgie à venir, quelques matelas avaient été disposés à même le sol, et de grandes jarres de vin réparties aux angles de la pièce.

L'échange de regards entre les deux hommes ne dura qu'un instant, mais des années d'amitié et quelques semaines de guerre passèrent dans ce silencieux commerce.

— Tu viens jouir du spectacle de ma défaite, je suppose…, lança Pietro en guise d'accueil.

— Je ne me repais jamais du malheur de ceux que j'ai aimés, Pietro. Même quand nos chemins ont divergé.

— Hum… Tu ne m'empêcheras pas d'être surpris qu'on t'ait laissé pénétrer céans.

Nicola désigna sa robe noire d'ecclésiastique, celle qu'il avait remisée depuis de longs mois, et résuma en quelques mots comment il avait réussi à parvenir dans le Saint des Saints de la République. Son stratagème était simple : les nouveaux gardes ducaux intronisés par Celsi ne le connaissant pas, il lui avait suffi de revêtir son habit de confesseur pour se faire passer pour son confrère, le bon abbé Lobo. C'est sous ce nom qu'il était parvenu jusqu'aux confins du palais, où il s'était fait annoncer sous sa véritable identité.

— Je suppose que tu n'es pas là pour me narrer tes exploits de carnaval ?

— En effet, admit-il. Je suis venu te demander ton aide.

Le mot déconcerta tant son hôte, que celui-ci partit d'un rire incontrôlable, aussi fou qu'un rire peut l'être.

— Mon aide, tu dis ?! Ta candeur n'a décidément d'égal que ton toupet, mon ami.

Mais il n'y avait certes rien d'amical dans ce vocable-là.

— Pietro… Je sais que beaucoup de choses nous ont séparés ces derniers temps. Et je ne vais pas te chanter le couplet de nos belles années de camaraderie.

— Cela me semble préférable, en effet, cingla l'héritier des Dolfin.

— Chacun de nous deux a ses griefs, c'est un fait entendu. Mais ce que j'ai à te dire est de nature à rapprocher nos intérêts. Au moins dans l'immédiat.

Le jeune apollon leva un sourcil curieux.

— Je t'écoute.

Nicola exposa alors tout ce qu'il avait découvert sur Celsi et ses récentes machinations, sans rien omettre, pas même ce qui égratignait au passage son allié de circonstance, à savoir Pietro Dolfin en personne. Il détailla par le menu la façon dont le *commodore* s'était servi de lui non seulement pour accéder à la magistrature suprême, mais aussi pour lui ravir Chiara, dépossédant le fils Dolfin de tout ce qui lui importait le plus.

— Je ne suis pas là pour te reprocher ton association malheureuse avec ce démon, conclut-il à la fin de son récit. Mais pour te dire qu'il n'est pas trop tard pour l'empêcher de commettre l'irréparable. Pour te permettre de te racheter.

En pensée, il posa par la même occasion une pierre dans son propre jardin. Car il songea que s'il n'avait pas voté lui-même en faveur de la guerre, Celsi n'aurait peut-être pas connu le destin fulgurant qu'on savait. Ni envisagé dans le même mouvement de lui ravir Chiara.

— Ta miséricorde t'honore, *padre* ! se gaussa Pietro. Et j'entends bien ton souci de préserver notre cité d'un tel usurpateur. Mais j'ai plus de mal à saisir quel intérêt te pousse à sauver l'Aragonaise des pattes du capitaine Celsi ?

Le regard du chevalier piqua un instant vers les motifs chantournés du plancher, puis vint se ficher dans celui de son vis-à-vis, éploré et résolu à la fois :

— L'enfant qu'elle porte est le mien.

Pietro reçut la nouvelle avec une grimace plus agacée que surprise. Au fond de lui, il s'en doutait. Une rivalité telle que la leur ne pouvait éclore que sur le sein de la plus belle des femmes. La seule digne d'intérêt à Venise.

Mais revenant brusquement au sujet initial, il choisit plutôt d'en creuser certains détails, à nouveau empreint de sens politique et de raison :

— As-tu demandé au Seigneur Pétrarque de confirmer l'absence de combat entre sa flotte et la nôtre ?

— Je le voulais, bien sûr… Hélas, il m'a informé de son départ dès ce matin. Je suis bien passé à la résidence ducale où il logeait ces derniers jours…

Il s'y était rendu aussitôt son entretien avec Gianni Scarabello achevé.

— … mais le personnel m'a confirmé qu'il venait d'embarquer sur un *sandalo* en direction du continent.

À l'heure qu'il est, poursuivit Nicola, il doit déjà avoir repris la route pour Gênes. Il ne sera plus joignable par courrier avant plusieurs jours.

— C'est fâcheux... sans son témoignage, nous n'avons guère d'éléments tangibles pour attester tes dires devant les Quarante et un.

Cette remarque allait dans le bon sens. Elle prouvait que le fils Dolfin envisageait sérieusement de saisir le corps électoral pour faire réviser l'élection de Celsi. Et si deux des candidats en faisaient la demande, peut-être seraient-ils entendus.

Celsi destitué, il ne reviendrait plus au capitaine de la flotte de disposer de Chiara comme bon lui semblait.

— J'en sais tout de même un peu plus sur ces paquets de vivres qu'il a rapportés intacts de sa campagne, argua Nicola. Le cordier, Scarabello...

— Eh bien ?

— Il m'a présenté un de ses amis, un *cavacanalo* qui a travaillé en son temps avec le *capisestiere* Mosca. Il prétend avoir vu de ses yeux l'équipage des caraques décharger une partie de leur fret sur des îlots insubmersibles lors du départ de la flotte. Et les mêmes hommes récupérer ces ballots au retour.

— Quel intérêt ? s'étonna Pietro.

— Si j'ai bien compris, Celsi envisage de les faire passer pour des prises de guerre. Ainsi il se montrera généreux à bon compte et son prestige auprès du petit peuple affamé n'en sera que renforcé.

Le jeune prince paraissait convaincu par cette accumulation d'arguments. Enfin, il semblait désiller les yeux sur la perfidie abyssale de l'homme dont il avait favorisé l'ascension.

Mais l'annonce de nouveaux visiteurs doucha subitement les espoirs du chevalier.

— Mon Seigneur, souffla le valet à travers la porte entrouverte. Ces demoiselles sont arrivées, et apprêtées. Elles n'attendent que votre signal pour vous rejoindre.

— Ah ! Enfin une bonne nouvelle !

Déjà son discernement se dissolvait dans les vapeurs enfantines de sa convoitise. Les filles de joie qu'on entendait glousser derrière le lourd vantail ouvragé devaient danser dans ses yeux comme autant de cadeaux qu'il brûlait de déballer. Goguenard, il en trépignait presque. Que son attentisme et sa veulerie puissent laisser le champ libre aux ambitions de Celsi ; que sous peu il puisse être à son tour chassé du palais et ravalé au rang de patricien ordinaire ; rien de tout cela ne paraissait plus le concerner.

Tentant de le maintenir dans l'urgente réalité qui était la leur, Nicola lui saisit le bras avec fermeté :

— Pietro… j'ai vraiment besoin de toi. *Elle* a besoin de toi.

Mais l'enfant trop vite grandi ne l'écoutait plus, grisé par les sirènes de sa concupiscence. Détaché de toute contingence. Flottant dans cet éther de seins et de culs dans lequel il ne tarderait pas à plonger la tête la première.

Sous la pression de leurs mains délicates, la porte s'ouvrit soudain en grand sur une bonne douzaine de catins peinturlurées. Elles paraissaient presque heureuses d'être là. Impatientes d'en découdre. Après tout, pour une putain commune, être conviée au palais demeurait un honneur rare. Un privilège qui se comptait surtout en deniers supplémentaires sur leur maigre part.

— Retire au moins ta plainte contre elle, implora Nicola dans un ultime plaidoyer. Si tu renonces aux charges qui pèsent sur Chiara, elle sera libérée sous quelques jours, peut-être même quelques heures, et Celsi ne pourra plus l'avoir. M'entends-tu ?

— Que dis-tu ?

Voilà que Pietro se ruait sur sa première proie, satyre bondissant et désormais sourd à tout ce qui n'était pas son désir. « Viens donc ! Sers-toi ! » signifiait le geste désinvolte qu'il adressa alors à son ancien confesseur.

Au drame qu'il avait lui-même ourdi, il ne savait répondre que par l'insouciance de ses plaisirs débridés. La profusion inextinguible de la chair. Sa victime était déjà nue et, à genoux devant le corps parfait, il en butinait le buisson avec ardeur.

Le spectacle laissa Nicola sans voix. Rien ne s'était passé comme il l'espérait, ni comme il l'avait craint non plus. Pas d'entente ni de pugilat, juste un enfant fou qui retournait à ses jeux inconséquents.

Alors qu'il refluait déjà vers la sortie, un visage émergea du groupe des mérétrices prêtes à tout pour mériter leur salaire, et le frappa en plein cœur. Celui d'Oriana. La jumelle. Ainsi arrangée, elle ressemblait en tous points à son modèle. La traîtresse avait donc été dupée à son tour par l'implacable Lucia.

Mais Nicola ne trouva pas dans cette revanche offerte par la vie le moindre motif à se réjouir. Pas plus qu'il ne prit pour consolation le fait que Pietro avait négligé jusqu'ici l'irradiante présence du sosie de sa sœur. Car il y viendrait, c'était certain. Il profanerait la pauvresse comme il ravageait toutes celles qu'il approchait. Et celle-ci avec d'autant plus de fureur qu'elle incarnait bien malgré elle tout ce qu'il n'aurait jamais plus.

Encore une innocence sacrifiée. Encore une beauté livrée en pâture à toutes les brutes de la Terre.

Ne pas voir ça. Fuir, puisqu'il ne restait rien d'autre à faire.

C'était donc toujours la même histoire, celle du trésor qui finit par revenir à celui qui le mérite le moins, se dit-il quand il franchit enfin le guichet du palais, secoué par d'interminables spasmes.

Les yeux embués d'impuissance.

23

26 juillet

LES DIMENSIONS DE LA CHAMBRE contrastaient tant avec sa cellule des *piombi*, que Chiara mit plusieurs heures à s'adapter au confort excessif de cette nouvelle geôle. Adossée à la porte verrouillée à double tour, elle demeura ainsi, assise à même le parquet ciré, dans les senteurs d'abeilles, un temps qu'elle ne sut ni ne voulut évaluer. Il y eut de la nuit, il y eut à nouveau du jour, et elle reposait toujours là. Immobile. Submergée par les vagues de ses pensées sombres et désordonnées.

La seule chose certaine, les tentures et les bibelots précieux étaient là pour en témoigner, c'est qu'on l'avait déplacée dans la partie la plus élégante et la mieux décorée de tout le palais. De la fange aux fanfreluches, en quelque sorte. Ce transfert brutal, aussi subit qu'injustifié, était intervenu quelques minutes seulement après l'intervention salutaire de Basile.

Quel rôle était donc à présent celui de l'ancien esclave, qu'il fût habilité à donner de tels ordres ? Le mystère demeurait et poissait chaque seconde d'incertitude.

Face à elle, sur un guéridon en bois sombre, gisait un plateau chargé de victuailles appétissantes et auxquelles elle n'avait pas touché. C'est tout juste si son estomac supportait l'agression rafraîchissante de l'eau, à nouveau dispensée en abondance. Dans les ravioles à la citrouille, les beignets d'anguille et autres *bigoli* à l'ail et au basilic, elle reconnut pourtant la patte inimitable d'Antonio, son art des saveurs subtiles et des produits du cru, et un frisson d'aise nostalgique s'empara de tout son corps encore perclus.

Alors seulement elle réalisa qu'outre la robe propre et les souliers à sa taille, on l'avait entre-temps lavée, coiffée et maquillée, bien qu'elle ne se souvînt d'aucun de ces soins

Tout cela était plutôt rassurant, tout de même, flagrante confirmation des dires de Guido. Aurait-on eu autant d'égards pour une fille promise quelques heures plus tard à la corde ? Sans doute pas.

Un clic-clac, puis une pression insistante contre son dos. Quelqu'un cherchait manifestement à entrer. Elle se redressa pour dégager le passage, et considéra son visiteur avec stupeur :

— Je constate avec joie que vous affichez une meilleure mine, madame.

Lorenzo Celsi était tel qu'elle l'avait aperçu cette unique fois, sur le quai de San Marco, coq blanc attifé pour la parade. Mais à sa simarre ordinaire s'ajoutait à présent la mitre cornue des doges, aussi immaculée que sa tunique, laquelle emprisonnait sa chevelure grisonnante et lui conférait un air de solennité.

Interdite, elle recula de deux pas, incitant malgré elle le duc à avancer d'autant.

— Vous n'avez plus rien à craindre, Chiara, annonça-t-il de sa voix grave et caressante. Je peux vous assurer que toute cette malheureuse affaire n'est plus pour vous qu'un mauvais souvenir.

Alors pourquoi la claquemurait-on encore ? Et surtout : quel serait le prix de cette clémence inespérée ?

— J'ai signé moi-même votre acte de grâce, qui a été transmis dès hier soir à la Quarantia. Ces messieurs les magistrats en ont pris acte, ce matin, à la première heure.

« Vous êtes libre », aurait-il dû conclure selon toute logique. Mais la sentence espérée ne vint pas. Pas sous la forme imaginée.

— Que fais-je ici… ? parvint-elle à murmurer, passé ce moment de sidération. Pourquoi avoir levé ma condamnation ?

Il répondit d'abord de ce large sourire dont il usait en toutes circonstances et de manière si prodigue, puis il effaça les quelques coudées qui les séparaient, et saisit les mains livides de la jeune femme.

— Chiara…, souffla-t-il avec une ferveur qui ne semblait pas feinte.

— Le peuple n'acceptera jamais que vous amnistiez la meurtrière de son duc !

— Il acceptera l'histoire qu'on lui racontera, ma chère, à condition bien sûr qu'elle soit aussi palpitante que la précédente.

Qu'était-ce à dire ? Qu'avait-il donc à voir avec la fable qui avait précipité l'Aragonaise dans l'enfer des *piombi* ? Une seconde, la traversa l'idée abjecte selon laquelle Celsi avait lui-même manigancé sa déchéance, dans le but unique de la mettre à sa merci. Pour parvenir à cet instant, dans cette pièce où elle était recluse, entre ces mains qui l'étreignaient.

— Que me voulez-vous ? demanda-t-elle sèchement.

— Rien qui n'aille contre vos intérêts, vous pouvez me croire. À l'heure où nous parlons, mes avocats et mes notaires s'emploient à faire établir votre parenté avec le défunt doge. Vous serez officiellement une Dolfin, et l'aurez toujours été. La pièce qu'a produite votre avocat lors de votre procès nous y aidera grandement.

La lettre de Giovanni Dolfin à Luiza, sa mère…

— Ainsi, dès demain, vous appartiendrez vous aussi à l'une des plus respectables Cà de Venise...

Elle avait peur de comprendre ce que recouvrait ce cadeau. Un plissement réflexe zébra son front de plusieurs rides sombres. Ses éphélides scintillaient déjà d'angoisse et d'indignation.

— ... Et plus rien ne s'opposera à notre union, poursuivit-il, comme si tout cela allait de soi. La cérémonie aura lieu d'ici deux jours, ici même, en la chapelle du palais. Et les festivités dans l'*androne* de ma Cà familiale. Sans me vanter, je dois admettre que la vue sur le Grand canal y est somptueuse en fin de journée.

Mais c'est un tout autre crépuscule qui se profilait dans l'esprit effaré de sa promise.

— Jamais ! siffla-t-elle en se dégageant de son emprise. Vous m'entendez ? jamais !

Manifestement peu ébranlé par cette réaction prévisible, l'homme reprit sur le même ton paternel, où s'était glissée une nuance professorale :

— Toujours, jamais... Je sais que ce sont des mots qu'on dit à votre âge, *bella*. Mais croyez-moi, la vie vous apprend vite à les remiser au profit de conceptions nettement plus... comment dire ? Plus relatives.

— Quelle relativité trouvez-vous dans l'absence de sentiments ?

— Croyez-moi, ils viendront. Peut-être pas ceux dont vous rêvez aujourd'hui. Sans doute plus de l'ordre du respect mutuel que des grandes envolées poétiques. Car c'est sur ces fondations-là, et pas sur les bêlements du cœur, qu'on fonde les associations durables.

Respect, fondation, association... Parlait-il d'amour, ou de commerce ?

— Et ça ? aboya-t-elle en désignant son ventre rondelet. Vous croyez que cela peut se faire passer à pertes et profits ? Vous pensez sincèrement que c'est un simple détail dont on s'accommode ?

— Pas besoin de s'accommoder, trancha-t-il avec une soudaine sévérité. On le traite, voilà tout.

Cette fois, le message était on ne peut plus explicite. Et la perspective était si violente qu'elle sentit ses jambes se dérober sous ce fardeau dont il prétendait la libérer.

— Dès demain, vous recevrez la visite d'un médecin militaire, le docteur Verragano. Il est plus familier des amputations à bord que des purges d'enfants. Mais c'est un excellent praticien. À n'en pas douter, il saura trouver la pratique adaptée à votre... condition. Et il vous rendra toute la pureté originelle que réclament nos futurs enfants.

Elle pouvait déjà sentir l'aiguille inquisitrice qui fouillerait son ventre et tuerait son enfant. Voir les rejetons infâmes que lui donnerait ce fou. Elle vit les murs et l'unique fenêtre tanguer sous ses yeux. Puis soudain, une douleur effroyable la déchira de part en part et la plia en deux.

— Ma mie ! s'exclama Celsi, tendant un bras secourable. Qu'avez-vous ?

— Lâchez-moi !

— Si vous le voulez, nous pouvons avancer la consultation...

Repoussant l'offre d'assistance, elle décocha alors un coup brusque, un coup de bête blessée, au visage hiératique qui se penchait sur elle. Le soufflet sidéra le doge qui recula d'un bond, à distance raisonnable.

— Vous perdez la tête, jeune fille ! Vous savez que je pourrais vous faire pendre sur-le-champ, pour ce genre d'affront !

— Eh bien, faites-le ! C'est ce à quoi j'étais destinée, après tout ! Pendez-moi donc ! Au moins vous offrirez un spectacle digne de vos exploits aux Vénitiens !

La blessure d'orgueil était plus vive que l'injure physique, si bien que Celsi ne trouva rien à dire à cela durant une longue minute.

Quand enfin il recouvra sa contenance, il exposa avec un calme glaçant ce qui attendait sa future épouse :

— Je vous ai certes graciée, mais toutes les charges retenues contre vous n'ont pas été levées pour autant. Quand vous serez donc revenue de votre petite bravade, vous comprendrez, je pense, que votre intérêt se trouve dans une attitude sensiblement plus docile. Une seule incartade de votre part, un seul mot de moi, et la condamnation qui pèse sur vous reprendra tous ses droits. Sommes-nous bien clairs, ma chère ?

— …

— Si c'est l'échafaud que vous voulez, n'ayez crainte. Dans un mois ou dans un an, il sera toujours là pour vous satisfaire.

Sur ces mots, et sans laisser à sa victime le temps d'une réaction, il quitta la pièce d'un pas martial, brève séquence conclue par le cliquetis du verrou qu'on referme.

La vie qu'on lui offrait n'était décidément qu'une prison de plus. Un tombeau clinquant où tout rimerait éternellement avec sursis. Une camisole sans joie et bien sûr sans Nicola.

Qu'était donc devenu son amant clandestin depuis son procès ? Avait-il seulement cherché à la voir ? Elle en doutait, à présent. Plus probablement, il avait dû capituler face au héros du jour, comme tous les autres. Sous la menace, ou bien sous les promesses. Aussi épris et vaillant fût-il, Nicola n'était qu'un homme. Et comme tous ceux de son espèce, l'amour n'était pour lui qu'une aimable distraction entre deux saillies. Pas ce mouvement de l'âme qui, chez les seules femmes, emportait tout en un vent furieux, esprit et viscères, cœur et raison.

Quand elle fut à peu près certaine qu'on ne reviendrait plus l'importuner, elle s'effondra sans retenue sur le sol baigné de larmes. Désormais, elle pouvait se déverser tout son saoul. Qui entendrait ses sanglots ? Qui s'en soucierait ? Les Guido, les Antonio, les quelques domestiques qui lui avaient offert leur amitié dans ce palais, ils n'étaient à la fin que des pantins, et pas un ne risquerait ses petits privilèges pour la sauver. Elle le savait. Elle ne leur en voulait pas ; son destin n'était pas le leur.

À travers les barreaux de la fenêtre, son regard oblique devina la présence d'un mur de pierres fort proche de la façade orientale du palais. En contrebas coulait à n'en pas douter un petit *rio* dont elle entendait le murmure, et où il aurait été si tentant de se jeter. Mais ces échappatoires-là lui avaient été sciemment refusées, elles aussi. Pas de cordon aux rideaux grenat. Pas de couteau dans les assiettes de porcelaine fine. Même les gobelets étaient faits de bois enduit, et non de verre, afin de prévenir tout geste malheureux.

Serait-ce une telle tragédie ? Non, elle ne le croyait plus. Enfin elle retrouverait tous ceux qui lui manquaient tant : Luiza, bien sûr, mais aussi le tendre Mosca, l'espiègle Rolando, et peut-être même Angela, si la peste avait eu raison d'elle. Enfin elle gagnerait cette paix que la vie lui récusait depuis toujours, gros chat cruel jouant avec les espoirs d'une souris qu'il ne manquerait pas de croquer.

Catin ou non, elle n'avait jamais été très pieuse. Mais le temps des adieux ne lui paraissait plus si triste, malgré son jeune âge. Son seul regret serait de n'avoir pu étreindre une dernière fois ses proches. Gina, en particulier, si différente d'elle et néanmoins sa pareille, sa sœur. Quant à cet enfant qu'elle portait, elle lui épargnerait tant de souffrances si elle pouvait l'emporter avec elle.

Valait-il mieux cela, ou le livrer au pic hésitant d'un carabin botté ?

Comme la porte s'entrouvrait de nouveau, elle s'imagina qu'on venait la conduire au gibet. Que Celsi s'était ravisé – après tout, quel prince raisonnable voudrait d'un tel rogaton, ex-catin, régicide, et déjà grosse ? Qui sait, une libération honorable, celle que lui offrirait un passage entre les colonnes de la *piazzetta*, était peut-être encore possible.

Mais l'extravagante robe blanche que portait à l'intérieur un valet enfoui sous les épaisseurs de gaze et de taffetas immaculé, cette parure nuptiale sans équivoque, gage d'une tout autre destinée, lui prouva qu'elle s'était trompée. Que Lorenzo Celsi ne renonçait jamais. Ni à rien. Surtout pas à ses projets les plus insensés.

Surtout pas à elle.

24

Soir du 26 juillet

« CHACUNE DE SES SORTIES est plus périlleuse que la précédente », s'empourpra Mauro Grazziani en désignant Gina, tapie à ses côtés dans la pénombre. « Les patrouilles de Dona la cherchent partout. Rien qu'hier, deux d'entre elles ont frappé à ma porte. J'ai pu les dissuader d'entrer en prétextant la présence de malades... Mais de pareils subterfuges ne vont pas fonctionner bien longtemps. »

Sombre et attentif, Nicola approuva le discours de son ami d'un hochement résigné. Si ce dernier s'inquiétait, lui dont le sang-froid avait fait la réputation, il y avait en effet toutes les raisons de se faire du souci.

L'unique bougie qui éclairait le bureau du praticien, dans sa maison familiale de la *calle* Orto, vacillait-elle aussi de façon menaçante. Les forces obscures qui les chassaient grouillaient autour d'eux comme autant de crapauds jaillis de la lagune.

— Si nous quittons pour de bon cette maison, reprit le médecin juif, ce doit être pour toujours. Aucun retour en arrière ne sera possible.

— Mauro a raison, abonda à regret la jolie rousse. Je ne crois pas être une froussarde, mais jamais mes fesses n'ont été mises à un tel prix !

Sous son turban, les premières repousses timides, couleur feu, commençaient à pointer. Ses ecchymoses ne se résumaient plus qu'à des vagues halos bleutés sur sa peau diaphane. Si l'on exceptait la douleur persistante qui vrillait parfois encore son ventre, là où la dague de Sandro l'avait visité quelques mois auparavant, elle paraissait enfin tirée d'affaire.

Mais les craintes légitimes du couple ne faisaient pas celles de Nicola…

Quelques heures plus tôt, repassant fugacement à son domicile de la *calle* Zocco, il avait intercepté deux messages qui lui étaient destinés. Le premier avait été déposé par un valet de Pétrarque, juste après le départ du diplomate, et ne contenait rien qu'un livre, l'un des précieux volumes issus de sa bibliothèque. Il s'agissait en effet d'un exemplaire de la *Divine Comédie*, signé de la main même de son auteur, le génie florentin Dante Alighieri. Un volume d'une valeur inestimable ! En cela et une fois de plus, le poète se montrait grand seigneur, puisque le chevalier s'était révélé tout aussi incapable que lui d'empêcher la guerre entre leurs deux nations.

La seconde missive, plus inattendue encore que la première, avait ravivé la peine de Nicola, si cela était encore possible. Bien que dépourvue de signature, elle provenait probablement de Guido, le page de Pietro, désormais affecté au service de Lorenzo Celsi. Le billet bref, écrit à la va-vite et confié aux bons soins d'une simple chambrière, l'informait de ce qui attendait Chiara au cours des prochaines quarante-huit heures : l'avortement de son enfant dès le lendemain, puis son mariage tout aussi imminent avec le doge. Ces quelques mots lapidaires vérifiaient hélas tous les pires pressentiments de l'ancien abbé, qui jamais sans doute ne s'était senti si loin de Dieu, et qui jamais n'avait tant déploré la vacuité de ses prières.

— Tu as envoyé ta requête en témoignage au Sieur Pétrarque ? s'enquit Mauro.

— Oui. Juste avant de venir ici. Mais dans le meilleur des cas, elle mettra au moins deux jours à lui parvenir. Et il faudra en compter au moins autant pour obtenir sa réponse...

« Il sera alors trop tard pour saisir les Quarante et un et espérer destituer Celsi », s'abstint-il de préciser, le cœur et la gorge pourtant étreints par l'urgence.

— Et que dis-tu de composer une cohorte ? risqua Gina du bout des lèvres. Tenter une entrée en force, dès ce soir ? Si l'on mobilise Scarabello et quelques autres *arsenalotti* sans emploi, je suis sûre qu'on peut réunir une bonne douzaine de gaillards en un rien de temps.

— C'est impossible. Même si on franchit le guichet San Marco, on ne parviendra jamais jusqu'aux appartements privés du duc. Tous les gardes que nous connaissions toi et moi ont été remplacés par les hommes de Celsi. Et leur effectif a été plus que doublé. Crois-moi, le palais ducal est plus impénétrable que jamais.

— Pourtant, tu as bien réussi à t'y glisser toi-même, pas plus tard qu'aujourd'hui ?

— J'ai eu de la chance. Et ma ruse ne les leurrera pas deux fois. Je suppose que tous connaissent désormais le véritable signalement de l'abbé Lobo.

C'était probable, en effet... Ainsi que celui de Nicola, dont Basile avait sans doute établi pour tous un portrait précis.

Quant à Pietro, si tant est qu'il ait souscrit à leurs plans, ce qui était loin d'être acquis, il pouvait lui-même être bouté hors du palais à tout moment. Il constituait un allié par trop incertain, et trop fragile.

Nicola revint alors sur la situation plus que précaire du fils de Giovanni Dolfin, désormais seul de son clan encore présent au palais, et l'insouciance lascive avec laquelle ce dément affrontait l'inéluctable.

— Attends…, le coupa net Gina quand il eut évoqué la présence d'Oriana la félonne parmi les filles délivrées à Pietro. Tu es certain que c'était elle ?

— Aussi certain que je sais la distinguer de Chiara.

— *Pezz' !* s'exclama-t-elle, se dressant soudain. La voilà, notre solution !

Les deux hommes la dévisagèrent avec circonspection. Ils craignaient de comprendre le cours tortueux de sa pensée.

— Connaissant Pietro et sa fixation sur Chiara, il s'est forcément entiché de notre jeune « amie »…

« Hélas ! » acquiesça le regard lourd de Nicola.

— Imagine que nous passions commande à Sandro de l'une des petites orgies dont Pietro est si friand, reprit-elle le cours de ses spéculations. Oriana fera forcément partie de la livraison.

— « Nous » ?

— Disons Guido. Il vient de nous prouver qu'on pouvait compter sur lui. Non ?

— Et si Pietro refuse la commande qu'il n'a pas sollicitée ? s'immisça Mauro.

Nicola et Gina échangèrent un regard complice, et manquèrent de se laisser emporter par un fou rire. « Sérieusement ? Pietro refuser une telle offrande ? » semblaient dire leurs sourires entendus.

— Et ensuite… ? la pressa le chevalier, à nouveau attentif.

— C'est très simple : une fois à l'intérieur, Oriana aura pour mission d'échapper à la vigilance de ses consœurs, de trouver la chambre de Chiara… et d'échanger ses habits avec elle. Pour finir, Chiara reprend la place d'Oriana parmi le cheptel de Pietro, pile au moment où celui-ci quitte le palais, et le tour est joué.

— Rien que ça ! pouffa Mauro. Ma belle, j'adore ton intrépidité, mais là…

— C'est complètement insensé, abonda Nicola. Mais le pire… c'est que cela pourrait fonctionner !

Le médecin les regarda tour à tour, comme s'ils partageaient soudain le même accès de fièvre suspect et perdaient tous deux ce qu'il leur restait de raison.

— Je crois que vous oubliez quelques minuscules détails. Comment Oriana va-t-elle trouver la chambre où Chiara est enfermée ? Comment est-elle supposée y entrer ? Votre stratagème n'en est pas un. C'est un rêve éveillé !

— Je pense que nous allons devoir mettre Guido à contribution au-delà de ce qu'il imaginait, soupira Nicola.

— Sans parler de son ventre…

Celui de Chiara, pas celui de Guido, corrigèrent d'eux-mêmes ses deux comparses.

— Il suffit de le comprimer avec une bande, rétorqua Gina, son sérieux retrouvé. Crois-moi, j'ai vu plus d'une fille de mon quartier le faire. Certaines continuent à attirer les clients jusqu'au dernier mois de grossesse. Ça fera bien l'affaire le temps de passer les divers contrôles ! Il suffit de demander à Oriana de porter une houppelande assez ample.

— Et Oriana, justement ? Comment la convaincs-tu d'aller se fourrer dans un pareil guêpier ?

— Cela me paraît évident, intervint Nicola, dont les pensées s'accordaient à présent aux idées folles de la rousse. En excitant son désir de vengeance.

*

Quand la *Gemella* eut écouté ce que les trois acolytes avaient à lui exposer par le menu, elle demeura silencieuse quelques instants. Grave et réfléchie. Toute l'innocence qui semblait illuminer son beau visage quelques semaines plus tôt s'était à présent volatilisée. Gommée par le goût amer de la trahison de Lucia et les heures de labeur horizontal. Ne demeurait que cette ressemblance si parfaite, si troublante, que les cosmétiques et les soins divers avaient encore accusée.

Nicola la contemplait avec autant de fascination que de douleur. La copie n'était pas l'original. Elle ne saurait jamais l'être…

— Je suis d'accord…, finit-elle par souffler, à peine audible.

À ces mots, la salle commune de l'*osteria Pulcin'* s'éclaira d'une lueur d'espoir. Angela, Gina, Mauro et Nicola, tous les conspirateurs présents échangèrent une œillade soulagée.

— À la bonne heure ! s'écria la balafrée, à nouveau sur pied grâce aux miracles accomplis par la thériaque de Venise. Comme je dis toujours, il n'est jamais trop tard pour bien faire.

Il n'avait pas été facile de faire sortir Oriana hors du Castelletto, après le couvre-feu journalier et contre les règles strictes du lieu. Mais, prouvant par là qu'elle savait jouer la comédie quand il le fallait, la jeune catin avait fait miroiter à Sandro une substantielle prime, soi-disant promise par un riche client étranger.

Gina et Mauro avaient pris eux aussi des risques considérables, pour rallier ce qui était devenu le quartier général de leur conjuration. Quitter le *getto* des fonderies était pour le médecin juif un déchirement. Moins par fidélité à ses habitudes qu'à l'idée de laisser derrière lui ses proches, en proie à la haine ordinaire. L'avant-veille, Isaac son frère avait été passé à tabac par une poignée de ladres lancés dans une odieuse chasse aux juifs. Grâce aux bons soins de Mauro, le clerc en droit s'en était vite remis, mais il n'envisageait plus désormais de quitter son étude ni les murs de sa modeste maisonnée. Venise l'enchanteresse qui les avait adoptés, Venise la prodigue qui avait fait la prospérité des leurs, cette cité était devenue un bois sombre et hostile où rôdaient les loups.

Se reverraient-ils un jour en ce monde ? Rien n'était moins sûr.

En quelques minutes, Mauro avait dû empaqueter toute une vie dans un sac à peine plus large qu'une musette de marchand ambulant. Ce sac de toile rudimentaire qui gisait à ses pieds.

Après avoir remis à Oriana le montant réclamé pour prix de sa fable, Nicola lui saisit les mains, non sans émotion :

— Je mesure la difficulté de ce que nous te demandons. Et je te remercie par avance de l'accepter.

— Mon Seigneur ne doit pas se tromper : je le fais avant tout pour moi…

Ou plus exactement, contre Lucia, qui ne manquerait pas d'être sévèrement réprimandée quand l'entourloupe serait mise au jour.

— … Et un peu pour votre dame aussi, bien sûr.

Ainsi prouvait-elle qu'elle n'était pas totalement dépourvue de conscience. Qu'elle n'avait pas précipité son double en enfer de gaieté de cœur, mais bien sous la contrainte, et par nécessité. De toute façon, cette équipée hasardeuse n'était-elle pas la seule issue qu'on pouvait offrir à sa nouvelle et funeste condition ?

— Ne vous en faites pas pour moi, rompit-elle la première le silence embarrassé. Quand j'étais gamine…, ma maman m'appelait la *gatt'*. Je retombe toujours sur mes pattes. Enfin, plus ou moins… Enfin, c'est ce qu'elle disait.

Qu'adviendrait-il d'elle, lorsqu'on la reconnaîtrait sous les traits de la fiancée du doge ? Aucun d'entre eux n'avait osé aborder le sujet.

Mais son sourire penché acheva d'abattre les dernières préventions que les autres avaient à son égard, et chacun l'étreignit bientôt avec chaleur, convaincu que, vivante ou morte, leurs chemins ne se recroiseraient probablement plus.

Les ultimes détails de la substitution ayant été fixés, on évoqua alors la seconde partie du plan prévu pour le lendemain. Ce qui surviendrait heure par heure quand Chiara serait parvenue au-dehors. Tous s'exprimaient déjà comme si ce point-ci était acquis. Simple formalité.

La suite leur tirait autant de larmes discrètes que de petits rires excités. Ils partiraient tous trois d'ici même, de l'auberge du Poussin, au plus tard au dernier coup de la *nona*, la cloche de minuit. Empruntant un premier *sandalo*, ils retrouveraient Chiara sur cet îlot bonifié qu'en son temps Mosca avait offert à sa protégée. Il était plus prudent qu'elle y parvienne de son côté, sans avoir à repasser chez Angela. Le convoyeur prévu à cet effet était déjà réservé.

Enfin, une fois tous réunis, une seconde embarcation, celle d'un passeur fiable et aguerri, les mènerait jusqu'au continent.

Enfin, ils allaient quitter Venise ! Pas Angela, bien sûr. Ce qu'il lui restait à vivre devait l'être ici. Mais pour eux quatre, encore jeunes, encore riches des mille promesses qu'offraient leur vigueur et leurs talents, une nouvelle existence était envisageable loin de la cité des intrigues et des pestilences. Chiara serait une condamnée en fuite ; les trois autres ses complices. Nicola aurait brisé son contrat avec le doge et cette seule faute lui vaudrait probablement les foudres ducales. Aussitôt leur départ, tous les sbires de Celsi seraient à leurs trousses, Basile en tête. Une meute prête à tout pour les retenir.

Mais dans la lueur déclinante de la bougie presque morte, ils préféraient ne pas y penser. Malgré l'heure tardive et l'angoisse qui fermait leurs visages, il était encore temps de se griser d'avenir.

25

Le lendemain, 27 juillet,
à la mi-journée

COMME ESCOMPTÉ, Pietro n'avait opposé aucune résistance à l'invasion inopinée de sa chambre par l'armada sensuelle dépêchée par Sandro Lombardo. Prévenu par retour de billet, Guido avait tenu son rôle et passé commande au ruffian d'une demi-douzaine de filles pour la mi-journée. Cette nouvelle fringale, si peu de temps après la précédente orgie, n'était pas dans les habitudes du fils Dolfin, mais un marché était un marché, et Sandro songea que sa maîtresse n'apprécierait pas qu'on contrarie leur meilleur client.

Ainsi, à midi pile, odorante et décolletée à souhait, la froufroutante troupe avait franchi tous les guichets des factionnaires et s'était présentée à la porte de l'ogre libidineux.

— Entrez, mes tourterelles, entrez donc ! s'exclama-t-il.

Il était si habitué à obtenir son content journalier de chair fraîche, qu'il ne s'étonna même pas de voir apparaître cette ration supplémentaire sans l'avoir sollicitée.

— Venez voir un peu mon oiseau, que je vous fasse roucouler !

Quelques pas en retrait de ses camarades, la capuche de sa houppelande rabattue sur son visage, Oriana hésitait à les suivre dans la chambre. Malgré ce subterfuge, leur hôte n'eut aucune peine à la reconnaître.

— Eh bien quoi ? l'apostropha Pietro depuis le seuil. Ne fais pas ta timide ! On s'est déjà vus, tous les deux.

— Que Messire me pardonne, mais j'ai quelque urgence à évacuer...

— Et pourquoi n'épancherais-tu pas ce si pressant nectar sur moi ? lança-t-il d'un air égrillard.

La catin débutante avait bien entendu parler de telles pratiques, mais jamais encore elle n'y avait souscrit elle-même. D'où cette mine qu'elle afficha alors, et où affleurait clairement le dégoût.

— Ah, ah ! s'esclaffa-t-il. Je vois que tu n'es pas encore prête pour les vrais amusements. Va donc te purger comme tu le souhaites, et surtout reviens-moi vite. Je t'attends !

Sans plus se faire prier, elle décampa aussitôt dans le couloir, dépassant d'un pas leste les plus proches latrines.

« Si mes spéculations sont justes, ils devraient l'avoir transférée au deuxième étage, dans l'aile est du palais », lui avait indiqué la veille Nicola, au cours de leur conciliabule. « Une fois que tu seras dans le couloir des appartements privés, surtout ne pousse pas la double porte la plus ouvragée. C'est celle du doge. La logique voudrait qu'ils aient parqué Chiara à proximité de celle-ci. Peut-être dans la chambre qu'occupait il y a peu encore Catarina Dolfin. Tu la reconnaîtras sans peine : l'huis ne comprend qu'un vantail et il porte les armes des Giustiniani, un donjon hexagonal coiffé de trois tours et d'un aigle. » Une fantaisie que l'épouse du défunt doge avait fait apposer dans le seul but de provoquer son mari.

Après quelques écarts de parcours malencontreux, et non sans avoir croisé plusieurs domestiques qui la dévisagèrent d'un œil soupçonneux, Oriana reconnut la porte décrite avec tant de précision par le chevalier. À travers, on pouvait entendre le murmure d'une conversation, interrompu par instants par d'étranges gémissements plaintifs.

Le souffle court, l'oreille aux aguets, elle frappa alors trois petits coups brefs sur le lourd panneau blasonné. Mais en dépit de son insistance, personne ne répondit à ses appels...

*

« Puis-je vous prier de vous dévêtir, mademoiselle... ? »

Bien qu'il dût son titre et une bonne partie de sa carrière au capitaine Celsi, le médecin en chef de la flotte vénitienne Gaspare Verragano ne masquait pas son mépris pour la promise du doge.

Son air las et sa moue fatiguée exprimaient son envie manifeste d'abréger une consultation qu'il n'avait consentie que par servilité de courtisan. Il faudrait pourtant bien s'y faire : son maître le duc avait jeté son dévolu sur une catin. La plus belle d'entre elles, certes, mais une putain quand même.

Et comme Chiara n'obtempérait pas :

— Ne m'obligez pas à faire appel aux gardes. S'il faut vous entraver pour procéder au curetage... eh bien nous vous entraverons.

Tremblante de peur et de colère contenue, elle toisa le petit homme sinistre dont les cheveux, hirsutes et gris, arboraient la même teinte que son visage. Aux pieds du triste sire, une mallette de cuir grande ouverte laissait entrevoir un effrayant échantillonnage de pinces, de pointes et de cuillères métalliques, toutes en partie rongées par la rouille.

— Je suis enceinte de cinq mois, répliqua-t-elle sèchement. Je ne possède pas votre science, Messire, mais je doute qu'un simple curetage suffise à me délivrer.

— Si cela ne vous ennuie pas, il m'appartient d'en juger. Et sans accès à vos parties intimes, il me sera difficile de procéder à un examen complet.

Radoucie par cette perspective moins brutale que prévu, elle défit un à un ses vêtements, jusqu'à ne conserver que de courtes braies brodées. Exaltés par la grossesse, ses seins triomphaient sur son buste nu. Admirables promesses de maternité.

— Cela aussi, s'il vous plaît…

Quand elle fut dans son état de nature, l'œil du médecin ne put réprimer un friselis admiratif. Lui qui pansait des plaies purulentes sur des marins malpropres à longueur d'année, il ne se souvenait pas avoir jamais contemplé pareille perfection. Pas même dans l'un des bordels où ses voyages l'avaient mené. Pas même sur les putains engrossées qu'il avait soulagées ici ou là.

Sur la plupart des parturientes, le ventre plein se greffait au-dessus de l'abdomen, comme un appendice incongru et disgracieux. Mais pas chez elle. Il semblait avoir toujours été posé là, comme un élément clé de cette divine architecture, passerelle entre le buste opulent et les cuisses galbées.

Avec plus d'égards qu'il ne lui en avait prodigué jusque-là, il l'aida à prendre place sur une banquette d'examen qu'il avait fait apporter à cet effet. Une fois sa patiente allongée, il écarta les jambes si gracieuses d'un geste doux, et pencha son museau chafouin sur la vulve entrouverte.

— Je vais devoir introduire plusieurs doigts… Dites-moi si vous ressentez un inconfort quelconque.

L'exploration de son intimité n'était certes pas plaisante, mais le praticien faisait toutefois preuve d'une délicatesse qu'elle n'avait guère rencontrée chez les médecins visitant les filles du Castelletto. Seul Mauro Grazzianni, au cours de l'unique consultation prénatale qu'il lui avait dispensée, s'était montré lui aussi d'un tact rare.

Verragano était si concentré sur les informations que lui renvoyait la pulpe de ses doigts, qu'il ne réagit pas aux trois coups qu'on frappa alors à la porte.

— En effet… Vous avez atteint le cinquième mois. Vous approchez même du sixième. L'enfant paraît en bonne condition.

— Et trop avancé pour m'être retiré, n'est-ce pas ? s'enquit-elle avec ferveur.

— Hum…

Le grognement de l'accoucheur laissait filtrer toute sa perplexité. Entre l'ordre reçu par Celsi et l'état objectif de cet utérus, un hiatus évident avait surgi, plongeant l'homme de l'art dans un dilemme insoluble. Car opérer à ce stade de gestation mettrait à n'en pas douter la vie de la mère en péril. Fallait-il satisfaire le prince, ou sauver ces deux êtres aux destins désormais liés ?

L'un pourrait-il aller sans l'autre ?

*

« Tu fréquentes de bien étranges cabinets, dis-moi ! »

La voix de Pietro Dolfin pétrifia la jeune catin égarée. Comment l'avait-il retrouvée ici, à l'autre bout du palais ? L'avait-il suivie ? Ou bien s'était-il laissé guider par son flair de chasseur.

— Non point, Mon Seigneur…, bredouilla une Oriana soudain transie d'effroi. Je me suis seulement perdue.

— Tu sais que cette chambre était celle de ma mère ?

Ce disant, il s'était approché d'elle et pressait son torse dénudé contre la pauvre fille agitée de frissons.

— Je… Non, je l'ignorais.

— Est-ce que cela t'excite, petite dévergondée ?

Mais ce badinage grivois laissait la jeune femme de marbre.

— Si tu veux, nous pouvons commencer ici ! s'embrasa-t-il en glissant une main inquisitrice dans les braies de sa victime. Regarde, aucun garde à l'horizon…

Imprimant un mouvement de tout son corps vers l'avant, il plaqua alors la garce contre le panneau de bois rude, et l'y écrasa sans ménagement. Un glapissement instinctif s'échappa de la gorge délicate.

D'un coup, la porte s'ouvrit en grand, manquant précipiter les deux galants à l'intérieur. Sévère et interdit, Gaspare Verragano les considérait comme deux mouches indésirables au-dessus de sa table d'amputation.

— Seigneur Dolfin…

Dans le dos du médecin, à nouveau sur ses jambes, Chiara se rhabillait en hâte.

— Et vous êtes ? l'interrogea Pietro avec morgue.

— Maître Verragano, médecin de la flotte et de Sa Grâce le doge.

Si elle avait été jouée à la Sensa, dans l'un des nombreux chapiteaux comiques qui fleurissaient alors, la scène eût paru cocasse. Mais présentement, aucun des protagonistes ne semblait connaître son rôle, ni savoir que dire ou que faire l'instant d'après.

D'un regard désemparé jeté à l'intérieur de la pièce, Oriana tenta d'attirer l'attention de sa jumelle.

— Comme cela est singulier, reprit Pietro de son ton folâtre. Ne trouvez-vous pas, cher docteur ? Voilà que vous et moi observons de près chacune de ces demoiselles, à quelques mètres de distance seulement, et que ces dames s'avèrent être le sosie exact l'une de l'autre !

Aussitôt dit, il fit mine d'entrer dans la pièce où s'était déroulé le seul véritable examen. Mais poussée par un élan qu'elle-même ne semblait expliquer, Oriana interposa ce corps qu'elle lui avait refusé l'instant d'avant.

— Messire… Je vous en conjure… La dame Chiara ne sait rien de cette affaire… !

— Une affaire ? feignit-il la candeur. Quelle affaire ?

Cette fois, les yeux bruns de la jeune catin avaient accroché le regard vert de son double et, sans qu'un seul mot fût dit, Chiara comprit d'instinct ce qui amenait là la donzelle.

Mais leur confisquant l'initiative d'un geste autoritaire, Pietro tira Oriana dans la chambre et referma sur eux la porte. Leur saynète se jouait à présent à huis clos, et en dépit du large sourire qu'il affichait, le géant blond ne semblait pas enclin à les libérer avant d'avoir obtenu plus d'explications sur ladite intrigue.

— Messire, s'agaça le médecin, je suis ici pour ausculter cette dame sur ordre de Sa Grâ...

— Vous ne comprenez donc pas ce qui se passe ! glapit Pietro. Cette drôlesse cherche, ni plus ni moins, à vous ravir votre patiente.

Verragano parut enfin remarquer l'extravagante ressemblance entre les deux femmes. La chose lui sembla sans doute être le produit d'une diablerie, car il recula alors de plusieurs pas, comme effrayé par cette anomalie de la nature.

— Je vous en conjure, Mon Seigneur, laissez-moi prendre sa place ! implora Oriana, tombée aux genoux du colosse.

Pietro paraissait jouir de la situation et de l'ascendant qu'elle lui offrait sur ses divers protagonistes. Voilà qu'il avait non pas une, mais deux Chiara à sa merci !

— Vraiment ? la défiait-il de son regard plongeant. Tu me demandes d'être complice d'une évasion ?

— Oui... Je...

— Alors explique-moi donc quel avantage je gagnerais à cautionner votre petite mascarade ?

Cela tombait sous le sens : prendre sa revanche sur le félon Celsi. Mais Pietro éprouvait un plaisir flagrant à tourmenter ainsi ses captives, distillant à dessein le doute quant à l'issue du présent mélodrame.

— Lorsque l'échange sera découvert, improvisa Oriana, exigez de châtier vous-même la fautive.

— Toi... ?

— Moi. Et, je le promets ici, je serai tout à vous. Sa Seigneurie pourra faire de moi ce que bon lui chante.

Le sacrifice était immense. Démesuré, même, songea une Chiara devenue blême.

— Lucia te réclamera, suggéra le bénéficiaire, soudain plus pragmatique. Elle ne lâche pas ses filles si facilement. Certaines ici le savent qui pourraient t'en parler.

— La *signora* Nigra n'a aucun droit sur moi. Elle m'a mise à la rue contre ma volonté.

En quelques mots éplorés, elle rappela à tous le chantage qu'avait d'abord exercé sur elle la terrible matrone, puis comment celle-ci l'avait trahie pour exploiter ses charmes.

— Je suis donc parfaitement libre de choisir le Seigneur que je veux servir, affirma-t-elle crânement, en guise de conclusion.

— Tu ne prendras pas ma place, intervint Chiara d'une voix ferme. Je le refuse.

— J'ai peur pour toi que tu n'aies plus vraiment voix au chapitre, cingla Pietro, en désignant le ventre replet d'une moue écœurée. Si cette garce aspire à devenir ma courtisane, je ne vois pas qui ni quoi pourrait s'y opposer.

Étranger à la négociation, le médecin ne pouvait cependant cacher l'inconfort dans lequel celle-ci le plongeait.

— Nous sommes bien d'accord que mon examen était achevé avant l'arrivée de Messire céans, dit-il d'un timbre chevrotant. Et que je n'ai jamais pris part à cette discussion.

Il redoutait sans doute qu'on lui impute par la suite cette étonnante tractation. Indifférent aux craintes du carabin, Pietro s'adressa de nouveau à son ancienne protégée, et lui intima d'un ton adouci :

— Dépêche-toi d'enfiler les hardes de ta camarade. Si tu tardes trop à regagner mon appartement, les autres filles vont devenir méfiantes. Ou pire encore, partir sans toi.

— Quant à toi…

Il s'adressait à présent à la plus jeune des deux copies conformes, à laquelle il tendit un petit coussin carré attrapé sur la banquette.

— Place ceci entre ton ventre et ta robe. Cela fera illusion le temps que ton amie puisse sortir d'ici.

— Tu crois vraiment que les gardes n'y verront que du feu ? s'enquit Chiara, arrondissant son propre ventre, qui décidément ne pouvait plus passer inaperçu.

— La *signora* Gina suggère que vous l'emprisonniez sous un linge noué en camisole, intervint Oriana.

— Linge ou non, j'ai encore quelques « amitiés » parmi les gardes. Si je le demande gentiment à Baff'…

Pietro assortit la mention du soldat moustachu d'un geste qui brassait des deniers imaginaires.

— … il saura convaincre lui aussi les hommes de Celsi. Il n'y a pas plus aveugle qu'une sentinelle qui a décidé de fermer les yeux.

— Cela ne fonctionnera jamais ! s'écria Chiara. Sandro me connaît assez pour faire la différence. Et quand bien même il se laisserait berner, il surveille ses ouailles avec plus de vigilance qu'un chien de berger. Jamais je ne réussirai à leur fausser compagnie une fois au dehors.

— Tu me pardonneras de te le dire, mais cette partie-là du plan n'incombe qu'à toi, *bella*. Il me semble que cette jeune fille et moi aurons fait plus que notre part ici même.

De nouveau enjoué, il enserrait la taille de sa proie d'une poigne de propriétaire. Puis, donnant le signal des actions ainsi préméditées, il gratifia le fessier de la jeune catin d'une large claque.

— *Andiam' !* Ne perdons pas plus de temps.

Comme les deux jeunes femmes achevaient l'échange de leurs vêtements, Chiara se planta sous le nez de son ex-tortionnaire :

— Je te connais, Pietro. Tu ne fais pas ça que pour t'offrir un nouveau jouet, n'est-ce pas ? lui demanda-t-elle sans détour.

Qu'il contribue à sa liberté ou qu'il la sacrifie, elle n'avait plus peur de lui. Ce temps-là était révolu.

L'héritier de la Cà Dolfin parut hésiter, puis levant un bras à la verticale, il dévoila son aisselle. Dans le creux, au milieu d'un nid de poils blonds, un bubon noir poussait, gras et mûr, déjà purulent, signe que la maladie progressait désormais en lui de manière inéluctable.

Ce mal, chacun le reconnaissait, mais aucun n'osait en dire le nom. Ce mal noir qui ravageait une fois de plus Venise.

Tous se figèrent devant le spectacle abject, soudain silencieux.

— Les premiers symptômes remontent à quand ? s'enquit à la fin Verragano d'une voix toute professionnelle.

— Quelques semaines…

— Hum, bougonna le barbon d'un air sombre, en guise de pronostic.

Si Mauro Grazzianni avait été là, avec eux dans cette pièce, eût-il proposé une cure de sa miraculeuse thériaque à ce monstre qu'était devenu Pietro Dolfin ? Plus tard, quand Gina lui narrerait les prodiges réalisés par son amant pour le compte d'Angela, Chiara se poserait maintes fois la question. Sans jamais parvenir à y répondre elle-même.

Ébranlée par la nouvelle, elle se tourna alors vers son sosie :

— Tu le savais ?

Oriana acquiesça sans un mot. Elle-même ne portait encore aucun stigmate, mais l'intimité qu'elle avait connue avec lui la veille lui laissait bien peu d'espoirs d'échapper à la contagion. Depuis quelque temps déjà, elle suspectait un tel épilogue, ô combien tragique. Cela expliquait probablement ses propres choix.

Mais à son drame personnel s'ajoutait une perspective plus funeste encore, et qui concernait cette fois toute la ville. Car, quelle que fût la façon dont Pietro Dolfin avait lui-même été contaminé, sa fréquentation assidue des mérétrices laissait sans nul doute présager une propagation rapide de l'épidémie à l'intérieur du Castelletto. Le dernier bastion sain de la République venait de tomber. Et il était à peu près certain qu'au cours des jours et des semaines à venir, la peste se délecterait de la chair des putains vénitiennes avec l'avidité d'une bête affamée.

Au moment de se quitter, malgré le risque encouru, l'aînée prit sa cadette dans ses bras, longue et troublante étreinte entre deux beautés identiques.

— Je ne t'en veux pas, tu sais…, lui souffla Chiara.

— Merci.

Les yeux étaient humides. L'émotion sincère. L'une berçait l'autre comme on cajole un enfant de son propre sang.

Entre deux baisers, et en quelques mots tremblants, Oriana affranchit sa jumelle sur les consignes confiées par les trois autres fugitifs.

Chiara peinait à y croire.

Le plan de ses amis paraissait presque trop simple. Mais elle faisait confiance à l'intrépidité de Gina, à la science de Mauro, à la mesure de Nicola. À eux trois, ils avaient tous les atouts voulus pour s'engager dans un jeu si dangereux.

Dans quelques heures seulement, sur ce banc de sable perdu dans la lagune, cette terre qu'elle possédait et qu'elle quitterait sans regret, elle les retrouverait enfin. Ses amis, son amour, toute sa vie en somme.

*

Mauro avait tenté de la dissuader toute la matinée, mais rien n'y avait fait. Le visage masqué par un grand foulard, la capuche de sa soubreveste rabattue sur ses mèches rebelles, Gina s'était glissée hors du *getto* en milieu d'après-midi. Malgré le péril ambiant, elle ne tarda pas à se présenter à la guérite de contrôle de la *calle* Galeazza, là où de triste mémoire elle avait assisté à la flagellation de ce juif infortuné, quelques semaines plus tôt.

Prétendre entrer dans le Castelletto alors que tous les hommes de Dona étaient lancés à ses trousses s'apparentait à une folie. Mais, vu ce qu'ils s'apprêtaient tous à faire, elle n'était plus à une audace près.

— Pourquoi te couvres-tu le visage ? l'apostropha avec rudesse le garde des Seigneurs de la nuit. Aurais-tu une maladie à nous cacher ?

Découvrant sa figure, elle opposa son plus radieux sourire, lequel radoucit instantanément le sbire. Quelles armes divines avait confiées le Créateur aux femmes, en leur offrant la comédie et la simulation !

— Que nenni ! L'un de mes clients apprécie beaucoup le fard, comme tu peux le voir, et j'avais peur qu'un mauvais vent n'emporte tout.

Elle n'avait pas lésiné sur le maquillage, en effet. Les couleurs explosaient sur le ciel blanc de sa figure comme autant de fusées un soir de feu d'artifice. Ses joues rosies par la poudre et ses lèvres rougies par le baume agissaient comme autant de leurres, distrayant le regard, habillant ses traits d'une parure qui contribuait à les brouiller.

Méconnaissables.

— Hum ! grogna l'homme. Dans ce cas, que faisais-tu à l'extérieur ?

— Tu crois vraiment qu'on trouve de telles merveilles à l'intérieur de notre prison ? répondit-elle avec tout le naturel voulu.

Le soldat haussa les épaules, puis lui fit signe de passer le guet d'un moulinet las. Gina fila sans demander son reste, trottant entre les flaques de boue, le regard bas et l'attitude modeste.

Car la *calle* Rampani se situait à l'autre extrémité du quartier San Matteo, et elle dut esquiver plus d'un visage connu et plus d'un regard pressant avant de parvenir au pied de la maison de son amie.

Étonnamment, aucune surveillance n'avait été affectée au domicile de la « duchesse » du Castelletto. D'un coup d'œil circulaire, la rousse cagoulée s'assura tout de même qu'aucun gamin des rues, ces espions de fortune, ne traînait à proximité. Puis enfin elle entra dans la *volte* désertée, et dont l'huis, pour cause, était resté ouvert ; la maîtresse des lieux n'avait pas prévu qu'elle devrait l'abandonner si précipitamment.

Dans la chambre de Chiara, à l'endroit exact où Gina l'espérait, elle ne tarda pas à extraire une liasse de parchemins d'un petit coffret de bois marqueté. Sur la première feuille, on pouvait identifier le sceau de « Maître Scolla, notaire », l'homme de loi qui avait réglé la succession d'Alvaro Mosca.

— C'est pas ça…, grimaça-t-elle.

Les pages suivantes énuméraient bien le détail des avoirs du défunt *capisestiere* hérités par sa fille adoptive, mais en eux-mêmes, ces documents ne recélaient aucune valeur marchande.

Après de longues minutes à retourner tout ce que la maison comportait de matelas et de piles de draps, elle trouva ce qu'elle cherchait, posé à même une table basse du salon, exposé aux regards et à la convoitise de tous. Cette imprudence lui prouva que lesdites « lettres de change au porteur » avaient dû être déposées ici après l'arrestation de Chiara, par un vulgaire messager qui, trouvant le lieu vide, s'était contenté d'y larguer son pli pour repartir aussi sec. Il était presque miraculeux que des billets d'une telle valeur soient restés ainsi inviolés, dans un logis ouvert à tous les vents, qui plus est durant près d'une semaine.

— Mais… mais…, bafouilla-t-elle à la lecture des montants indiqués. Cette carne est diablement riche !

Les montants excédaient largement ce à quoi elle s'attendait, et dépassaient sans doute aussi les attentes de Chiara.

Cette bonne surprise n'était pas la seule puisque, déchirant une enveloppe déposée juste à côté des précieux billets, elle libéra ce qui se révélait être…

— Un sauf-conduit !

Signé de la main de Giovanni Dolfin, probablement peu de temps avant sa mort, le document autorisait Chiara, « ainsi que tout voyageur accompagnant cette dame », à quitter Venise et ses territoires librement, puis à circuler jusqu'à la cité de son choix. En vertu des accords diplomatiques entre la République et ses voisins, ce papier faisait office de véritable passeport. S'ils parvenaient donc à gagner le continent comme ils l'espéraient, ils ne pourraient ni être arrêtés ni encore moins être extradés avant d'avoir gagné un lieu sûr. C'était tout bonnement inespéré !

Que le père de Chiara, si proche de son dernier souffle, ait eu à cœur de se racheter auprès de sa fille, cela la sidérait. Bien que tardif, ce geste honorait la mémoire du politicien sans âme qu'il semblait avoir toujours été. Il ne fallait pas désespérer de cet animal versatile qu'est l'être humain, songea-t-elle, tournant et retournant le parchemin providentiel.

Quand un claquement de porte sur la rue, deux étages plus bas, la fit brusquement sursauter…

*

Sandro était pour le moins contrarié d'avoir été rappelé au guichet du palais si peu de temps après sa livraison – qu'une orgie fût abrégée n'était jamais bon signe. En outre, il avait dû pour ce faire quitter la partie de cartes et les chopines d'un *ridotto* voisin, rare instant de détente que lui accordait Lucia. Ressassant par avance les remontrances que ne manquerait pas de lui adresser sa matrone, c'est à peine s'il avait jeté un œil à la grappe de filles qu'il récupérait.

Tandis que la petite troupe le suivait à travers les *mercerie*, il lança juste d'un ton aigre, par-dessus son épaule :

— Je vous préviens que si j'apprends que l'une d'entre vous a refusé telle privauté ou tel service, elle tâtera d'un autre bâton que celui du Seigneur Dolfin !

Craintives, et néanmoins soulagées d'en avoir fini plus tôt, elles continrent leurs gloussements, et se bornèrent à emboîter le pas du ruffian qui cavalait sur les pavés disjoints.

Ironie de l'histoire et de ses bégaiements, c'est à l'angle de la *merceria* San Salvador et de l'étroite *calle* di Mezzo, à l'endroit exact où Oriana lui était apparue pour la première fois, que Chiara parvint à leur fausser compagnie. Le puits sur lequel avait été simulé le viol de sa jumelle était toujours là. Elle s'accroupit derrière le monticule de pierres, et attendit plusieurs minutes, à l'affût du moindre bruit suspect. Quand elle conclut que sa défection n'avait pas encore été repérée, elle repartit alors à toutes jambes en direction du *rio* San Zulian, distant de quelques dizaines de coudées seulement. Là, hélant un gondolier, elle agita la pièce donnée par Pietro juste avant son départ :

— Dix deniers pour toi si tu me conduis rapidement au *rio* della Celestia !

C'était toute sa fortune du moment, mais aussi près de deux fois le montant ordinaire d'une telle course, si bien que l'homme arrimé à sa *forcola*, ce petit tolet de bois creux où était calée l'unique rame, la chargea à son bord sans discuter.

Le *rio* della Celestia était à la fois proche de l'Arsenal et voisin des quais de la *fondamenta nuova* donnant sur la lagune. Là où l'attendait son premier *sandalo,* selon les dires d'Oriana.

Ratatiné au fond de l'embarcation, Chiara tâchait de demeurer aussi discrète que possible malgré la douleur que lui infligeait son ventre oppressé. Elle savait à quelle vitesse les rumeurs pouvaient courir les rues de cette ville. Par chance, ou était-ce un effet de la gratification accordée, le gondolier ne fit aucune remarque quand, à l'approche d'un pont encombré de badauds, elle se glissa à demi sous les *felze*, ces grandes bâches de protection qui traînaient à l'avant de la barque.

De loin, elle reconnut la silhouette imposante des hangars de l'Arsenal et, prudente, elle exigea d'être débarquée avant d'être visible des gardes qui quadrillaient le périmètre.

Quelques enjambées la séparaient seulement de son premier rendez-vous.

— Vous êtes l'envoyée du Seigneur Chiutto ? s'enquit un homme sec, coiffé d'un large chapeau au bord plat.

— C'est moi, approuva-t-elle du bout des lèvres.

Son nouveau timonier devait être aussi méfiant qu'elle, car il avait tiré son *sandalo* à fond plat en retrait du lieu convenu, dans un *ghebbo* perpendiculaire au quai, l'un de ces petits canaux peu profonds dévolus au contrôle des marées et en principe impropres à la navigation. Il fallut toute la vigueur du marin, manifestement un pêcheur qui arrondissait ses fins de mois avec de telles courses clandestines, pour remettre la gabarre à flot. Dès que son regard put embrasser le *sestier* de Castello depuis la lagune, et qu'elle sentit le vent de mer emplir ses poumons et gonfler sa chevelure dénouée, Chiara ressentit le soulagement tant attendu. Ne restait plus qu'à se débarrasser de cette bande qui entravait son bedon.

« Le bateau, c'est la maison », proclamait la devise des bateliers vénitiens, peinte à la main sur le flanc du petit navire. C'était surtout la liberté, songea Chiara, en fouillant les berges lointaines à la recherche d'une agitation quelconque. Mais tout paraissait paisible, observa-t-elle, les mains posées sur son ventre enfin libre.

Quand ils dépassèrent la première moitié de mille nautique, il en alla autrement à bord de l'esquif. Conçu pour le cabotage sur les canaux, ou au mieux à proximité des quais, le *sandalo* peinait à conserver toute sa stabilité sur les eaux désormais plus vives, soumises aux courants marins. À plusieurs reprises, arc-bouté sur sa rame, le pêcheur employa toute sa science de la navigation lagunaire pour leur éviter de verser dans l'onde noirâtre.

Après une grosse demi-heure de ce combat contre les éléments, le vent du large s'étant progressivement levé, ils atteignirent l'îlot légué par Mosca, et que Chiara voyait pour la première fois. Feu le *capisestiere* n'avait pas menti. Même bonifié, ce n'était qu'une étroite langue sablonneuse, pauvre en végétation et dépourvue du moindre bâti. On eût voulu y implanter une ferme que l'espace émergé en permanence, délimité par une mince bande de coquillages échoués, n'y aurait pas suffi. À présent qu'elle découvrait son héritage de ses yeux, elle doutait elle aussi de sa valeur…

Le convoyeur paraissait pressé de quitter ce confetti de terre désolée, et la salua bientôt d'un au revoir muet, sans autres indications ou consignes que celles expédiées quelques heures plus tôt par Oriana. « Ils devraient vous rejoindre à la nuit tombée... Espérez-les patiemment. Ils m'ont fait vous dire de vous allonger dans le sable si vous ne les reconnaissez pas dans les embarcations à l'approche. Mais, normalement, il ne passe pas grand monde dans ces parages-là, surtout à la nuit tombée. »

La première heure d'attente dans le soleil déclinant fut presque plaisante, à se laisser bercer par ses souvenirs de Venise, qui bientôt se fondraient dans une seule et même nostalgie. À cette distance, la Sérénissime n'était plus qu'un point écrasé sur la ligne de l'horizon. Rien de si impressionnant ni de si redoutable. Comment avait-elle pu la craindre à ce point ?

Et surtout, pourquoi avait-elle tant différé son départ ?

Elle se serait évité tant de drames, si elle avait écouté – Mosca au premier chef – ceux qui l'avaient pressée de partir.

Quand l'obscurité fut tout à fait tombée, elle regretta juste de n'avoir pas pris un mantel ou une soubreveste supplémentaire, ni de n'avoir pu garder un denier ou deux pour acheter quelque victuaille en chemin. Le pêcheur conservait sans doute un casse-croûte de pain rassis et de *schie*, ces petites crevettes grises typiques des environs, quelque part dans son bateau.

La lune pleine illuminait les proches alentours, mais dès que son regard s'aventurait au-delà des vagues croissantes, il se perdait dans la masse indécise des eaux et de la nuit. Le *bora* soufflait fort. Malgré l'absence presque totale d'obstacle, les claquements qu'il provoquait résonnaient de manière hostile.

Ce détail ne lui avait pas échappé : une houle ample secouait désormais la masse liquide qui l'encerclait. Au loin, il lui semblait même que la barre de petites déferlantes se formait et se déroulait à toute vitesse dans sa direction. Ce n'est qu'au moment où elle sentit la morsure humide et glacée sur ses pieds, qu'elle mit un nom sur le phénomène : *acqua alta*.

Les eaux montantes, galopantes même, ces eaux qui submergeaient tout à la vitesse d'un cheval lancé dans sa course. Ces eaux dont elle n'avait jamais connu que les effets dans le havre protégé de la ville et qu'elle s'apprêtait à affronter en pleine mer.

26

Un peu plus tôt, le même jour…

« TIENS, TIENS, TIENS… L'exquise *Signora* Gina ! Quel plaisir ! »

Sandro Lombardo avait gravi les marches sans bruit, aussi furtif qu'un chat. Lissant son bouc d'une main, il considérait sa proie avec l'appétit de celui qui s'apprête à croquer sa souris du jour, sûr de son avantage et de son bon droit de prédateur.

— Ce talent que tu as pour être là où il ne faut pas, grinça-t-il tout en progressant vers elle. Cela dit, je ne devrais pas m'en plaindre… puisqu'il nous réunit toujours !

Mais elle ne lui laissa ni le loisir de ce dialogue espiègle ni la possibilité d'un bond. Documents en main, elle fonça sans un mot sur l'unique issue vers les étages supérieurs. L'escalier en colimaçon de la *calle* Rampani était raide, mais elle l'avait gravi tant de fois qu'elle le monta cette fois encore en quelques enjambées. Le temps que son poursuivant réagisse, elle avait déjà atteint l'*altana* au sommet de l'édifice. N'importe quel étranger eût vu là une impasse, mais pas une catin vénitienne rompue aux clients indélicats et aux retraites précipitées. En trois pas, elle fut perchée sur le garde-corps branlant. Et d'une impulsion décidée, elle sauta sur la terrasse attenante.

Si l'on y prenait garde, c'est toute une seconde ville qui s'étendait à plusieurs mètres au-dessus du sol, sur le faîte des maisons. De toit en toit, un réseau de plates-formes plus ou moins contiguës courait à perte de vue, si bien qu'il était possible, en violant au passage les droits de quelques propriétaires, d'y circuler d'un bout à l'autre de la ville, sans jamais toucher la terre ferme, comme en lévitation.

— Arrête ! hurla le ruffian depuis la première *altana*. Tu ne m'échapperas jamais ainsi, tu le sais très bien !

Pour toute réponse, elle franchit un nouveau parapet, et passa sur la cime de la *volte* suivante. Mais tout autour du présent bâtiment serpentait un précipice de venelles continues, sans qu'aucune maison mitoyenne permette *a priori* de s'échapper.

Ignorant le danger, Gina recula de quelques pas, afin de se réserver la plus longue course d'élan possible. L'abîme qui lui faisait face était non seulement haut de trois étages, mais assez large pour y faire passer une charrette à bœufs.

— Ne fais pas ça, Gina ! Sois raisonnable, tu vas te tuer !

— … !

— Tu m'entends ? Ne saute pas !

Le regard rivé sur sa cible, elle arracha son turban et libéra son crâne dégarni. La repousse de sa crinière rousse était encore irrégulière, mais déjà un tapis flamboyant renvoyait la lueur déclinante du soleil.

Il était trop tard. Elle cavalait déjà en direction du vide.

— Non ! s'étrangla Sandro.

Mais contre toute attente, et malgré la robe qui entravait sa course, la jeune femme s'était élevée dans l'air vespéral avec l'aisance d'une bête fauve. Il y eut un instant de suspension entre les deux toits, tableau fugace et aussi pur qu'un chant de vierge, puis elle retomba lourdement sur la terrasse opposée, en une roulade plus confuse que gracieuse.

Le ruffian n'en revenait pas. Cette garce n'avait décidément pas son pareil pour le surprendre. Et comme Gina filait déjà sur l'*altana* suivante, silhouette tremblante à travers les ajours des paravents de paille, il hésita quelques instants devant le gouffre, puis renonça, reprenant au trot le chemin des escaliers.

Depuis le sommet de la *calle* Rampani, Gina le savait, elle n'était qu'à une dizaine de pâtés de maisons du *campo* Cassiano et du guet occidental du Castelletto. Là, prise entre la vaste place et le large *rio* qui coulait jusqu'au Grand canal, elle ne pourrait poursuivre sa folle partie de chat perché. Mais, tout au moins, l'espérait-elle, la surveillance y était d'ordinaire moindre qu'à la *calle* Galeazza, et peut-être pourrait-elle se fondre dans la masse des filles qui, à cette heure, allaient et venaient depuis les étals du *campo* Beccarie voisin.

Hélas, quand elle tutoya enfin le clocher de San Cassiano, les jambes recrues de crampes et hors d'haleine, un bataillon complet de soldats des Seigneurs l'attendait en contrebas.

— Là ! cria un sous-officier en pointant son index sur l'ombre essoufflée.

— Tu ne peux plus t'échapper, hurla son supérieur à l'adresse de Gina. Par ordre du Sieur Filippo Dona, je te somme de te rendre !

Quelques secondes à peine s'étaient écoulées quand trois gardes en armes la rejoignirent sur la vaste toiture aménagée, l'une des plus belles qu'elle avait eu l'occasion de fouler.

On lui arracha aussitôt les documents qu'elle avait sortis de ses braies, et qu'elle tentait vainement de dissimuler dans une anfractuosité du carrelage. Quand elle fut poussée vers le seuil de l'*altana*, poignets liés dans le dos, un colosse barbu la considérait d'un œil moqueur et gourmand à la fois. Manifestement, il goûtait l'ironie de la situation, et jubilait par avance de l'emprise que celle-ci lui offrait sur la beauté rousse.

*

« Fouillez-moi chaque damné recoin de cette bicoque ! » tonna Lorenzo Celsi en toisant Franco Dallensandro.

Pour une fois, le *commodore* semblait avoir remisé son sang-froid légendaire. Quant à ladite bicoque, il ne s'agissait ni plus ni moins du palais ducal.

— Retournez aussi le logis de ce Chiutto ! poursuivit-il, ivre de colère. Et si cela ne suffit pas, je veux que vous désossiez ce maudit Castelletto comme s'il s'agissait d'un jambon. Vous m'entendez ?! Un jambon ! »

Basile était bien le seul à oser braver la fureur du doge depuis que l'alerte avait été donnée. Une heure environ après le départ des invitées de Pietro Dolfin, temps qui correspondait aussi au moment où le Maître Gaspare Verragano avait achevé sa consultation et quitté les appartements ducaux, une servante qui avait accidentellement posé la main sur le ventre de Chiara lors d'un essayage s'était rendu compte de la ruse. Il ne s'était pas passé ensuite plus de quelques minutes avant que la garde ne soit informée de la substitution, et ne lance les premières recherches.

— Votre Grâce…, se risqua l'espion.

— Quoi ?! Que me veux-tu ?

— Toutes les nouvelles ne sont pas si mauvaises.

— Tu le crois vraiment ?

— Le Seigneur Dona vient de me faire savoir qu'il avait appréhendé la dénommée Gina. Cette catin est la plus proche camarade de…

Comment la désigner : l'Aragonaise, la duchesse du Castelletto, votre promise ou tout simplement cette autre putain ?

— … de la fugitive, se reprit l'affranchi.

— Bien, approuva sèchement Celsi.

— Il y a mieux : apparemment, toute la fortune de la *signora* Chiara était entre ses mains, sous forme de lettres de change. Sans ces documents, et donc sans argent, ils n'iront pas bien loin.

Le doge accueillit l'information avec une crispation de la mâchoire. Basile disait vrai ; Venise n'avait pas encore relâché ses serres.

— Je veux que tu fasses parler cette fille en personne. Je veux tout savoir des plans d'évasion de ma femme. Où, quand, comment, quels sont leurs complices... Tout !

— Et la doublure, cette Oriana ? Que doit-on en faire ?

— J'imagine qu'elle n'a pas été mise au fait des détails de leur stratagème. Dans l'immédiat, offre-lui donc la place de son sosie aux *piombi*. On verra si elle trouve toujours leur ressemblance si divertissante.

— C'est que...

— C'est que quoi ?

— Le Sieur Pietro Dolfin prétend, semble-t-il, à certains droits sur la drôlesse.

— J'aimerais voir ça ! Qu'on fasse signifier à ce benêt qu'il n'est plus autorisé à résider au palais. Nos largesses ont bien assez duré. Je veux qu'il soit renvoyé chez lui dès ce soir. Exécution !

*

Dépossédé de son trophée auburn, lequel promettait d'être d'un usage fort plaisant, Filippo Dona avait dévasté le Castelletto avec une rage qui allait au-delà de son habituelle cruauté. Même les logis et les filles de Lucia Nigra, pourtant sa complice, n'avaient pu échapper à la rafle sanglante. Dans cette triste affaire, la matrone avait non seulement perdu son plus beau joyau, Oriana la *Gemella*, mais aussi une bonne dizaine de gagneuses méritantes, dont les viscères ornaient à présent les ruelles pavées du quartier fermé comme autant de guirlandes. Celles qui avaient eu le loisir de parler avant qu'on les éventre n'avaient rapporté aucune rumeur valable. Hormis Oriana elle-même, personne ne savait rien du plan de fuite ourdi par les quatre conjurés.

— Ne t'inquiète pas, plaida Nicola sans y croire. Je suis certain qu'elle ne va plus tarder.

Recroquevillé sur un tabouret, dans la pénombre de la salle commune de l'*osteria Pulcin'*, Mauro accueillit les propos rassurants de son ami d'un sourire plein de gratitude. Mais le fracas des armes et des cris dont les échos leur parvenaient depuis l'autre rive du Grand canal ne préfigurait rien de bon.

Soudain, alors qu'Angela briquait son auberge sans clients pour se changer les idées, Giuseppe fit irruption dans la pièce assombrie. Le marmot sans famille était essoufflé. Et malgré le contrejour, on devinait son désarroi.

— Ils fouillent partout ! clama-t-il en guise d'introduction.

— Je croyais qu'ils ne ratissaient que le Castelletto ?

— Plus maintenant... Ils ont élargi leurs recherches, et ils poussent toutes les portes des deux côtés du canal.

Les trois comparses échangèrent quelques regards interdits, et néanmoins éloquents, avant que Mauro ne rompe leur gêne :

— Tu dois partir d'ici, Nicola.

— Je ne te laisserai pas. Pas tant que Gina ne sera pas saine et sauve.

— Il a raison, intervint Angela. Rester ici est une folie. Va retrouver Chiara. Et eux...

— ... Nous vous rejoindrons plus tard, compléta le médecin d'un ton qui se voulait assuré.

Qui croyait à ce fabliau improbable ? Aucun d'entre eux sans doute. Un hurlement déchirant venu du dehors les fit tous frémir.

— Ne perds pas de temps ! souffla Mauro. Vas-y maintenant. De toute façon, je ne vais pas rester non plus.

— Où vas-tu aller ?

— Gina sait que si la situation est désespérée, nous devons nous retrouver dans un puits au bout de la *calle* Orto.

— C'est en plein *getto* ! glapit Nicola. Tu n'as pas quitté la gueule du loup pour aller t'y jeter à nouveau !

— Le puisard comprend un renfoncement à mi-hauteur, qui donne sur une galerie dont personne ne connaît l'existence à part quelques habitants du quartier. Si nous nous cachons là, nous pourrons attendre que le tumulte passe.

Le chevalier acquiesça sans conviction, puis il esquissa une accolade virile, comme on s'en donne entre soldats.

Ce fut ensuite au tour d'Angela de tomber dans ses bras, cette fois avec plus de tendresse. L'un et l'autre le savaient : à travers lui, c'est Chiara qui faisait ses adieux à sa mère adoptive. L'étreinte s'éternisa sous le regard stupéfait du gamin.

Que deviendrait la vieille aubergiste balafrée, seule dans une ville en proie à la peste et aux exactions les plus violentes ? Nicola préférait ne pas y penser, et après une ultime embrassade, il sortit à la suite de Giuseppe.

Ce qu'avait omis de préciser le petit orphelin dans sa précipitation, c'est que les prémices d'une invasion maritime détrempaient le pavé des rues. Quelques centimètres à peine, mais dont le courant et les rides attestaient de la rapide progression.

Quelques minutes après lui, également surpris par l'*acqua alta* naissante, Mauro quitta à son tour la gargote. Malgré le flic-flac qui ralentissait sa cadence, il pressait le pas en direction des confins septentrionaux de Cannaregio. Par chance, la soldatesque à leurs trousses ne semblait pas avoir encore atteint cette zone. Les rues que l'eau envahissait étaient désertes. Un calme d'avant le désastre y régnait. Marcher dans l'eau et les reflux de vase devenait de plus en plus difficile, ses chausses et le bas de ses braies appesantis par l'humidité.

Lorsqu'il parvint enfin *calle* di Forno, la rue du Four, il eut du mal à appréhender le spectacle dantesque qui s'offrait à lui. Celui-ci s'accordait pourtant à merveille au nom du lieu. Là, juste après l'angle, d'immenses flammes se dressaient dans la nuit tombante. Quelques pas encore, et il vit ce qu'il redoutait tant, son immeuble de la *calle* Orto qui partait en fumée, ainsi que deux autres maisons voisines. La scène était absurde : l'eau gagnait la ville de toutes parts, et néanmoins son logis brûlait !

Pataugeant avec frénésie, il se rua vers la *volte* en feu. Dans la venelle inondée, plusieurs corps inertes étaient étendus. Bientôt, ils flotteraient, emportés inexorablement vers la lagune.

Mauro ne voyait plus. Il n'entendait plus. Il ne percevait que le visage sans vie d'Isaac noirci par l'incendie et à présent lavé par l'eau verdâtre.

Soudain, un cri sauvage.

Un bras invisible qui s'abattit sur son crâne.

Tout à son malheur, il n'avait rien vu venir.

*

Faire parler la catin rousse avait été un jeu d'enfant.

Depuis le temps qu'il ne pratiquait plus, Basile craignait d'avoir perdu la main. Mais il fut rassuré une fois face à sa besogne, car il ne lui fallut pas plus d'une demi-heure pour arracher quelques ongles, et avec eux les indications qui lui manquaient. Aussitôt le lieu de rendez-vous des fuyards transmis à Celsi, il avait pu repartir en chasse des divers complices égaillés dans la nature.

La perquisition du logis épiscopal de Chiutto n'ayant rien donné de très tangible, il repartit ventre à terre à la tête de sa petite troupe, en direction de l'auberge pointée par les domestiques de l'ex-prélat.

Un œil plongé dans les eaux montantes, Angela les attendait sur le pas de sa porte. Calme et résolue. Elle avait prévu cette visite. Elle savait à quoi et surtout à qui s'attendre.

— Bonjour, Basile…

— *Signora* de Zara, inclina-t-il brièvement le chef.

— Je sais ce que tu veux, et je peux te dire tout de suite que tu ne l'auras pas.

— Vraiment ?

— Vraiment. Tu n'obtiendras pas un mot de moi qui pourrait nuire à mes amis.

Le géant noir avança jusqu'au seuil, dague en main, menaçant. Il en darda la pointe sous la gorge de la vieille catin. En un sens, comme lui, elle était une affranchie. Mais l'homme ne paraissait pas sensible à cette communauté de destins.

Il voulait savoir où se trouvait chacun des conjurés, et il le saurait.

— Toujours pas ?

Angela demeura muette.

Cette mort qui avait si souvent rôdé autour d'elle, cette mort qui l'avait frôlée sans l'emporter tant de fois, et il y a peu encore, voilà qu'elle l'appelait d'elle-même. Quitte à mourir, autant le faire pour ceux qu'elle aimait.

— Parle, vieille carne ! gronda Basile.

Soudain, il plissa ses yeux injectés de sang. Une lueur admirative les traversa. À présent, il pouvait lire la noblesse sur le visage couturé de la putain repentie. Il comprit qu'elle espérait cet épilogue tragique qui ne dépendait que de lui. Il sut avec certitude que des heures de supplice ne lui apprendraient rien de plus. Elle ne craquerait jamais, quelle que fût la torture infligée.

Alors, abaissant son arme, dans un geste aussi furtif qu'un souffle, il exauça le vœu muet d'Angela et planta d'un coup sa pointe dans le ventre replet.

Un hoquet la secoua.

Un filet de sang coula d'entre ses lèvres, rappel de cette fleur rouge qui venait d'éclore sur son abdomen. Dès que son meurtrier eut dégagé la lame, elle s'effondra d'un coup. Emportée par une peste plus noire encore que celle à laquelle elle avait réchappé.

*

La panique ne s'était emparée d'elle que lorsque le courant montant avait décollé un instant ses pieds du sol meuble de l'îlot. L'eau saumâtre atteignait désormais sa taille, bientôt sa poitrine. Et elle n'avait plus pied que par intermittence. Chaque nouvelle vague arrachait Chiara au fond sablonneux et, insensiblement, la déportait hors du périmètre du confetti de terre perdu aux confins de la lagune. L'absurdité de cette mort annoncée lui tirait des cris de rage : elle périrait sur la terre qui aurait dû faire sa fortune. Ou plutôt, sur son image déformée par les flots déchaînés. Avec la nuit, l'eau était un bloc mouvant, aussi sombre et dense que du plomb. Il était impossible de percer ses mystères sous la surface rasée par l'astre nocturne. Au lieu de la porter, son gros ventre lui paraissait agir comme un lest qui l'attirait plus sûrement encore vers ces profondeurs insondables.

— *Aiut' ! Aiut' !* brama-t-elle à plusieurs reprises dans l'obscurité. Aidez-moi !

Mais seul un silence froid et obstiné lui répondait par rafales. Il n'y avait personne dans cette nuit pour l'entendre, encore moins pour la secourir. Elle qui ne connaissait que la foule du Rialto, elle éprouvait pour la première fois la peur panique de se savoir isolée. Elle était si gelée que sous peu elle ne parviendrait même plus à agiter bras et jambes, condition de sa survie. L'eau montait un peu plus à chaque seconde, inexorablement.

Un bref moment, elle se revit sautant dans le Grand canal à la poursuite de la barque emportant sa mère. Toutes les années écoulées depuis lui apparurent alors comme une parenthèse indue. Un sursis qu'elle n'avait pas mérité. Son destin la rattrapait à la vitesse de cette *acqua alta* qui bientôt la submergerait. Elle aurait dû mourir noyée ce jour-là ; et voilà que l'erreur de son sauvetage allait être corrigée.

La première tasse bue lui coupa le souffle. Le sel brûlait tant sa gorge et ses poumons que crier lui arrachait des larmes de douleur. Salées, elles aussi. Dire qu'elle n'avait pas appris à nager depuis lors ! Maudite tradition vénitienne qui réservait la science du barbotage aux marins et aux pêcheurs, et l'interdisait par-dessus tout aux femmes.

— *Aiut' !* Par pitié ! Je suis là !

Étaient-ce ses sanglots qui brouillaient sa vue ? Une ombre lui semblait pourtant bien s'approcher de l'île ensevelie. C'était une forme imprécise, trop massive pour être un dauphin. Pas assez immergée pour être une baleine – en de rares occasions, les pêcheurs vénitiens en avaient retrouvé des spécimens aventurés par erreur dans la lagune, et qui finissaient toujours par s'échouer sur un îlot tel que le sien.

— Chiara !

Non, ni le dauphin des Dolfin, ni une baleine vouée aux charognards, ce qui fonçait vers elle projetait de chaque côté l'écume caractéristique de l'étrave d'une barque ! Infime lueur blanche repeinte de lune.

— Chiara ! répéta la voix lointaine. Chiara, c'est toi ?

« Nicola ! » songea-t-elle en avalant une deuxième goulée du breuvage infâme. Les glouglous étouffèrent ses appels à l'aide. Il lui était impossible de guider son sauveur dans ces ténèbres balayées par les vents, où chaque son était emporté au loin aussitôt né.

Soudain, plus ou moins à égale distance d'elle, il lui sembla percevoir la flamme chancelante d'un falot. Pourquoi Nicola ne l'avait-il pas brandi plus tôt ? L'espoir renaissait tout de même, en dépit du fond sablonneux qui se dérobait un peu plus à chaque seconde.

Mais le fanal miraculeux n'était pas celui du chevalier Chiutto. Nicola avait dérobé un *sandalo* amarré sans surveillance, et l'embarcation manquait des équipements indispensables à la navigation de nuit.

Cette lumière qui fondait à présent sur sa barque, c'était celle qu'un garde ducal tendait dans sa direction. Quelques brasses seulement derrière la barque du fuyard, pile dans son sillage.

— Il est là, Votre Grâce ! aboya le soldat à la proue du navire. Droit devant nous !

À bord de la petite galère à huit rameurs, rapide et facile à manœuvrer, Lorenzo Celsi fouillait l'inconnu de son regard clair et perçant, aussi impassible qu'une statue. Lui qui avait guerroyé toute sa vie sur les mers les plus dangereuses, il était dit qu'il ne se laisserait pas mystifier par un marin de fortune. Se postant à son tour à l'avant de l'embarcation, il se tint prêt à l'abordage. Quelques mètres seulement séparaient à présent les deux esquifs. Puis une vague à peine, puis plus rien ?

Loin de le désarçonner, le choc entre les deux bateaux propulsa le doge en avant. Précisément au centre du *sandalo* fugitif. Défouraillant son épée, il esquissa aussitôt une première charge en direction du chevalier.

— Vos adieux au Conseil n'ont pas vraiment été faits dans les formes, Seigneur Chiutto ! ironisa le duc tout en se fendant.

Pour l'occasion, il avait troqué sa simarre ducale pour son uniforme de marine, plus ajusté et plus souple, bien que tout aussi immaculé. De noir vêtu, Nicola constituait une cible moins facile à identifier dans l'obscurité, et l'assaut du capitaine le manqua de peu.

— *'Cola !* implora la voix détrempée de la jeune femme en perdition.

Le *sandalo* de son amant avait poursuivi sa dérive et n'était plus désormais qu'à quelques coudées d'elle. Mais trop éloigné toutefois pour qu'elle puisse s'y arrimer.

À bord, le dilemme était effroyable. Nicola devait-il affronter celui qui l'assaillait sans répit, ou fuir le combat et plonger au secours de sa bien-aimée ?

— C'est sans doute parce qu'il n'y a aucun privilège auquel je tienne plus qu'à la vie, finit par répliquer Nicola. C'est ce qui nous différenciera toujours, vous et moi.

La nouvelle salve du bretteur piqua sa cuisse et lui arracha un cri sec. La blessure était certes superficielle. L'injure, elle, lui parut insupportable. Il tira alors la longue rame de son logement et, après l'avoir fait tournoyer dans la nuit, il en décocha un grand coup sur le plastron blanc de son agresseur. Si l'arme était rudimentaire, son allonge se révélait plus importante que celle de toutes les épées connues. Sonné, le souffle court, le duc tomba à la renverse, les paumes portées à sa poitrine.

Une telle occasion ne se représenterait plus. Nicola avait surpris une fois son adversaire, mais une seconde chance ne lui serait pas offerte face à un soldat aussi aguerri.

— Tuez-le ! Tuez-moi cet abbé de malheur ! grogna le duc entre deux hoquets, à l'intention des trois gardes qui l'avaient rejoint à bord de la modeste gabarre.

Leur tournant le dos, visant l'onde où il croyait avoir entendu Chiara la dernière fois, l'homme en noir prit une ample inspiration, puis plongea sans barguigner. La tête la première. Sa sirène ne chantait plus, mais il était convaincu qu'elle flottait quelque part dans cette ombre liquide. Des deux mains, les yeux clos et les autres sens aux aguets, il brassait l'eau avec ferveur. Et à mesure que le temps s'écoulait, et que ses poumons vides réclamaient leur ration d'air, avec de moins en moins d'illusion.

À la surface, la détonation assourdie d'une arquebuse puis d'une autre lui rappela que ses poursuivants n'en avaient pas fini avec lui. Ils campaient là, juste au-dessus de lui, à l'affût de sa remontée, prêts à l'achever s'il était assez imprudent pour surgir de l'onde crépusculaire. Mais Celsi dut ordonner que cessât cette mitraille au jugé, de peur de blesser sa fiancée, car les coups s'arrêtèrent soudainement.

Il n'y avait plus que le hurlement assourdi du vent. Les ordres qu'on aboie à travers l'épaisseur liquide des flots déchaînés. Et le murmure de l'eau à ses oreilles, où perlaient de petites bulles sans vie. Tout allait donc finir là. Au fond de la lagune. Dans sa nuit effrayante. Faute d'air dans ses poumons. Ce bon Mosca en aurait sans doute pleuré, s'il avait su à quel gâchis ses protégés étaient promis. Sombrant comme de vulgaires poissons traqués par les pêcheurs.

… Quand la main éperdue du nageur à bout d’apnée, déjà prête au renoncement, disposée à couler à la suite de la noyée, palpa un pan d’étoffe.

27

La fin de la nuit, le jour suivant…

La nuit de Venise, cette nuit absolue de la lagune, avait été leur meilleure alliée.

Grâce à elle, si profonde, il avait pu renflouer le corps inanimé de Chiara à l'abri des regards et des lanternes.

À travers elle, il l'avait tractée sur une distance qui lui avait paru interminable, mais où aucun écho ennemi ne lui parvenait plus. Nicola en déduisit que leurs poursuivants avaient limité leurs recherches aux abords de l'îlot à présent submergé. Tout du moins, l'espérait-il.

Il était si épuisé que l'apparition providentielle de la barque du passeur ne l'étonna même pas. De toute façon, les options n'étaient plus très nombreuses : c'était le miracle ou la mort prochaine. L'homme avait d'abord hissé la femme inconsciente à son bord, avant de lui tendre à son tour une main secourable. Dans ces ténèbres totales, il était difficile de distinguer les traits de leur sauveur. Il reconnut juste l'accent prononcé et le sifflement que le ladre produisait entre ses chicots à chaque fin de phrase.

Ils ne s'étaient vus qu'une fois, au moment de faire affaire, mais ce genre de détails ne s'oubliait pas.

Durant au moins une demi-heure, ils restèrent quasiment sur place. Cette inaction inquiétait Nicola, mais le passeur n'en démordait pas :

— On ne deviendra un objet identifiable que si l'on se déplace. À cette distance et dans cette suie, si l'on ne bouge pas, on pourra passer pour une bouée ou une barque échouée, au moins le temps que les courants nous éloignent assez.

Il avait probablement raison, car ceux qui les traquaient ne semblaient toujours pas les avoir repérés.

Après de nouvelles et éprouvantes minutes immobiles, le navigateur fit mine de reprendre sa course lente, à une seule rame qu'il godillait au ralenti. Plus ou moins au moment où Chiara revint à elle. Elle cracha beaucoup d'eau, et expectora si bruyamment que le passeur dut demander à Nicola de museler sa compagne, s'ils ne voulaient pas attirer l'attention sur eux.

Ils se voyaient à peine, mais leurs mains se rencontrèrent dans le noir. Leurs lèvres s'unirent avec d'autant plus de fièvre qu'elles devaient se chercher, se deviner, avant de presser enfin leurs chairs tremblantes.

— *Chiarina...*, souffla-t-il dans un murmure incrédule.

Qu'ils eussent échappé à la Quarantia, à la potence, à Lucia et à Sandro, aux gardes ducaux, aux Seigneurs de la nuit, à l'*acqua alta* et à la peste, à Venise tout entière enragée, cela leur paraissait si improbable qu'ils ne trouvaient rien à en dire.

Seuls leurs corps avaient envie de se parler, au fond du petit bateau qui glissait sans bruit sur la houle.

Indifférent à leurs effusions, fermement campé à la poupe, l'homme manœuvrait sa barque avec une économie de gestes étonnante. Malgré l'obscurité impénétrable, cette nuit sans étoiles et sans aucune balise naturelle, il semblait certain de sa route. Peut-être se contentait-il de fuir la nuée de points lumineux qui piquaient à présent l'horizon derrière eux, signe que d'importants renforts avaient fini par rejoindre la modeste galère de Celsi. La direction contraire, celle qu'il fallait suivre, ne pouvait donc que les mener à ce continent tant désiré.

Sous une couverture prêtée par leur convoyeur, Chiara grelottait autant de peur que de froid. Elle ne parvenait pas à les croire tirés d'affaire. Il lui semblait qu'un monstre allait surgir de l'abîme, les prendre dans sa gueule et les déposer sur la *piazzetta* San Marco, pile entre les deux colonnes. Elle n'avait jamais rencontré le bourreau, et pourtant, dans son délire, le dragon en question portait la grosse trogne de Gaspari.

Absorbée par ses cauchemars, elle ne trouva pas la force de réclamer des nouvelles de leurs amis absents. Ce n'est qu'aux toutes premières lueurs de l'aube, alors qu'une infime bande de terre zébrait le paysage jusque-là uniforme, qu'elle trouva le courage de demander :

— Et Gina ? Et Mauro ?

« Ils vont nous rejoindre, n'est-ce pas ? » s'abstint-elle d'ajouter.

— Gina a voulu à tout prix récupérer tes titres de propriété et les lettres de créance de Mosca chez toi, expliqua Nicola. Nous l'avons attendue autant que nous avons pu chez Angela. Mais les hommes de Dona fouillaient chaque maison. Il était impossible de rester sur place.

Elle poussa un soupir sans espoir.

— Mauro est parti à sa recherche… Et je n'en sais pas plus. La suite, tu la connais.

La suite, chacun à bord pouvait la deviner. Avec cette flottille lancée à leurs trousses, la lagune tout entière n'était désormais qu'un gigantesque filet à travers lequel plus un esquif ne saurait passer. Quand bien même leurs camarades avaient pu embarquer après eux, à la *fondamenta nuova* ou ailleurs, ils avaient probablement été interceptés quelques milles plus loin.

Les attendre ne servait à rien.

Parvenir à s'échapper était le seul honneur qu'ils pouvaient encore leur rendre.

— On a encore deux heures pour profiter de la marée, susurra à ce propos le passeur. Si on n'a pas atteint la côte dans ce temps-là, on sera refoulé de toute façon vers le large.

Là où les attendraient les soldats de Celsi.

Peu à peu, les éléments reprenaient leurs droits.

Au-dessus de leurs têtes, le levant époussetait l'obscurité du ciel comme une ménagère nettoie sa maisonnée et la rend pimpante pour un jour nouveau. Bientôt, chacun put discerner les visages des autres occupants de la barque.

— … !

Chiara crut s'étouffer de nouveau, cette fois d'effroi et de rage mêlés. L'homme qui les conduisait vers la liberté, cet homme n'était autre que le passeur félon qui les avait livrées, Gina et elle, à la dague de Sandro ! Celui par qui Rolando, son *Pulcin'* tant aimé, avait perdu la vie.

Elle se mordit les lèvres, puis le bras, pour ne pas hurler.

— *Bella* ? Que se passe-t-il ? s'inquiéta Nicola.

Mais elle ne sut qu'étouffer ses cris dans sa chair mâchée, accompagnant chaque hoquet d'un peu plus de larmes.

L'intéressé l'avait-il reconnue en retour ? Possible, même s'il n'en montrait rien, imperturbable rameur, son regard de fouine fixé sur un point de l'horizon que lui seul paraissait voir.

La dernière heure de navigation se fit dans un silence plombé. Chiara ne quittait plus les bras du chevalier, lequel scrutait aussi la rive proche. Tout y semblait calme et déserté. Quelques embarcations harnachées et prêtes à partir pour la pêche. Des débris de barriques et des feux éteints. Mais rien d'humain pour donner l'alarme, ou simplement s'étonner de voir débarquer des voyageurs si matinaux.

Non loin de là, l'embouchure du petit fleuve Brenta produisait de bouillonnants remous que leur capitaine évita avec maestria. Depuis combien d'années pratiquait-il ces balades clandestines ?

Combien de ses passagers avait-il trahis ?

Chiara contint ses questions comme elle avait retenu sa colère. Dans quelques instants, ils débarqueraient enfin, et toute son énergie lui serait nécessaire.

Quand ils abordèrent la petite plage, le jour avait totalement nettoyé la nuit. Transie et grelottante, la blonde supposa que leur guide n'avait pas prévu de les livrer. Pas cette fois. Si tel avait été le cas, se serait-il donné la peine d'attacher deux chevaux aux arbres faméliques qu'elle apercevait au sommet de la dune ?

Un frottement du fond sur le sable, et le passeur leur donna l'ordre de sauter à bas du bateau. La fraîcheur de l'eau les réveilla d'un coup. Vivifiante.

Aussi saisissante qu'une nouvelle vie.

— Vos canassons sont là, juste derrière la plage, précisa-t-il. Ce ne sont pas des foudres de guerre, mais ils sont costauds. Ils vous porteront bien assez loin.

Nicola lui tendit une main reconnaissante.

— Merci, l'ami.

L'homme accepta la poignée à contrecœur, puis reprit la mer sans un au revoir ni le moindre encouragement adressé aux fugitifs. Sa bourse était pleine, et voilà la seule chose qui paraissait lui importer.

Ils le regardèrent repartir un instant, tous deux surpris de ne plus rien distinguer de Venise (ou presque), depuis cette modeste crique dont ils ignoraient jusqu'au nom.

— Et maintenant ? lança Chiara avec un soudain regain d'ardeur.

— Tu veux dire : maintenant que nous sommes recherchés par toute une armée, pauvres et sans nulle part où aller ?

— Ce maintenant-là, oui…, s'esclaffa-t-elle d'un rire libérateur.

Mais son hilarité lui tira aussitôt une grimace. Elle tenait son ventre à deux mains, criblée par des douleurs inattendues.

— Ça va ?

— Oui, oui… je crois juste… qu'il a bougé !

Nicola sourit. Il contempla sa compagne comme s'il découvrait seulement sa maternité en germe. Posant une main hésitante sur l'abdomen rebondi, il reprit avec le sérieux du chef de famille qu'il se sentait brusquement devenir :

— Cela vaut pour ce que vaut une recommandation de Vaselli…

— Mais ? le pressa-t-elle.

— Mais il prétend que Sa Sainteté souhaite préparer le retour du Saint-Siège à Rome.

— En quoi cela te concerne-t-il ?

— Innocent VI a de l'ambition, mais il manque de moyens. Ainsi que d'appuis politiques. Il doit notamment faire face à l'hostilité du roi de France, Jean le deuxième, qui voit d'un plutôt mauvais œil que le Pontife déserte son pays.

— Je ne vois toujours pas…

— L'argent, Chiara, la coupa-t-il. Le lien entre cette histoire et moi, c'est l'argent que pourrait tirer le pape d'un nouveau Castelletto, si toutefois « quelqu'un » de compétent venait l'organiser pour lui en Avignon.

Les premiers rayons perçaient la lagune au loin et les éblouissaient. Sous leurs pieds dénudés, le sable était doux.

— Tu es sérieux ?

— Moi, je ne sais pas… Mais Fortunato avait l'air de l'être. Il prétend même qu'il a déjà parlé de moi au légat du pape à Venise. À l'écouter, je suis celui qui a sauvé la République de la banqueroute !

La lumière du levant découpait plusieurs voiles, qui ne ressemblaient en rien à celle des bateaux de pêche. Sous peu, il faudrait reprendre la route. Cavaler, et fuir encore, sans destination précise, certes, mais emportés par cette soif de liberté qui les avait portés jusqu'ici.

— Avignon, alors…, soupira-t-elle.

— Pourquoi pas ?

— Je ne sais pas… J'imaginais plutôt une vie de village. Sans bordel. Sans intrigues. Sans prince pour te manipuler.

— Tu t'ennuierais au bout d'une semaine !

Elle accueillit sa boutade avec un sourire fané.

— Et puis c'est loin, Avignon…

— Pas tant que ça.

— Toujours plus que la Lombardie ou le Piémont.

— Ces régions sont trop proches de chez nous, *bella*. Et sans sauf-conduit, les accords entre elles et la République risquent fort de nous renvoyer au pays avant que tu…

« … n'accouches », escamota-t-il ses derniers mots.

Leur enfant naîtrait donc à l'étranger.

D'ici quelques années, peut-être ne parlerait-il que français, ou bien ce patois provençal si mélodieux que pratiquaient certaines filles de San Matteo. Après tout, la reine Jeanne de Provence, née napolitaine et néanmoins plus populaire à Marseille ou Aix que sur son propre territoire, n'était-elle pas issue elle aussi de la péninsule italienne ? Ne pouvait-on voir le jour en un lieu, et trouver sa place et sa félicité en un autre ?

C'est bien ce qu'avait fait la mère de Chiara, bien avant qu'elle ne naisse elle-même.

Palpant sa poche, elle constata avec tristesse qu'elle avait perdu le portrait en médaillon, ultime bien qui lui restait de Luiza. Il avait dû tomber à l'eau lors de sa noyade. Comme Rolando et Alvaro, comme tant de catins ou de simples Vénitiens, il reposerait désormais quelque part dans la lagune.

À cette pensée, Chiara vit flotter sur l'immensité liquide, flamboyante, tous ceux qu'elle laissait derrière elle. Gina, Angela, Mauro, Oriana, Sophia, Guido, Antonio et les autres…

Elle ne pleurait plus. Elle était triste, mais elle se voulait confiante. Elle partait, mais une part d'elle resterait ici à jamais, dans un souvenir, dans un ragot ou dans un cœur. Elle avait connu beaucoup d'hommes ; n'en avait aimé que très peu. Mais pour nombre d'entre eux, elle le savait, elle demeurait une marque indélébile. Un blason de bonheur fugace gravé dans leur chair. Un parfum tenace et qu'ils ne retrouveraient sur aucun autre sein ou dans aucune autre chevelure.

Elle partait, mais aucun d'entre eux ne l'oublierait tout à fait. Elle l'Aragonaise de Venise. Elle la putain qui avait failli devenir duchesse, et qui pour tous dans la cité resterait la première reine du Castelletto.

ÉPILOGUE

Quelques mois plus tard…

HORS DE VENISE, le temps s'écoulait d'une étrange manière. Parfois aussi pesant qu'une caraque un jour sans vent ; à d'autres moments aussi rapide qu'une passe dans les bras d'une catin peu scrupuleuse. Les heures et les jours filaient ou se compressaient selon l'instant. Rien ne paraissait s'y dérouler comme Chiara en avait l'habitude…

Après quelques jours de cavalcade épuisante, ils avaient franchi un petit col alpestre sans surveillance.

Après une grosse semaine de fuite, ils déambulaient déjà sur les routes de Provence, mendiant ici le gîte d'une grange, là un quignon de pain ou un restant de brouet.

Après un mois, ils avaient trouvé refuge dans une ferme de la campagne aixoise, où l'on se souciait peu de leur origine tant que les bras de Nicola palliaient ceux du maître de céans, emporté quelques semaines auparavant par la peste.

*

— Sieur Mauro Grazziani, acceptes-tu pour épouse la demoiselle Gina, présente ce jour devant nous et devant Dieu ?

Trouver un prêtre acceptant de les unir n'avait pas été chose facile. Isaac, enfin remis de ses blessures, avait généreusement contribué au pot-de-vin de l'abbé. Mauro portait lui aussi les stigmates des récentes échauffourées, en particulier cette longue estafilade sur le front. Mais il était vivant. Et plus désireux que jamais de s'unir à sa furie rousse.

— Je l'accepte, murmura-t-il.

Les caves sont rares à Venise, et il fallut épuiser le réseau de leurs soutiens fiables pour en dégoter une sans avoir à redouter la délation. Deux chandelles suffisaient à l'éclairage du réduit encombré de cageots et de flacons vides. Les témoins étaient Isaac et Sophia. On ne pouvait noce plus modeste, ni mariés plus émus.

— Et toi, Gina, veux-tu prendre pour époux le Sieur Mauro Grazziani, présent ce jour devant nous et devant Dieu ?

L'ecclésiastique ne put réprimer une grimace à l'idée de bénir une pareille pécheresse. Mais le mal – ou était-ce le bien ? – était fait.

— Pardi que je le veux ! pouffa-t-elle de tout son décolleté.

La robe, simple et d'un crème incertain, semblait aussi peu virginale que celle qui la portait. Mais jamais Gina n'avait tant rayonné.

La voûte basse résonna d'applaudissements timides et d'embrassades fiévreuses. Alors seulement Sophia, qui trépignait depuis le début de la cérémonie, dévoila son cadeau : dans une cage de fortune, deux poussins jaunes et apeurés.

— Mes *pulcin'* ! s'exclama Gina sans retenue, sous l'œil tendrement réprobateur de son époux.

Angela, Rolando... Ses deux poussins ne les avaient donc pas quittés, puisqu'ils pépiaient désormais sous leurs yeux réjouis !

*

Il était dit qu'en bien des choses elle suivrait les pas de Luiza, sa mère.

Accoucher dans une grange, à même les ballots de foin, cette épreuve-ci en faisait manifestement partie. Comme à la ferme du Poteau noir où elle avait elle-même vu le jour, la fermière du lieu joua les sages-femmes. Elle s'appelait Fanfan et, comme ce prénom chantant ne le laissait pas présager, elle était bâtie comme deux ladres. Ce fut une chance. Car la mise bas s'étendit sur des heures – ou bien fut-ce des jours entiers de souffrance ?

Chiara n'aurait su dire, si loin de ses repères. Si loin de Venise.

Dès qu'elle eut posé le miraculeux fardeau sur le ventre de la mère, Fanfan s'enquit dans son patois :

— *Coumé apeila lou nistoun ?*

— Je crois qu'elle te demande quel prénom tu as choisi, traduisit Nicola.

Ils avaient eu des semaines de cavale pour y réfléchir, et c'est à peine s'ils avaient abordé le sujet une paire de fois. Rien n'était fixé, encore moins pour une fille – elle avait secrètement prié pour un garçon.

— Je… Je ne sais pas, bredouilla une Chiara éreintée.

— Que dirais-tu de Luiza ?

Elle sourit à l'attention.

— D'accord, feignit-elle de lui accorder une faveur. Mais à deux conditions.

— Tout ça ! Et lesquelles, je vous prie ?

— Que Gina soit son deuxième prénom.

— Et… ?

— … et Angela son troisième.

En guise d'approbation, il baisa son front où perlaient encore les efforts du travail.

— Adjugé pour mademoiselle Luiza, Gina, Angela… Chiutto.

Chiara frémit à cet énoncé. Elle n'y avait pas même songé ! C'est bien là que prenait fin l'atavisme maternel. Sa fille porterait un véritable nom, un nom plein et respectable. Elle ne serait pas affublée de ces vagues appellations régionales qu'on attribuait aux femmes sans honneur et sans origine. La Florentine, la Lombarde ou l'Aragonaise ! Elle serait Luiza Chiutto, fille de Nicola Chiutto, conseiller de Venise et chevalier de l'ordre de San Marco ! Ce n'était pas rien !

Cette perspective lui tira une larme qu'on attribua à son épuisement.

— *Dèure se pausa !* trancha la fermière en tirant Nicola par le col. Elle doit se reposer !

Juste avant de se retirer, il sortit de sa poche l'un de ses mouchoirs de batiste et le lui fourra entre les mains. Étonnamment, le petit carré d'étoffe avait survécu aux eaux de la lagune comme aux rigueurs de leur fuite. Une fois de plus, ce modeste accessoire les unissait.

Malgré l'extrême fatigue, Chiara regarda le père de son enfant s'éloigner presque à regret. Mais elle n'avait plus peur, à présent. Nicola ne serait pas un père fantôme. Il serait là pour sa fille. Chaque jour. Et où qu'ils aillent.

Où cela pourrait-il être, d'ailleurs ? Cela lui importait peu. Avignon, ou n'importe où dans cette Provence où on les accueillait avec tant de bonté. Revenir un jour sur leurs pas ? Elle en doutait. Tant que Lorenzo Celsi y régnerait, revoir la cité des doges paraissait plus que compromis.

Venise n'était déjà plus qu'une image diffuse, un halo brûlant où se consumaient autant de bonnes que de mauvaises impressions. Et, comme tous les souvenirs, il persisterait en eux jusqu'à ce que s'en exsude toute la douleur.

Bientôt, Venise ne vaudrait guère plus que leur ombre. Toujours présente, et néanmoins invisible à leurs propres yeux.

LISTE DES PERSONNAGES PRINCIPAUX

Personnages historiques authentiques

Giovanni Dolfin : doge de Venise
Lorenzo Celsi : capitaine de la flotte de Venise, puis doge
Pietro Dolfin : fils cadet de Giovanni Dolfin
Catarina Giustiniani : seconde femme de Giovanni Dolfin
Mgr Fortunato Vaselli : évêque de Castello, patriarche de Venise
Lucia Nigra : matrone du Rialto
Pétrarque : poète et ambassadeur de Gênes
Leonardo Dandolo : président du Petit Conseil et candidat au dogat
Angela de Zara : prostituée célèbre
Sandro Lombardo : voyou du Rialto et ruffian de Lucia Nigra
Filippo Dona : Seigneur de la nuit du *sestier* de San Polo
Anna de Verona : matrone du Rialto
Prostituées diverses : Cattaruzza, Margherita, etc.

Personnages fictifs (inspirés de personnages réels)

Chiara d'Aragon : prostituée
Nicola Chiutto : prêtre et confesseur de Pietro Dolfin
Alvaro Mosca : chef du *sestier* de San Polo et protecteur de Chiara
Gina : prostituée
Oriana : prostituée et sosie de Chiara
Mauro Grazziani : médecin juif
Isaac Grazziani : clerc en droit et frère de Mauro
Basile : esclave affranchi et informateur de Lucia Nigra
Giacomo Gritti : membre du Grand Conseil et professeur de philosophie
Vincenzo Gaspari : bourreau au service du doge de Venise
Gaspare Verragano : médecin militaire et médecin particulier de Lorenzo Celsi
Lago : diacre de Mgr Vaselli
Gianni Scarabello : cordier et client de Gina
Antonio Tassini : cuisinier en chef du palais ducal
Guido : page de Pietro Dolfin

BIBLIOGRAPHIE INDICATIVE

Le Moyen Âge de Venise, Élisabeth Crouzet-Pavan, Albin Michel.

Venise au Moyen Âge, Jean-Claude Hocquet, Les Belles Lettres.

Les Putains, les Rufians et la République, Giovanni Scarabello, Supernova.

Venise exquise, Jean Clausel, Payot.

Secrets de Vénitiens, Marie-Caroline Saussier, Prat.

Venise insolite et secrète, Thomas Jonglez et Paola Zoffoli, JonGlez.

Sexualités au Moyen Âge, Jacques Rossiaud, Gisserot.

Légendes vénitiennes et Histoires de fantômes, Alberto Toso Fei, Elzeviro.

REMERCIEMENTS

Tout d'abord et bien évidemment un immense merci à l'équipe des éditions Leduc.s et Charleston, Karine Bailly, Laury-Anne Frut, et Caroline Obringer, qui ont cru en cette histoire, et l'ont soutenue à partir de ce qui n'était, à l'origine, que quelques mots. Merci à Stéphanie Pélerin pour sa lecture si attentive et ses conseils ô combien précieux.

Merci également à toute l'équipe de France Loisirs, en particulier Valérie Pillet, dont l'enthousiasme pour ce récit l'a fait grandir bien au-delà de ce qui était initialement prévu.

Merci aussi à ceux que, autour de moi, Venise passionne, et qui m'ont prodigué leurs conseils et leurs encouragements tout au long de la gestation et de l'écriture de ce roman, en particulier mes parents.

Merci à mes tout proches pour leur patience angélique qui ne se dément pas à chacun de mes projets de roman (et Dieu sait qu'il en faut, de la patience, pour supporter un auteur immergé dans une pareille écriture).

Merci à Venise elle-même, ville magique s'il en est, et dont la découverte *de visu*, il y a bientôt trois ans, a suscité ce récit, et provoqué chez moi l'envie impérieuse de partager mes découvertes sur cette période si riche et pourtant si mal connue de son histoire (la fin du Moyen Âge et la création du Castelletto).

Merci enfin à toutes ces femmes dites « publiques », que je ne connaîtrai jamais, et qui ont souffert dans le cadre authentique du bordel administré par la république de Venise, surnommé le Castelletto.

Avec quelques siècles de retard, ce livre leur est dédié.

VOUS AVEZ AIMÉ CE LIVRE ?

Découvrez sans plus attendre
un extrait du tome 3 : *Luiza*

À paraître en mars 2019

Et retrouvez le tome 1 : *Chiara* en librairie
et sur notre site www.editionsleduc.com

CHARLESTON

EXTRAIT DU TOME 3
LUIZA

VENISE N'ÉTAIT PAS UNE VILLE, Venise n'était plus que des souvenirs.

Venise n'était plus qu'une brume nostalgique nimbée d'un halo cuivré. Chaque jour se creusait un peu plus la faille qui s'était ouverte en Chiara ces derniers mois. Elle ressentait pourtant une légère ivresse dans cette douleur. Le manque de Venise, c'était encore un peu Venise.

De toute façon, et quoi qu'elle ressentît, tout l'y ramenait invariablement. Le reflet d'une chevelure rousse (Gina). Le sourire d'une accorte marchande (Angela). Un garçonnet dans la cour d'une ferme où ils avaient passé la nuit (Rolando).

Même ce qu'elle aurait voulu oublier vibrait tout autour d'eux, omniprésent : la peste, les soldats en arme, les menaces d'invasion et de guerre dont la Provence bruissait. On ne parlait pas ici des Génois, on parlait du roi de France Jean le Bon – si mal nommé – et de ses mercenaires. Mais la peur était la même. On croyait quitter son pays et on ne faisait qu'en apprivoiser une autre version.

Le plus cruel était sans doute l'absence de nouvelles. Depuis leur fuite hors de la lagune, aucun écho de leurs proches ne leur était parvenu. Écrire ou recevoir des lettres eût été par trop risqué.

Mauro et Gina s'étaient-ils mariés ? Oriana avait-elle échappé aux griffes de Lucia la matrone et de Pietro Dolfin ? Les frères Grazziani avaient-ils survécu à la vindicte dont les juifs étaient devenus la cible ?

— *Anatz* ! *Avançatz* !

Adossé à la poterne marquant l'entrée du pont, le garde ventripotent aboyait en direction de la longue file qui s'étirait sur la rive occidentale du Rhône. Une foule de marcheurs et de charrettes s'y étendait à perte de vue – il semblait que toute la Provence voulût converger ce matin-là vers la belle Avignon. D'un œil morne, le factionnaire tentait de repérer les malades auxquels interdire l'accès à la cité papale. Il était là pour ça. Autant dire qu'en ce début de journée grise, encore assommé par le vin de la veille, il ne filtrait pas grand-chose.

Les paysans que Chiara et Nicola avaient croisés sur leur route ne leur avaient pas menti : avec ses vingt-deux arches enjambant le fleuve, le pont Saint-Bénézet était bien le plus extraordinaire ouvrage d'art qu'ils aient jamais vu. La cohue qui l'encombrait en ce début de journée, jour de marché, n'ôtait rien à sa grâce. Il serpentait sur l'eau comme une anguille de pierres, ouvrant vers la ville sainte une stupéfiante perspective.

— C'est beau ! Chiara ne put réprimer son cri admiratif.

— *C'est* surtout très riche et très puissant.

Là où elle ne voyait qu'un majestueux décor, Nicola percevait d'instinct les enjeux stratégiques de leur venue au cœur de la chrétienté. Et pour cause : les mois passés à faucher les blés et rentrer la paille dans toutes les fermes qui voulaient bien d'eux avaient certes rempli leur estomac, mais guère leur bourse. Même à San Matteo, même dans son ancienne vie de catin, jamais Chiara ne s'était connue plus pauvre, ni sentie plus miséreuse. Elle tâchait de ne pas penser à la fortune qu'elle avait abandonnée derrière elle, l'héritage perdu de Mosca, mais parfois il lui arrivait de rêver aux robes et aux jouets qu'elle aurait pu offrir à sa fille.

Ils avaient depuis longtemps jeté les habits déchirés qu'ils portaient au jour de leur fuite, et n'étaient plus couverts que des hardes que quelque généreux métayer leur avait offertes pour prix de leur peine. De ce point de vue, ils ne détonnaient pas au milieu des badauds qui se pressaient vers l'orgueilleuse capitale provençale.

— Ah, je crois qu'une certaine damoiselle est encore plus affamée que nous.

Portée en écharpe contre la poitrine maternelle, Luiza manifestait sa fringale en de petits couinements aigus. Alors Chiara délaça sa chemise et, sous le regard approbateur de certains passants, sortit un sein lourd, gorgé d'amour, gonflé de lait. L'enfant s'en saisit à pleines mains, ses lèvres minuscules aussitôt abouchées au mamelon sombre et dur.

Qu'elle était loin la Chiara qui ensorcelait tout Venise, songea-t-elle. Avec la maternité, son corps avait gagné en rondeurs ce qu'il avait perdu en pureté de lignes. Nicola prétendait ne l'en aimer que plus, et chaque soir ou presque, dans l'intimité toute relative d'une grange, lui prouvait la sincérité de son propos. Mais elle savait qu'elle avait cessé d'être pour lui, comme pour tous les autres hommes, cette Vénus inaccessible qui les avait autrefois subjugués. Elle se sentait une femme parmi d'autres, sans bien savoir si elle devait s'en réjouir ou s'en désoler.

Quelques flocons vinrent parsemer ses cheveux d'une blancheur précoce. Sa chevelure : elle aussi, elle avait bien changé. Faute d'alun et de citron, l'ancienne duchesse du Castelletto n'avait pu entretenir sa blondeur vénitienne. Leur couleur tirait désormais vers une teinte plus profonde, aux reflets charbonneux. Elle n'était plus vraiment blonde, elle n'était pas tout à fait brune, elle naviguait dans cette zone incertaine qui eût, selon elle, enlaidi n'importe quelle femme.

— Tu as vu, *piccolin'* ? susurra-t-elle à l'oreille de la vorace pendue à son sein. Il neige ! Regarde comme c'est joli.

Voilà qu'ils parvenaient à la chapelle édifiée vers le bout du pont, et la vue ainsi offerte était en effet sublime. À travers le rideau blanc qui tombait à présent de manière drue, Avignon les dominait de toute sa majesté. La cité du pape lui parut aussi haute et trapue que Venise était horizontale et aérienne. Il y avait d'abord la silhouette imposante du Palais, ainsi qu'au premier plan la tour Philippe le Bel, laquelle bornait la muraille d'enceinte. Mais certains détails plus gracieux, tels que les ailes de ces moulins qui tournaient en haut d'une colline, conféraient malgré tout à l'ensemble une élégance indéniable.

Achevé d'imprimer en France
par CPI Bussière
À Saint-Amand-Montrond (18)
Dépôt légal : septembre 2018
N° d'impression : 2038555